长河

沈从文

作家出版社

目 录

长河

题　记

　　民国二十三年①的冬天，我因事从北平回湘西，由沅水坐船上行，转到家乡凤凰县。去乡已经十八年，一入辰河流域，什么都不同了。表面上看来，事事物物自然都有了极大进步，试仔细注意注意，便见出在变化中那点堕落趋势。最明显的事，即农村社会所保有那点正直素朴人情美，几几乎快要消失无余，代替而来的却是近二十年实际社会培养成功的一种唯实唯利庸俗人生观。敬鬼神畏天命的迷信固然已经被常识所摧毁，然而做人时的义利取舍是非辨别也随同泯没了。"现代"二字已到了湘西，可是具体的东西，不过是点缀都市文明的奢侈品，大量输入，上等纸烟和各样罐头，在各阶层间做广泛的消费。抽象的东西，竟只有流行政治中的公文八股和交际世故。大家都仿佛用个谦虚而诚恳的态

---

① 1934 年。

度来接受一切，来学习一切，能学习能接受的终不外如彼或如此。地方上年事较长的，体力日渐衰竭，情感已近于凝固，自有不可免的保守性。唯其如此，多少尚保留一些治事做人的优美崇高风度。所谓"时髦青年"，便只能给人痛苦印象，他若是个公子哥儿，衣襟上必插两支自来水笔，手腕上戴个白金手表，稍有太阳，便赶忙戴上大黑眼镜，表示爱重目光，衣冠必十分入时，材料且异常讲究。特别长处是会吹口琴、唱京戏、闭目吸大炮台或三五字香烟，能在呼吸间辨别出牌号优劣，玩扑克时会十多种花样。大白天有时还拿个大电筒或极小手电筒，因为牌号新光亮足即可满足主有者莫大虚荣，并俨然可将社会地位提高。他若是个普通学生，有点思想，必以能读××书店出的政治经济小册子，知道些文坛消息名人轶事或体育明星为已足。这些人都共同对现状表示不满，可是国家社会问题何在，进步的实现必须如何努力，照例全不明白。（即以地方而论，前一代固有的优点，尤其是长辈中妇女，祖母或老姑母行勤俭治生忠厚待人处，以及在素朴自然景物下衬托简单信仰蕴蓄了多少抒情诗气氛，这些东西又如何被外来洋布煤油逐渐破坏，年轻人几几乎全不认识，也毫无希望可以从学习中去认识。）一面不满现状，一面用求学名分，向大都市里跑去，在上海或南京，武汉或长沙，从从容容住下来，挥霍家中前一辈的积蓄，享受现实。并用"时代轮子""帝国主义"一类空洞字句，写点现实论文和诗歌，情书或家信。末了是毕业、结婚、回家，回到原有那个现实里，等待完事。就中少数真有志气，有理想，无从使用家中财产，或不屑使用家中财产，想要好好地努力奋斗一番的，也只是就学校读书时所得到的简单文化概念，以为世界上除了"政治"，再无别的事物。所谓"政治"又只是许多人混在一处，相信这个，主张那个，打倒这个，拥护那个，人多即可上台，上台即算成功。终生事业目标，不是打量入政治学校，就是糊糊涂涂往某处一跑，对历史社会的发展，既缺少较深刻的认识，对个人生命的意义，也缺少较深刻的理解。个人出路和国家幻想都完全寄托在一种依附性的打算中，结果到社会里一滚，自然就消失了。十年来这些人本身虽若依旧好好存在，而且有好些或许都做了小官，发了小财，日子过得很好，但是那点年轻人的壮志和雄心，从事业中有以自见、从学术上有以自立的气概，可完全消失净尽了。当时我认为唯一有希望的，是几个年轻军官。然而在他们那个环境中，竟像是什么事都无从做。地方明日的困难，必须应付，大家看得明明白白，可毫无方法预先在人事上有所准备。因此我写了个小说，取名《边城》，写了个游记，取名《湘行散记》，两个作品中都有军人露面，在《边城·题记》上，且曾提起一个问题，即拟将"过去"和"当前"对照，所谓"民族品德"的消失与重造，可能从什么方面着手。《边城》中人物的正直和热情，虽然已经成为过去了，应当还保留些本质在年轻人的血里或梦里，相宜环境中，即可重新燃起年轻人的自尊心和自信心。我还将继续《边城》，在另外一个作品中，把最近二十年来当地农民性格灵魂被时代大力压扁扭曲失去了原有的素朴所表现的式样，加以解剖与描绘。其实这个工作，在《湘行散记》上就试验过了。因为还有另外一种忌讳，虽属小说游记，对当前事情亦不能畅所欲言，只好寄无限希望于未来。

中日战事发生后，二十六年①的冬天，我又有机会回到湘西，并且在沅水中部一个县城里住了约四个月。住处恰当水陆冲要，耳目见闻复多，湘西在战争发展中的种种变迁，以及地方问题如何由混乱中除旧布新，渐上轨道，我都有机会知道得清清楚楚。和我同住的，还有一个在嘉善国防线上受伤回来的小兄弟。从他的部下若干小军官接触中，我得以明白战前一年他们在这个地方的情形，以及战争起后他们人生观的改变。过不久，这些年轻军官，随同我那小兄弟，用"荣誉军团"名分重新开往江西前线保卫南昌去了。一个阴云沉沉的下午，当我眼看到几只帆船顺流而下，我那兄弟和一群小军官站在船头默默地向我挥手时，我独自在河滩上，不知不觉眼睛已被热泪浸湿。因为四年前一点杞忧，无不陆续成为事实；四年前一点梦想，又差不多全在这一群军官行为上得到证明。一面是受过去所束缚的事实，在在令人痛苦，一面却是某种向上理想，好好移植到年轻生命中，似乎还能发芽生根……

那时节湘省政府正拟试派几千年轻学生下乡，推行民训工作，技术上相当麻烦。武汉局势转紧，公私机关和各省难民向湘西疏散的日益增多。一般人士对于湘西实缺少认识，常笼统概括名为"匪区"。地方保甲制度本不大健全，兵役进行又因"贷役制"纠纷相当多。所以我又写了两本小书，一本取名《湘西》，一本取名《长河》。当时敌人正企图向武汉进犯，战事有转入洞庭湖泽地带可能。地方种种与战事既不可分，我可写的虽很多，能写出的

————————————
① 1937 年。

当然并不多。就沅水流域人事琐琐小处，将作证明，希望它能给外来者一种比较近实的印象，更希望的还是可以燃起行将下乡的学生一点克服困难的勇气和信心！另外却又用辰河流域一个小小水码头做背景，就我所熟习的人事做题材，来写写这个地方一些平凡人物生活上的"常"与"变"，以及在两相乘除中所有的哀乐。问题在分析现实，所以忠忠实实和问题接触时，心中不免痛苦，唯恐作品和读者对面，给读者也只是一个痛苦印象，还特意加上一点牧歌的谐趣，取得人事上的调和。作品起始写到的，即是习惯下的种种存在，事事都受习惯控制，所以货币和物产，这一片小小地方活动流转时所形成的各种生活式样与生活理想，都若在一个无可避免的情形中发展。人事上的对立，人事上的相左，更仿佛无不各有它宿命的结局。作品设计注重在将"常"与"变"错综，写出"过去""当前"与那个发展中的"未来"，因此前一部分所能见到的，除了自然景物的明朗，和生长于这个环境中几个小儿女性情上的天真纯粹，还可见出一点希望，其余笔下所涉及的人和事，自然便不免黯淡无光。尤其是叙述到地方特权者时，一支笔即再残忍也不能写下去，有意作成的乡村幽默，终无从中和那点沉痛感慨。然而就我所想到的看来，一个有良心的读者，是会承认这个作品不失其为庄严与认真的。虽然这只是湘西一隅的事情，说不定它正和西南好些地方差不多。虽然这些现象的存在，战争一来都给淹没了，可是和这些类似的问题，也许会在别一地方发生。或者战争已完全净化了中国，然而把这点近于历史陈迹的社会风景，用文字好好地保留下来，与"当前"崭新的局面对照，似乎也很可以帮助我们对社会多有一点新的认识，即在战争中一个地方的进步的过程，必然包含若干人情的冲突与人和人关系的重造。

我们大多数人，战前虽活在那么一个过程中，然而从目下检审制度的原则来衡量它时，作品的忠实，便不免多触忌讳，转容易成为无益之业了。因此作品最先在香港发表，即被删节了一部分，致前后始终不一致。去年重写分章发表时，又有部分篇章不能刊载。到预备在桂林印行送审时，且被检查处认为思想不妥，全部扣留。幸得朋友为辗转交涉，径送重庆复审，重加删节，方能发还付印。国家既在战争中，出版物各个管理制度，个人实完全表示同意。因为这个制度若运用得法，不特能消极地限止不良作品出版，还可望进一步鼓励优秀作品产生，制度有益于国家，情形显明。唯一面是个人为此谨慎认真地来处理一个问题，所遇到的恰好也就是那么一种谨慎认真的检审制度。另外在社会上又似乎只要作者不过于谨慎认真，便也可以随处随时得到种种不认真的便利。（最近本人把所有作品重新整理付印时，每个集子必有几篇"免登"，另外却又有人得到特许，用造谣言方式做小文章侮辱本人，如像某某小刊物上的玩意儿，不算犯罪。）两相对照，虽对现状不免有点迷惑，但又多少看出一点消息，即当前社会有些还是过去的继续。国家在进步过程中，我们还得容忍随同习惯而存在的许多事实，读书人所盼望的合理与公正，恐还得各方面各部门"专家"真正抬头时，方有希望。记得八年前《边城》付印时，在那本小书题记上，我曾说过：所希望的读者，应当是身在学校以外，或文坛消息、文学论战，以及各种批评所达不到的地方，在各种事业里低头努力，很寂寞地从事于民族复兴大业的人。作品所能给他们的，也许是一点有会于心的快乐，也许只是痛苦……现在这本小书，我能说些什么？我很明白，我的读者在八年来人生经验上，对于国家所遭遇的挫折，以及这个民族忧患所自来的根本原因，还有那个多数在共同目的下所有的挣扎向上方式，从中所获得的教训……都一定比我知道的还要多还要深。个人所能做的，十年前是一个平常故事，过了将近十年，还依然只是一个平常故事。过去写的也许还能给他们一点启示或认识，目下可什么全说不上了。想起我的读者在沉默中所忍受的困难，以及为战胜困难所表现的坚韧和勇敢，我觉得我应当沉默，一切话都是多余了。在我能给他们什么以前，他们已先给了我许多许多了。横在我们面前许多事都使人痛苦，可是却不用悲观。骤然而来的风雨，说不定会把许多人的高尚理想，卷扫摧残，弄得无踪无迹。然而一个人对于人类前途的热忱，和工作的虔敬态度，是应当永远存在，且必然能给后来者以极大鼓励的！在我所熟悉的读者一部分人表现上，我已看到了人类最高品德的另一面。事如可能，最近便将继续在一个平常故事中，来写出我对于这类人的颂歌。

人与地

记称"洞庭多橘柚",橘柚生产地方,实在洞庭湖西南,沅水流域上游各支流,尤以辰河中部最多最好。树不甚高,终年绿叶浓翠。仲复开花,花白而小,香馥醉人。九月降霜后,缀系在枝头间果实,被严霜侵染,丹朱明黄,耀人眼目,远望但见一片光明。每当采摘橘子时,沿河小小船埠边,随处可见这种生产品的堆积,恰如一堆堆火焰。在橘园旁边临河官路上,陌生人过路,看到这种情形,将不免眼馋口馋,或随口问讯:"嗳,你们那橘子卖不卖?"

坐在橘子堆上或树丫间的主人,必快快乐乐地回答,话说得肯定而明白,"我这橘子不卖。"

"真不卖?我出钱!"

"大总统来出钱也不卖。"

"嘿,宝贝,稀罕你的……"

“就是不稀罕才不卖！”

古人说“入境问俗”，若知道“不卖”和“不许吃”是两回事，那你听说不卖以后，尽管就手摘来吃好了，橘子园主人不会干涉的。

陌生人若系初到这个地方，见交涉办不好，不免失望走去。主人从口音上和背影上看出那是个外乡人，知道那么说可不成，必带点好事神气，很快乐地叫住外乡人，似乎两人话还未说完，要他回来说清楚了再走。

“乡亲，我这橘子卖可不卖，你要吃，尽管吃好了。这水泡泡的东西，你一个人能吃多少？十个八个算什么。你歇歇憩再赶路，天气老早咧。”

到把橘子吃饱时，自然同时也明白了“只许吃不肯卖”的另外一个理由。原来本地是出产橘子地方，沿河百里到处是橘园，橘子太多了，不值钱，不好卖。且照风俗说来，桃李橘柚越吃越发，所以就地更不应当接钱。大城市里的中产阶级，受了点新教育，都知道橘子对小孩子发育极有补益，因此橘子成为必需品和奢侈品。四两重一枚的橘子，必花一二毛钱方可得到。而且所吃的居多还是远远地从太平洋彼岸美国运来的。中国教科书或别的什么研究报告书，照例就不大提起过中国南几省有多少地方出产橘子，品质颜色都很好，远胜过外国橘子园标准出品。专家和商人既都不大把它放在眼里，因此当地橘子的价值，便仅仅比萝卜南瓜稍贵一些。出产地一毛钱可买四五斤，用小船装运到三百里外城市后，一毛钱还可买二三斤。吃橘子或吃萝卜，意义差不多相同，即解渴而已。

俗话说"货到地头死",所以出橘子地方反买不出橘子;实在说,原来是卖不出橘子。有时出产太多,沿河发生了战事,装运不便,又不会用它酿酒,较小不中吃,连小码头都运不去,摘下树后成堆地听它烂掉,也极平常。临到这种情形时,乡下人就聊以解嘲似的说:"土里长的听它土里烂掉,今年不成明年会更好!"看小孩子把橘子当石头抛,不加理会,日子也就那么过去了。

两千年前楚国逐臣屈原,乘了小小白木船,沿沅水上溯,一定就见过这种橘子树林,方写出那篇《橘颂》。两千年来这地方的人民生活情形,虽多少改变了些,人和树,都还依然寄生在沿河两岸土地上,靠土地喂养,在日光雨雪四季交替中,衰老的死去,复入于土,新生的长成,俨然自土中茁起。有些人厌倦了地面上的生存,就从山中砍下几株大树,把它锯解成许多板木,购买三五十斤老鸦嘴长铁钉,找上百十斤麻头,捶它几百斤桐油石灰,用祖先所传授的老方法,照当地村中固有款式,在河滩边建造一只头尾高张坚固结实的帆船。船只造成油好后,添上几领席篷、一支桅、四把桨,以及船上一切必需家家伙伙,邀个帮手,便顺流而下,向下游城市划去。这个人从此以后就成为"水上人",吃鱼,吃虾——吃水上饭。事实且同鱼虾一样,无拘无管各处漂泊。他的船若沿辰河洞河向上走,可到苗人集中的凤凰县和贵州铜仁府,朱砂水银鸦片烟,如何从石里土里弄出来,长起来,能够看个清清楚楚。沿沅水向下走,六百里就到了历史上知名的桃源县,古渔人往桃源洞去的河面溪口,可以随意停泊。再走五百里,船出洞庭湖,还可欣赏十万只野鸭子遮天蔽日飞去的光景。日头月亮看得多,放宽了眼界和心胸,常常也把个妇人拉下水,到船上来烧火煮饭养孩子。过两年，气运好，船不泼汤，捞了二三百洋钱，便换只大船……因此当地有一半人在地面上生根，有一半人在水面各处流转。人在地面上生根的，将肉体生命寄托在田园生产上，精神寄托在各式各样神明禁忌上，幻想寄托在水面上，忍劳耐苦把日子过下去。遵照历书季节，照料橘园和瓜田菜圃，用雄鸡、鲤鱼、刀头肉，对各种神明求索愿心，并禳解邪祟。到运气倒转、生活倒转时，或吃了点冤枉官司，或做件不大不小错事，或害了半年隔日疟，不幸来临，弄得妻室儿女散离，无可奈何，于是就想："还是弄船去吧，再不到这个鬼地方！"许多许多人就好像拔萝卜一样，这么把自己连根拔起，远远地抛去，五年七年不回来，或终生不再回来。在外漂流运气终是不济事，穷病不能支持时，就躺到一只破旧的空船中去喘气，身边虽一无所有，家乡橘子树林却明明爽爽留在记忆里，绿叶丹实，烂漫照眼。于是用手舀一口长流水咽下，润润干枯的喉咙。水既由家乡流来，虽相去八百一千里路，必俨然还可以听到它在河岸边激动水车的呜咽声，于是叹一口气死了，完了，从此以后这个人便与热闹苦难世界离开，消灭了。

吃水上饭发了迹的，多重新回到原有土地上来找落脚处。捐一笔钱修本宗祠堂，再花二千三千洋钱，凭中购买一片土地，烧几窑大砖，请阴阳先生看个子午向，选吉日良辰破土，在新买园地里砌座"封火统子"高墙大房子，再买三二条大颈项膘壮黄牡牛，雇四五个长工，耕田治地。养一群鸡、一群鸭，畜两只猛勇善吠看家狗，增加财富并看守财富。自己于是常常穿上玄青羽绫大袖马褂，担羊抬酒去拜会族长、亲家，酬酢庆吊，在当地做小乡绅。把从水上学得的应酬礼数，用来本乡建树身份和名誉。凡地方公益事，如打清醮、办土地会、五月竞舟和过年玩狮子龙灯，照例有人神和悦意义，他就很慷慨来做头行人，出头露面摊份子，自己写的捐还必然比别人多些。军队过境时办招待，公平而有条理，不慌张误事。人跳脱机会又好，一年两年后，说不定就补上了保长甲长缺，成为当地要人。从此以后，即稳稳当当住下来，等待机会命运。或者家发人发，事业顺手，儿女得力，开个大油坊，银钱如水般流出流进，成为本村财主员外。或福去祸来，偌大一栋房子，三五年内，起把天火烧掉了，牛发了瘟，田地被水打砂滞，橘子树在大寒中一起冻坏。更不幸是遭遇官司连累，进城入狱，拖来拖去，在县衙门陋规调排中，终于弄得个不能下台。想来想去，还是三十六计走为上计，只好第二回下水。但年龄既已过去，精力也快衰竭了，再想和年富力强的汉子竞争，从水面上重打天下，已不可能了。回到水上就只为的是逃避过去生活失败的记忆。正如庄稼人把那种空了心的老萝卜和落子后的苋菜根株，由土中拔出，抛到水上去，听流水冲走一样情形。其中自然也有些会打算安排，子弟又够分派，地面上经营橘子园，水面上有船只，从两方面讨生活，兴家立业，彼此兼顾，而且做得很好的。也有在水上挣了钱，却羡慕油商，因此来开小庄号，做桐油生意，本身也如一滴油，既不沾水也不近土的。也有由于事业成功，在地方上办团防，带三五十条杂色枪支，参加过几回小小内战，于是成为军官，到后又在大小兼并情形中或被消灭，或被胁裹出去，军队一散，捞一把钱回家来纳福，在乡里中称"支队长""司令官"，于同族包庇点小案件，调排调排人事，成为当地土豪的。也有自己始终不离土地，不离水面，家业不曾发迹，却多了几口人，受社会潮流影响，看中了读书人，相信"万般皆下品，唯有读书高"两句旧诗，居然把儿子送到族中义学去受教育的。孩子还肯向上，心窍子被书读开了，机缘又好，到后考入省立师范学堂，做父亲的就一面更加克勤克俭过日子，一面却在儿子身上做着无边无涯的荒唐好梦。再过三年儿子毕了业，即杀猪祭祖，在祠堂中上块匾，族中送报帖称"洋进士"，做父亲的便俨然已成封翁员外。待到暑假中，儿子穿了白色制服，带了一网篮书报，回到乡下来时，一家大小必对之充满敬畏之忱。母亲每天必为儿子煮两个荷包蛋当早点，培补元气；父亲在儿子面前，话也不敢乱说。儿子自以为已受新教育，对家中一切自然都不大看得上眼，认为腐败琐碎，在老人面前常常作"得了够了"摇头神气。虽随便说点城里事情，即可满足老年人的好奇心，也总像有点烦厌。后来在本校或县里做了小学教员，升了校长，或又做了教育局的科员，县党部委员，收入虽不比一个舵手高多少，可是有了"斯文"身份而兼点"官"气，遇什么案件向县里请愿，禀帖上见过了名字，或委员下乡时，还当过代表办招待；事很显然，这一来，他已成为当地名人了。于是老太爷当真成了封翁，在乡下受人另眼看待。若驾船，必事事与人不同。世界在变，这船夫一家也跟着变。儿子成了名，少年得志，思想又新，当然就要"革命"。接受"五四"以来社会解放改造影响，革命不出下面两个公式：老的若有主张，想为儿子看一房媳妇，实事求是，要找一个有碾坊橘子园作妆奁的人家攀亲，儿子却照例不同意，多半要县立女学校从省中请来的女教员。因为剪去了头发，衣襟上还插一支自来水笔，有"思想"，又"摩登"，懂"爱情"，才能发生爱情，郎才女貌方配得上。意见如此不同，就成为家庭革命。或婚事不成问题，老的正因为崇拜儿子、谄媚儿子，一切由儿子做主。又或儿子虽读《创造》《解放》等等杂志，可是也并不怎么讨厌碾坊和橘子园作陪嫁妆奁。儿子抱负另有所在，回乡来要改造社会，于是做代表，办学会，控告地方公族教育专款保管委员，建议采用祠庙产业，且在县里石印报纸上，发火气极大似通非通的议论，报纸印出后，自己还买许多份各处送人……到后这些年轻人所梦想的热闹"大时代"终于来到了，来时压力过猛，难于适应，末了不出两途，或逃亡外省去，不再回乡；来不及逃亡，在开会中就被当地军警与恶劣乡绅称为"反动分子"，命运不免同中国这个时代许多身在内地血气壮旺的青年一样。新旧冲突，就有社会革命。一涉革命，纠纷随来，到处都不免流泪流血。最重大的意义，即促进人事上的新陈代谢，使老的衰老，离开他亲手培植的橘子园，使用惯熟的船只家具，更同时离开了他那可爱的儿子（大部分且是追随了那儿子），重归于土。

至于妇人呢，喂猪养鸭，挑水种菜，绩麻纺纱，推磨碾米，无事不能，亦无事不做。日晒雨淋，同各种劳役，使每个人都强健而耐劳。身体既发育得很好，橘子又吃得多，眼目光明，血气充足，因之兼善生男育女。乡村中无呼奴使婢习惯，家中要个帮手时，家长即为未成年的儿子讨个童养媳，于是每家都有童养媳。换言之，也就是交换儿女来教育，来学习参加生活工作。这些小女子年纪十二三岁，穿了件印花洋布裤子过门，用一只雄鸡陪伴拜过天地祖先后，就取得了童养媳身份，成为"家"候补人员之一。年纪小虽小，凡是这家中一切事情，体力所及都得参加。下河洗衣，入厨房烧火煮饭，更是两件日常工作。无事可做时，就为婆婆替手，把两三岁大小叔叔负之抱之到前村头去玩耍，自己也抽空看看热闹。或每天上山放牛，必趁便挑一担松毛，摘一篮蕈子，回家当晚饭菜。年纪到十五六岁时，就和丈夫圆了亲，正式成为家中之一员，除原有工作外，多了一样承宗接祖生男育女的义务。这人或是独生女，或家中要帮手舍不得送出门，就留在家中养黄花女。年纪到了十四五，照例也懂了事，渐渐爱好起来，知道跟姑母娘舅乡邻同伴学刺花扣花。围裙上用五色丝线绣鸳鸯戏荷或喜鹊噪梅，鞋头上挑个小小双凤。加之在村子里可听到老年人说《二度梅》《天雨花》等等才子佳人弹词故事，七仙姐下凡尘等等神话传说。下河洗菜淘米时，撑船的小伙子眼睛尖利，看见竹园边河坎下女孩子的大辫子像条乌梢蛇，两粒眼珠子黑亮亮的，看动了心，必随口唱几句俚歌调情。上山砍柴打猪草，更容易受年轻野孩子歌声引诱。本地二八月照例要唱土地戏谢神还愿，戏文中又多的是烈士佳人故事。这就是这些女孩子的情感教育。大凡有了主子的，记着戏文中常提到的"忠臣不事二主，烈女不嫁二夫"，幻想虽多，将依然本本分分过日子下去。晚嫁失时的，嫁后守寡无拘管的，或性格好繁华易为歌声动感情的，自然就有许多机会做出本地人当话柄的事情。或到山上空碉堡中去会情人，或跟随飘乡戏子私逃，又或嫁给退伍军人。这些军人照例是见过了些世界，学得了些风流子弟派头，元青绉绸首巾一丈五尺长裹在头上，佩了个镀金手表，镶了两颗金牙齿，打得一手好纸牌，还会弹弹月琴，唱几十曲时行小调。在军队中厌倦了，回到本乡来无所事事，向上向下通通无机会，就放点小赌，或开个小铺子，卖点杂货。欢喜到处走动，眼睛尖，鼻子尖，看得出也嗅得出什么是路可以走，走走又不会出大乱子。若诱引了这些爱风情的女孩子，收藏不下，养活不了，便带同女子坐小船向下江一跑，也不大计算"明天"怎么办。到外埠住下来，把几个钱一花完，无事可做无路可奔时，末了一着棋，照例是把女子哄到人贩子手中去，抵押一百两百块钱，给下处做土娼，自己却一溜完事。女人或因被诱出了丑，肚中带了个孩子，无处交代，欲走不能走，欲留不能留，就照土方子捡副草药，土狗、斑蝥、茯苓、朱砂，死的活的一咕噜吃下去，把血块子打下。或者体力弱，受不住药力，心门子窄，胆量小，打算不开，积忧成疾，孩子一落地，就故意走到大河边去喝一阵生冷水，于是躺到床上去，过不久，肚子肠子绞痛起来，咬定被角不敢声张，隔了一天便死了。于是家中人买一副白木板片装殓好，埋了。亲戚哭一阵，街坊邻里大家谈论一阵，骂一阵，怜恤一阵，事情就算完了。也有幻想多，抒情气氛特别浓，事情解决不了时，就选个日子，私下梳妆打扮起来，穿上干净衣鞋，扣上心爱的花围腰，趁大清早人不知鬼不觉投身到深潭里去，把身子喂鱼吃了的，同样——完了。又或亲族中有人，辈分大，势力强，性情又特别顽固专横，读完了几本"子曰"，自以为有维持风化道德的责任，这种道德感的增强，便必然成为好事者，且必然对于有关男女的事特别兴奋。一遇见族中有女子丢脸事情发生，就想出种种理由，自己先怄一阵气，再在气头下集合族中人，把那女的一绳子捆来，执行一阵私刑，从女人受苦难情形中得到一点愉快，把女的远远地嫁去，讨回一笔财礼，作为"脸面钱"。若这个族中人病态深，道德感与虐待狂不可分开，女人且不免在一种戏剧性场面下成为牺牲者。照例将为这些男子，把全身衣服剥去，颈项上悬挂一面小磨石，带到长潭中去"沉潭"，表示与众弃之意思。当几个族中人乘上小船，在深夜里沉默无声向河中深处划去时，女的低头无语，看着河中荡荡流水，以及被木桨搅碎水中的星光，想到的大约是二辈子投生问题，或是另一时被族中长辈调戏不允许的故事，或是一些生前"欠人""人欠"的小小恩怨。这一族之长的大佬与好事者，坐在船头，必正眼也不看那女子一眼，心中却旋起一种复杂感情，总以为"这是应当的，全族面子所关，不能不如此的"。但自然也并不真正讨厌那个年轻健康光鲜鲜的肉体，讨厌的或许倒是这肉体被外人享受。小船摇到潭中时，荡桨的把桨抽出，船停了，大家一句话不说，就把那女的掀下水去。这其间自然不免有一番小小挣扎，把小船弄得摇摇晃晃，人一下水，随即也就平定了。送下水的因为颈项上悬系了一面石磨，在水中打漩向下沉，一阵水泡子向上翻，接着是天水平静。船上几个人，于是俨然完成了一件庄严重大工作，把船掉头，因为死的虽死了，活的还得赶回到祠堂里去叩头，放鞭炮挂红，驱逐邪气，且表示这种勇敢决断的行为，业已把族中损失的荣誉收复。事实上就是把那点私心残忍行为卸责任到"多数"方面去。至于那个"多数"呢？因为不读"子曰"，自然是不知道此事，也从不过问此事的。

女子中也有能干异常，丈夫过世还经营生活，驾船种田、兴家立业的。沿辰河有几座大油房、几个大庙宇、几处建筑宏大华美的私人祠堂，都是这种寡妇的成就。

女子中也有读书人，大多数是比较开通的船长地主的姑娘，到省里女子师范或什么私立中学读了几年书，还乡时便同时带来给乡下人无数新奇的传说、崭新的神话，比水手带来的完全不同。城里大学堂教书的，一个时刻拿的薪水，抵得过家中长工一年收入！花两块钱买一个小纸条，走进一个黑黢黢大厅子里面去，冬暖夏凉，坐下来不多一会儿，就可看台上的影子戏，真刀真枪打仗杀人，一死几百几千，死去的都可活回来，坐在柜台边用小麦管子吃橘子水和牛奶！上有天堂，下有苏杭，全苏州到处都是水，人家全泡在水里；杭州有个西湖，大水塘子种荷花养鱼，四面山上全是庙宇，和尚尼姑都穿绸缎袍子，每早上敲木鱼铙钹，沿湖唱歌……总之，如此或如彼，这些事述说到乡下人印象中时，必然都成为不可思议的惊奇动人场面。

　　顶可笑的还是城里人把橘子当补药，价钱贵得和燕窝高丽参差不多，还是从外洋用船运回来的。橘子上印有洋字，用白纸包了，纸上也有字，说明补什么，应当怎么吃。若买回来依照方法挤水吃，就补人；不依照方法，不算数。说来竟千真万确，自然更使得出橘子地方的人不觉好笑。不过真正给乡下人留下一个新鲜经验的，或者还是女学生本身的装束。辫子不要了，简直同男人一样，说是省得梳头，耽搁时间读书。膀子膊子全露在外面，说是比藏在里面又好看又卫生，缝衣时省布。且不穿裤子，至少这些女学生给普通乡下人印象是不穿裤子，为什么原因他们可不明白。这些女子业已许过婚的，回家不久必即向长辈开谈判，主张"自由"，需要离婚。说是爱情神圣，家中不能包办终身大事。生活出路是到县里的小学校去做教员，婚姻出路是嫁给在京沪私立大学读过两年书的公务员，或县党部委员、学校同事。居多倒是眼界高，相貌可不大好看，机会不凑巧，无对手，不结婚，名为"抱独身主义"。这种"抱独身主义"的人物，照例吃家里、用家里，衣襟上插支自来水笔，插支活动铅笔，手上有个小小皮包，皮包中说不定还有副白边黑眼镜，生活也就过得从容愉快。想再求上进，程度不甚佳，就进什么女子体育师范，或不必考的私立大学。毕业以前若与同学发生了恋爱，照例是结婚不多久就生孩子，一同居，除却跟家中要钱，就再也不会回来了。这其中自然也有书读得很好，又有思想，又有幻想，十八年左右向江西跑去，终于失了踪的。这种人照例对乡下那个"多数"是并无意义的，不曾发生何等影响的。

当地大多数女子有在体力与情感两方面，都可称为健康淳良的农家妇，需要的不是认识几百字来讨论妇女问题，倒是与日常生活有关系的常识和信仰，如种牛痘，治疟疾，以及与家事有关收成有关的种种。对于儿女的寿夭，尚完全付之于自然淘汰。对于橘柚，虽从经验上已知接枝选种，情感上却还相信每在岁暮年末，用糖汁灌溉橘树根株，一面用童男童女在树下问答："甜了吗？""甜了！"下年结果即可望味道转甜。一切生活都混合经验与迷信，因此单独凭经验可望得到的进步，无迷信掺杂其间，便不容易接受。但同类迷信，在这种农家妇女也有一点好处，即是把生活装点得不十分枯燥，青春期女性神经病即较少。不论他们过的日子如何平凡而单纯，在生命中依然有一种幻异情感，或凭传说故事，引导到一个美丽而温柔仙境里去，或信天委命，来抵抗种种不幸。迷信另外一种形式，表现于行为，如敬神演戏、朝山拜佛，对于大多数女子，更可排泄她们蕴蓄被压抑的情感，转换一年到头的疲劳，尤其见得重要而必需。

　　这就是居住在这条河流两岸的人民近三十年来的大略情形。这世界一切既然都在变，变动中人事乘除，自然就有些近于偶然与凑巧的事情发生，哀乐和悲欢，都有它独特的式样。

秋（动中有静）

秋成熟一切。大河边触目所见，尽是一年来阳光雨露之力，影响到万汇百物时用各种式样形成的象征。野花多用比春天更美丽炫目的颜色，点缀地面各处。沿河的高大白杨、银杏树，无不为自然装点以动人的色彩，到处是鲜艳与饱满。然而在如此景物明朗和人事欢乐笑语中，却似乎蕴蓄了一点儿凄凉。到处都仿佛有生命在动，一切说来实在又太静了。过去一千年来的秋季，也许和这一次差不多完全相同，从这点"静"中即见出寂寞和凄凉。

辰河中部小口岸吕家坪，河下游约有四里一个小土坡上，名叫"枫树坳"，坳上有个滕姓祠堂。祠堂前后十几株老枫木树，叶子已被几个早上的严霜，镀上一片黄，一片红，一片紫。枫树下到处是这种彩色斑驳的美丽落叶。祠堂前枫树下有个摆小摊子的，放了三个大小不一的簸箕，簸箕中也是这种美丽的落叶。祠堂位置在山坳上，地点较高，向对河望去，但见千山草黄，起野火处有白烟如云。村落中乡下人为耕牛过冬预备的稻草，傍附树根堆积，无不如塔如坟。银杏白杨树成行高矗，大小叶片在微阳下翻飞，黄绿杂彩相间，如旗蠹，如羽葆。又如有所招邀，有所期待。沿河橘子园尤呈奇观，绿叶浓翠，绵延小河两岸，缀系在枝头的果实，丹朱明黄，繁密如天上星子，远望但见一片光明，幻异不可形容。河下船埠边，有从土地上得来的萝卜、薯芋，以及各种农产物，一堆堆放在那里，等待装运下船。三五个小孩子，坐在这种庞大堆积物上，相互扭打游戏。河中乘流而下行驶的小船，也多数装满了这种深秋收获物，并装满了弄船人欢欣与希望，向辰溪县、浦市、辰州各个码头集中，到地后再把它卸到干涸河滩上去等待主顾。更远处有皮鼓铜锣声音，说明某一处村中人对于这一年来人与自然合作的结果，因为得到满意的收成，正在野地上举行谢土的仪式，向神表示感激，并预约"明年照常"的简单愿心。

土地似乎已经疲劳了，行将休息，云物因之转增妍媚。天宇澄清，河水澄清。

祠堂前老枫树下，摆摊子守坳的，是个弄船老水手，好像在水上做鸭子漂厌了，方爬上岸来做干鸭子。其时正把簸箕中落叶除去。由东往西，来了两个赶路乡下人，看看天气还早，两个人就在那青石条子上坐下来了。各人取出个旱烟管，打火镰吸烟。一个说："今年好收成！对河滕姓人家那片橘子园，会有二十船橘子下常德府！"

另一个就笑着说："年成好，土里长出肉来了。我寨子上田地里，南瓜有水桶大，三十二斤重。当真同水桶一样大，吃了一定补！"

"又不是何首乌，什么补不补？"

"有人到云南，说萝卜冬瓜都有水桶大，要用牛车拉，一车三两个就装不下了。"

"你相信他散天花。还有人说云南金子多，遍地是金子。金子打的饭碗，卖一百钱一个，你信不信？路远一万八千里，要走两三个月才走得到，无中无保的话，相信不得。"

两人正谈论到本地今年地面收成，以及有关南瓜冬瓜种种传说，来了一个背竹笼的中年妇人，竹笼里装了两只小黑猪，尖嘴拱拱的，眼睛露出顽皮神气，好像在表示："你买我回去，我一定不吃料，乱跑，看你把我怎么办。"妇人到祠堂边后，也休息下来，一面抹头上汗水，一面就摊子边听取两人谈话。

"我听人说，烂泥地方满家田里出了个萝卜大王，三十二斤重，比猪头还大，拿到县里去报功请赏。县里人说，县长看见了你的萝卜，你回去好了。我们要帮你办公文禀告到省里去，会有金字牌把你。你等等看吧。过了一个月，金牌得不着，衙门里有人路过烂泥，倒要了他四块钱去，说是请金字牌批准了，来报喜信，应当有赏。这世界！"末了他摇摇头，好像说下去必犯忌讳，赶忙把烟杆塞进口中了。

另一个就说："古话说：衙门八字开，有理无钱莫进来。不是花钱你来有什么事。满家人发羊痫风，田里长了个大萝卜，也大惊小怪，送上衙门去讨好。偷鸡不得丢把米，这是活该的。"

"可是上两场烂泥真有委员下乡来田里看过，保长派人打锣到处知会人，家中田里有大萝卜的拿来送委员过目，进城好请赏，金字牌的奖赏，值很多钱！"

"到后呢？"

"后来保长请委员吃酒，委员自己说是在大学堂里学种菜的。陪委员吃酒的人，每一份出一吊八百钱。一八如八，八八六吊四，一十四吊钱一桌酒席，四盘四碗，另外带一品锅。吃过了酒席，委员带了些菜种，又捉了七八只预备带回去研究的笋壳色肥母鸡，挂到三丁拐轿杆上，升轿走了。后来事就不知道了。"

坐在摊子边的老水手，便笑眯眯地插嘴说："委员坐了轿子从我这坳上过路，当真有人挑了一担萝卜、十多只肥鸡。另外还有两个火腿，一定是县长送他的。他们坐在这里吃萝卜，一面吃一面说：'你们县长人好，能任劳任怨，父母官真难得。'说的是京话。又说：'你们这个地方土囊（壤）好，萝卜大，不空心，很好很好吃！'那挑母鸡的烂泥人就问委员：'什么土囊布囊好？是不是稀屎？'不搭理他。委员说的是'土囊'，囊他个娘哪知道！"

那乡下人说："委员是个会法术的人，身边带了一大堆玻璃瓶子，到一处，就抓一把土放到一个小小瓶子里去，轻轻地摇一摇。人问他说：'委员，这有什么用处？这是土囊？是拿去炼煤油，熬膏药？'委员就笑着说：'是，是，我要带回去话唅（化验）它。''你有千里镜吗？''我用险危（显微）镜。'我猜想一定就是电光镜，洋人发明的。"

几个人对于这个问题不约而同莫测高深似的叹了一口气。可是不由得都笑将起来，事情实在稀奇得好笑。城里人，城里事情，总之和乡下人都太隔远了。

妇人搭上去说："大哥，我问你，'新生活'快要来了，是不是真的？我听太平溪宋团总说的，他是我舅娘的大老表。"

一个男的信口开河回答她说："怎么不是真的？还有人亲眼见过。我们这里中央军一走，'新生活'又来了。年岁虽然好，世界可不好，人都在劫数，逃脱不得。人都说江口天王菩萨有灵有验，杀猪杀羊许愿，也保佑不了！"

妇人正因为不知道"新生活"是什么，记忆中只记起五年来，川军来了又走了，中央军来了又走了，现在又听人说"新生活"也快要上来，不明白"新生活"是什么样子，会不会拉人杀人。因此问了许多人，人都说不明白。现在听这人说已有人在下面亲眼看到过，显见得是当真事情了。既真有其事，保不定一来了到处村子又是乱乱的，人呀马呀的挤在一处，要派夫派粮草，家家有份。每天有人敲锣通知，三点钟村子里开会，男男女女都要去，好开群众大会，好枪毙人！大家都要大喊大叫，打倒土豪，消灭反动分子。这批人马刚走，另外一群就来了，又是派夫派粮草，家家有份。又是开会，又是杀人。现在听说"新生活"快要上来了，因此心中非常愁闷。竹笼中两只小猪，虽可以引她到一个好梦境中去。另外那个"新生活"，却同个槌子一样，打在梦上粉碎了。

她还想多知道一点，就问那事事充内行的乡下人："大哥，那你听说他们是要不要从这里过路？人马多不多？"

那男子见妇人认真而担心神气，于是故意特别认真地说："怎么不从这条路来？他们说来就来，说走就走。我听高村人说，他船到辰州府，就在河边眼看到'新生活'下船，人马可真多！机关枪、机关炮、六子连、七子针、十三太保，什么都有。委员司令坐在大白马上，把手那么叉着对民众说话（模仿官长声调）：诸位同胞，诸位同志，诸位父老兄弟姊妹，我是'新生活'。我是司令官。我要奋斗！……"

妇人已完全相信那个演说，不待说完就问："中央军在后面追不追？"

"那谁知道。他是飞毛腿，还追过中央军！不过，这事委员长总有办法的。他一定还派得有人马在后边，因为人多炮火多，走得慢一些。"

妇人说："上不上云南？"

"可不是，都要上云南的！老话说：上云南，打瓜精。应了老话，他们都要去打瓜精的。"

妇人把话问够后，简单的心断定"新生活"当真又要上来了，不免惶恐之至。她想起家中床下砖地中埋藏的那二十四块现洋钱，异常不安，认为情形实在不妥，还得趁早想办法，于是背起猪笼，忙匆匆地赶路走了。两只小猪大约也间接受了点惊恐，一路尖起声音叫下坳去。

两个乡下男人其实和妇人一样，对于"新生活"这个称呼，都还莫名其妙，只是并不怎么害怕，所以继续谈下去。两人谈太平溪王四癞子过去的事情。这王四癞子是太平溪开油坊榨油发了财、白手成家称"员外"的一位财主。前年川军来了，一家人赶忙向山上跑。因为是财主，被人指出躲藏地方，捉下山来，捐出两万块钱，民众作保，方放了出来。接着中央军人马追来了，又赶紧跑上山去。可是既然是当地财主，人怕出名猪怕壮，因此依然被看中，依然捐两万块钱，取保开释。直到队伍人马完全过境后，一点点积蓄已馨光了，油坊毁了，几只船被封去弄沉了。王四癞子一气，两脚一伸，倒床死了。王四癞子生前既无儿无女，两个妻妾又不相合，各抱一远房儿子接香火，都还年纪小。族里子弟为争做过房儿子，预备承受那两百亩田地和几栋大房子，于是忽然同时来了三个孝子，各穿上白孝衣在灵前磕头。磕完头抬起头来一看，灵牌上却无孝男名字，名分不清楚，于是几个人在棺木前就揪打起来。办丧事的既多本族破落子弟，一到打群架时，人多手多，情形自然极其纷乱。不知谁个莽撞汉子，捞起棺木前一只大点锡蜡台，闪不知顺手飞去，一蜡台把孝子之一打翻到棺木前，当时就断了气。出命案后大家一哄而散，全跑掉了。族长无办法，闹得县知事坐了轿子，带了保安队仵作人等一大群，亲自下乡来验尸。把村子里母鸡吃个干净后，觉得事件辣手，就说："清官难断家务事，你们这件事情，还是开祠堂家族会议公断好。"说完后，就带领一干人马回县城里去了。家族会议办不了，末后县里党部委员又下了乡，特来调查，向省里写报告，认为命案无从找寻凶手，油坊田地产业应全部充公办学校。事情到如今整三年还不结案，王四癞子棺木也不能入土。"新生活"来了，谁保得定不会有同样事情发生。

老水手可不说话，好像看得很远。平时向远处看，便看到对河橘子园那一片橘树，和吕家坪村头那一簇簇古树，树丛中那些桅尖。这时节向远处看，便见到了"新生活"。他想："来就来你的，有什么可怕？"因此自言自语地说："'新生活'来了，吕家坪人拔脚走光了，我也不走。三头六臂能奈我何？"他意思是家里空空的，就不用怕他们。不管是川军还是"新生活"，都并不怎么使光棍穷人害怕。

两个过路人走后，老水手却依然坐在阳光下想心事："你来吧，我偏不走。要我做伕子，挑伙食担子，我老骨头，做不了。要我引路，我守祠堂香火。"

这祠堂不是为富不仁王四癞子的产业，却是洪发油号老板的。至于洪发老板呢，早把全家搬到湖北汉口特别区大洋房子里住去了，什么都不用怕。可是万一"新生活"真的要来了，老水手怎么办？那是另一问题。实在说，他不大放心！因为他全不明白这个名词的意义。

一会儿，坳上又来了一个玩猴儿戏的，肩膊上爬着一个黄毛尖脸小三子，神气机伶伶的。身后还跟着一只矮脚蒙茸小花狗，大约因为走长路有点累，把个小红舌头摆到嘴边，到了坳上就各处闻嗅。玩猴儿戏的外乡人样子，到了坳上休息下来，问这里往麻阳县还有多少里路，今天可在什么地方歇脚。老水手正打量到"新生活"，看看那个外乡人，像个"侦探"，是"新生活"派来的先锋。所以故意装得随随便便老江湖神气，问那玩猴儿戏的人说："老乡亲，你家乡是不是河南归德府？你后面人多不多？他们快到了吧？"

那人不大明白这个询问用意，还以为只是想知道当天赶场的平常乡下人，就顺口说："人不少！"事实上却完全答非所问。

只这一句话就够了，老水手不再说什么，以为要知道的已经知道了，心中又闷又沉重。因为他虽说是个老江湖，"新生活"是什么，究竟不清楚。他还以为是和"川军""中央军"相差不多的一种东西，虽说不怕，真要来时也有点麻烦人。

他预备过河去看看。对河萝卜溪村子里，住了个人家，和他关系相当深。他得把这个重要消息报告给这个一村中的领袖知道，好事先准备一番，免得临时措手不及，弄得个手忙脚乱。

他又想先到镇上去看看，或者还有些新消息，可从吃水上饭的人方面得到。因此收拾了摊子，扣上门，打量上路。其时碧空如洗，有一群大雁鹅正排成"人"字从高空中飞过。河下滩脚边，有三五只货船上滩，十多个纤夫伏身在干涸过了的卵石滩上爬行，唉声唉气呼喊口号。秋天来河水下落得多，容口小，许多大石头都露出水面，被阳光漂得白白的，散乱在河中，如一群一群白羊。玩猴儿戏的已下坳赶路走了，大路上又来了七个扒松毛的吕家坪人，四个男子，三个女人，背上各负了巨大的松毛束，松毛上还插了一把把透红山果和蓝的黄的野花。几个人沿路笑着骂着，一齐来到坳上。老水手想起前年热闹中封船、拉夫、输送队、慰劳队等等名色，向一个扒松毛的年轻女人说："嫂子，嫂子，你真不怕压坏你的肩膊，好气力！你这个怕不止百五十斤吧。"

那妇人和其他几个人，正把背上负荷搁在坎旁歇憩，笑着不作声。另外一个男子却从旁打趣说双关话调弄女的。

"伯伯，你不知道，大嫂子好本事，压得再重一些也经得起。"

其他两个年轻妇女都咕喽咕喽笑将起来。负荷顶多那个妇人，因为听得出话中有刺，就回骂那同伴男子："生福，你个悖时的，你舌子上可生疔？生了疔，胡言谵语，赶快找杨回回，免得绝香火。"

男的说："嫂子，我不生疔。我说你本事好，经得起压，不怕重，不怕大。雷公不打吃饭人！"

"我背得多背得少，不管你生福的事！"

"不管我的事，好。常言道：伸手不打笑脸人。我是夸奖你。难道世界变了，人家说好话也犯罪？"

"你这人口好心坏，口上多蜜，心上生蛆，你以为我不懂？"

"你懂个什么！你只懂……光棍心多，令人开口不得。"

另外一个顶年轻、看来好像是和那男的有点情分的女人，就插嘴说："哎嗨。得了罢了，又不是桃子李子，虫蛀了心，怎么坏？"

那男的说："真是，又不是桃子李子，心哪里会坏。又不是千里眼，有些东西从里面坏了，眼睛也见不着！"

因为这句话暗中又伤到原来那个妇人，妇人就说："烂你的舌子，生福。"

男的故意装作听不懂她的意思，"你说什么？舌子不咬就不会烂的！"

"狗咬你。疯狗咬你！"

"是的，狗咬我。我舌子好像差点就被一只发了疯的母狗咬掉过！有一天在一棵大桐木树荫下，我还说，狗，狗，你轻点咬！咬掉可不是玩的！"

因为说到妇人不想提起的一点隐秘事情，女的发急了，红着脸说："悖时砍脑壳的，生福，你再说我就当真要骂了！"

男的涎皮笑脸说："阿秋嫂子，你骂！你骂我也会骂。你骂不过我。"

"你贼嘴贼舌，以后不得好死，死了还要到拔舌地狱受活罪，现眼现报。"

另一个女的想解围，"够了，活厌了再死不迟。阿秋嫂子，你就听他嚼舌根，信口打哇哇，当个耳边风算什么。"

"他占我便宜！"

"就让他一点也成。口里来，耳边去，我敢打包票，占不了什么。"

那男的只是笑，"是的，肥水不落外人田，拔了萝卜眼儿在，占点小小便宜，少了什么？"

因为越说越放肆，而且事情总离不了那点过去。被说及的那个妇人，唯恐说下去更不中听，着急起来，气愤不过，想用扒松毛的竹耙子去赶着男的打两下。男的见事不妙，棍子快到头上，记起男子不与女斗的格言，三十六计走为上计，于是哈哈大笑，躬起个腰，负荷松毛束，赶先走下坳去了。

另外几个女的男的也一同带笑带闹走了。

原来那个吵嘴妇人，憋了一肚子气，对看祠堂的老水手说："伯伯，你看，我们这地方去年一涨水，山脉冲断了，风水坏了，小伙子都成了野猪，三百斤重，一身皮包骨，单是一张嘴有用处。一张嘴到处伤人。"

老水手笑着回答说："不说不笑，就会胡闹。嘴也有嘴的用处，没有事情时，唱点歌，好快乐！……你看那边山多好。"

原来山前另外一个坳上枫木树下，正有个割草青年小伙子在唱歌，即景生情，唱的是：

> 三株枫木一样高，
>
> 枫木树下好恋姣；
>
> 恋尽许多黄花女，
>
> 佩烂无数花荷包。

因为并无人接口，等等自己又接下去唱道：

> 姣家门前一重坡，
>
> 别人走少郎走多；
>
> 铁打草鞋穿烂了，
>
> 不是为你为哪个？

那女的正心中有气不能出，对远处割草青年，遥遥地吐出一个"呸"字，笑着说："花荷包，花抱肚；你娘有闲工夫为你做！"一声吆喝叫了个倒彩，把撑松毛用的木杈子拿起，背着松毛走了。

老水手眼看着几个女人走下坳后，自言自语地说："花荷包，花抱肚，佩烂了，穿烂了，子弟孩儿们长大了。日子长咧。'新生活'一来，派慰劳队，找年轻娘儿们，你们都该遭殃！"

老水手随即也就上了路，向吕家坪镇上走去。打从一个局所门前经过时，见几个税丁无事可做，正在门前小凳子旁玩棋，不像是"新生活"要来的样子。又到油号看看，庄上管事已赶场收买五倍子去了，门前靠墙边斜斜地晒了许多油篓子，一只笋壳色母鸡在油篓后刚生过蛋，猛被人惊吓，大声叫喊飞上墙去，也不像"新生活"要来的样子。又到团练公所去，只见师爷正歪着头舐笔尖，在为镇上妇人写家信，把信写好后，念给妇人听。妇人一面听一面拉衣袖拭泪，倒仿佛是同"新生活"多少有点关系。于是老水手一面抓着腮帮子，一面探询似的问局上师爷："师爷，团总赶场去了吗？多久回来？"

师爷看看是弄船的，"喔，大爷。团总晚上回来。"

"县里有人来……？"

"委员早走了。"

"什么委员？"

"看萝卜的那个委员。"

老水手笑了，把手指头屈起来记数日子，"师爷，那是上一场的事情！我最近好像听人说……下头又有人来……我不大相信。"

那请托师爷写家信的老妇人，就在旁搭口说："师爷，请你帮我信上添句话，就说，'十月你不寄钱来，我完不了会，真是逼我上梁山。我活不了啦！'你尽管那么写，我要吓吓他。"

师爷笑将起来，"嫂子，你不要恐吓他。你老当家的有钱，他会捎来的。"

妇人眼泪汪汪的，"师爷你不知道，桃源县的三只角小婊子迷了他的心，三个月不带钱来，总说运气不好。不想想我同三冒儿在家里吃什么过日子。"

老水手说："嫂子你不要心焦，天无绝人之路。三只角迷不了他，他会回心转意的。"

妇人拉围裙角拭去眼泪，把那封信带走后，老水手又向师爷说："她男人是不是在三十六师？我想会要打仗了！"

师爷说："太平世界，除了戏台上花脸，手里痒痒地弄枪弄棒，别的有什么仗打？我不相信现在省里有人要打仗。大爷，你听谁造的谣言？"

这事本来是老水手自己想起随口说出的，接下去，他还待说说"新生活"快要来了，可是被师爷说是造谣言，便不免生出一点反感。于是觉得师爷那副读书人样子，会写几个字，便自以为是"智多星"，好像天下事什么他都不相信，其实只是装秀才。因此不再说什么，作成一种"信不信由你"的神气，扬扬长长走开了。出得团练局，来到杨姓祠堂门前，见有五六个小孩子蹲在那大青石板上玩骰子，拼赌香烛头。老水手停了停脚，逗他们说："嘻，小将们，还不赶快回家去，他们快要来了，要捉你们的！"

小孩子好奇，便一齐回过头来带着探询疑问神气，"是谁捉我们？"

"谁？那个'新生活'要捉你们。"

一个输了本火气大的孩子说："'新生活'捉我们，鬼老二单单捉你。伸出生毛的大手，要扯你的后脚，一把捞住，逃脱不得。"

老水手见不是话，掉过头来就走，向河边走去。到河边他预备过渡。河滩上堆满了各样农产物，有不知谁家新摘的橘子三大堆，恰如三堆火焰，正在装运上船。四五个壮年汉子，快乐匆忙地用大撮箕搬橘子下船，从摇摇荡荡的跳板上走过去，到了船边，就把橘子哗地倒进空舱里去。有人在商讨一堆菜蔬价钱，一面说，一面做成赌咒样子。

上了渡船，掌渡的认识他，正互相招呼，河边又来了两个女子。一个年纪较小的，脸黑黑的，下巴子尖尖的，穿了件葱绿布衣，月蓝布围腰，围腰上还扣朵小花，用手指粗银链子约束在背后，一条辫子盘在头上，背个小小细篾竹笼，放了些干粉条同印花布。一个年纪较大的，眼睛大，圆枣子形脸，穿蓝布衣印花布裤。年轻人眼睛光口甜，远远地一见到老水手，就叫喊老水手："满满，满满，你过河吗？到我家吃饭去，有刀头肉，焖黄豆芽。"

老水手一看是天天姊妹，就说："天天，你姊妹赶场买东西回来？我正要到你家里去。你买了多少好东西！"他又向那个长脸的女孩子说："二妹，你怎么，好像办嫁妆，老是一大堆！……"老水手对两个女孩子只是笑，因为见较大的也有个竹笼，内里有好些布匹杂货，所以开玩笑，说是陪嫁用的。那个枣子形脸的女人，为人忠厚老实，被老的一说，不好意思，腮帮子颈脖子通红了，掉过头去看水。

掌渡船的说："二姑娘嫁妆有八铺八盖，早就办好了。我听你们村子里人说的。头面首饰就用银子十二斤，压箱子十二个元宝还在外，是王银匠说的。天姑娘呢，不要银的，要金的。谁说的？我说的。"

末后的话，自然近于信口开河。天天虽听得分明，却装不曾听到，回过头去抿着嘴笑，指点远处水上野鸭子给姊姊瞧。

老水手说："天天，你一个夏天绩了多少麻？我看你一定有二十四匹细白麻布了。"

天天注意水中漂浮的菜叶，头也不回，"我一个夏天都玩掉了，大嫂麻布多！"

掌渡船的又插嘴说："大嫂子多，可不比天天的好。天天什么都爱好。"

天天分辩说："划船的，你乱说。你怎么知道我爱好？"

掌渡船的装作十分认真的神气，"我怎么不知道？我老虽老，眼睛还上好的，什么事看不出？你们只看看她那个细篾背笼，多精巧，怕不是贵州云南府带来的，值三两银子吧？你顶小时我就说过，天天长大了，一定是个观音，哪会错。"

"你怎么知道观音爱好？"

"观音不爱好，怎么不怕路远，成天到南海去洗脚？多远一条路！"弄渡船的一面悠悠闲闲地巴船，一面向别的过渡人说，"我说知道就知道。我还知道宣统皇帝退位，袁世凯存心不良要登极，我们湖南人蔡锷不服气，一掌把他推下金銮宝殿。人老成精，我知道的事情多咧。"

几句话把满船人都逗笑了。

大家眼光注意到天天和她那个精巧竹背笼。那背笼比起一般妇女用的，实在精细讲究得多。同村子里女人有认得她的，就带点要好讨好的神气说："天天，你那个斗篷还要讲究！"

天天不作声，面对汤汤流水，不作理会，心想："这你管不着！"可是过了一会儿，却又回过头来对那女人把嘴角缩了一缩，笑了一笑，"金子，你怎的！大伙儿取乐，你唱歌，可值得？"

金子也笑了笑，她何尝不是取乐。即或当真在唱歌，也照例是使人快乐使自己开心的。

渡船到河中时，三姑娘向老水手说："满满，你坳上大枫木树，这几天真好看。叶子同火烧一样，红上了天，一天烧到夜，总烧不完。我们在对河稻草堆上看到它，老以为真是着了火。"

老水手捉住了把柄说："天天，你才说不爱好看的东西，别的事不管，你倒看中我坳上那枫木树。还有小伙子坐在枫木树下唱歌，你在对河可惜听不着。你家橘子园才真叫好看，今年结多少！树枝也压断许多吧。结了万千橘子，可不请客！因为好看，舍不得！"

天天装作生气样子说:"满满,你真是拗手扳罾,我不同你说了。"

两姊妹是枫木坳对河萝卜溪滕家大橘子园滕长顺的女儿,守祠堂的老水手也姓滕,是远房同宗。老水手原来就正是要到她家里去,找她们父亲说话的。

天天不说话时,老水手于是又想起"新生活",他抱了一点杞忧,以为"新生活"一来,这地方原来的一切,都必然会要有些变化,天天姊妹生活也一定要变化。可是其时看看两个女的,却正在船边伸手玩水,用手捞取水面漂浮的瓜藤菜叶,自在从容之至。

过完渡,几个人一起下了船,沿河坎小路向着萝卜溪走去。

河边下午景色特别明丽,朱叶黄华,满地如锦如绣。回头看吕家坪市镇,但见嘉树成荫,千家村舍屋瓦上,炊烟四浮,白如乳酪,悬浮在林薄间。街尾河边,百货捐税局门前,一支高桅杆上,挂一条写有扁阔红黑大字体的长幡信,在秋阳微风中飘荡。几十只商船桅尖,从河坝边土坎上露出,使人想象得出那里河滩边,必正有千百纤夫,用谈笑和烧酒卸除了一天的劳累。对河大坳上,老水手住的祠堂前,那几株老枫木树挺拔耸立,各负戴一身色彩斑斓的叶子,真如几条动人的彩柱……看来一切都象征当地的兴旺,尽管在无章次的人事管理上,还依然十分兴旺。

橘子园主人和一个老水手

　　辰河是沅水支流，在辰溪县城北岸和沅水汇流。吕家坪离辰溪县约一百四十里，算得是辰河中部一个腰站。既然是个小小水码头，情形也就和其他码头差不多，凡由辰河出口的黔东货物，桐油、木材、烟草、皮革、白蜡、水银，和染布制革必不可少的土靛青、五倍子，以及辰河上游两岸出产的竹、麻与别的农产物，用船装运下行，花纱布匹、煤油、自来火、海味、白糖、纸烟和罐头洋货，用船装运上行，多得把船只停靠，在这个地方上"复查税"。既有省中委派来的收税官吏在此落脚，上下行船只停泊多，因此村镇相当大，市面相当繁荣。有几所规范宏大的榨油坊，每年出货上万桶桐油。有几个收买桐油山货的庄号，是汉口、常德大号口分设的。有十来所祠堂，祠堂中照例金碧辉煌，挂了许多朱漆匾额，还迎面搭个戏台，可供春秋二季族中出份子唱戏。有几所庙宇，敬奉的是火神、伏波元帅以及骑虎的财神。外帮商人集会的天后宫，象征当地人民的希望和理想。有十来家小客栈，和上过捐的"戒烟所"，专为便利跑差赶路人和小商人而准备。地方既是个水码头，且照例有一群吃八方的寄食者，近于拿干薪的额外局员，靠放小借款为生的寡妇，本地出产的大奶子大臀窑姐儿，备有字牌和象棋的茶馆……由于一部分闲钱，一部分闲人，以及多数人用之不尽的空闲时间，交互活动，使这小码头也就多有了几分生气。地方既有财有货，间或就又驻扎有一百八十名杂牌队伍，或保安团队，名为保护治安，事实上却多近于在此寄食。三八逢场，附近三五十里乡下人，都趁期来交换有无，携带了猪羊牛狗和家禽野兽，石臼和木碓，到场上来寻找主顾。依赖盐乡为生的江西、宝庆小商人，且带了冰糖、青盐、布匹、纸张、黄丝烟、爆竹以及其他百凡杂货，就地搭棚子做生意。到时候走路来的，驾小木船和大毛竹编就的筏子来的，无不集合在一处。布匹花纱因为是人所必需之物，交易照例特别大。耕牛和猪羊与农村经济不可分，因为本身是一生物，时常叫叫咬咬，做生意时又要嚷嚷骂骂，加上必盟神发誓，成交后还得在附近吃食棚子里去喝酒挂红，交易并且特别热闹。飘乡银匠和卖针线妇人，更忙乱得可观。银匠手艺高的，多当场表演镀金发蓝手艺，用个小管子吹火焰做镶嵌细工，摊子前必然围上百十好奇爱美乡下女人。此外用"赛诸葛"名称算命卖卜的，用"红十字"商标拔牙卖膏药符水的，无不各有主顾。若当春夏之交，还有开磨坊的人，牵了黑色大叫骡，开油坊的人，牵了火赤色的大黄牯牛，在场坪一角，搭个小小棚子，用布单围好，竭诚恭候乡下人牵了家中草马母牛来交合接种。野孩子从布幕间偷瞧西洋景时，乡保甲多忽然从幕中钻出，大声吆喝加以驱逐。当事的主持此事时，竟似乎比大城市"文明接婚"的媒人牧师还谨慎庄严。至于辰河中的行船人，自然尤乐于停靠吕家坪。因为说笑话，地名"吕家坪"，水手到了这里时，上岸去找个把妇人，口对口做点儿小小糊涂事，泄泄火气，照风俗不犯行船人忌讳。

吕家坪虽俨然一个小商埠，凡事应有尽有，三炮台香烟和荔枝龙眼罐头，可以买来送礼。但隔河临近数里，几个小村落中情形，可就完全不同了。这些地方照例把一切乡村景象好好保留下来，吕家坪所有，竟仿佛对之毫无影响。人情风俗都简直不相同。即如橘园中摘橘子时，过路人口渴吃橘子，在村子里可不必花钱，一到吕家坪镇上，便是极酸的狗矢柑，虽并不值钱，也有老妇人守在渡口发卖了。萝卜溪是吕家坪附近一个较富足的村子。村中有条小溪，背山十里远发源，水源在山洞中，由村东流入大河。水路虽不大，因为长年不断流，水清而急，乡下人就利用环境，筑成一重一重堰坝，将水逐段潴汇起来，利用水潭蓄鱼，利用水力灌田碾米。沿溪上溯有十七重堰坝、十二座碾坊，和当地经济不无关系。水底下有沙子外全是细碎金屑，所以又名"金沙溪"。三、四月间河中杨条鱼和鲫鱼上子时，半夜里多由大河逆流匍匐而上，因此溪上游各处堰坝水潭中，多鲫鱼和杨条鱼，味道异常鲜美。土地肥沃带沙，出产大萝卜，因此地名"萝卜溪"，十分本色。

萝卜溪人以种瓜种菜种橘子为业，尤其是橘子出名。村中几乎每户人家都有一片不大不小的橘园，无地可种的人家，墙边茅坑旁边总有几树橘柚。就中橘园既广大，家道又殷实，在当地堪称首屈一指的，应分得数滕长顺。在过渡处被人谈论的两姊妹，就是这人家两个女儿。

滕长顺原来同本地许多人一样，年轻时两手空空的，在人家船上做短程水手，吃水上饭。到后又自己划小小单桡船，放船来往沅水流域各码头，兜揽商货生意，船下行必装载一点蔬菜，上行就运零碎杂货。因为年纪轻，手脚灵便，一双手肯巴，对待主顾又诚实可靠，所以三五年后就发了旺，增大了船只，扩张了事业。先是做水手，后来掌舵把子，再后来且做了大船主。成家讨媳妇时，选中高村一个开糖坊的女儿，带了一份家当来，人又非常能干，两夫妇强健麻俐的四只手不断地做，积下的钱便越来越多。这个人于是记起两句老话："人要落脚，树要生根。"心想，像一把杓老在水面上漂，终不是个长久之计。两夫妇商量了一阵，又问卜打卦了几回，结果才决心在萝卜溪落脚，买了一块菜园、一栋房子。当家的依然还在沅水流域弄船，妇人就带孩子留家里管理田园、养猪养鸡。船向上行，装货到洪江时，当家的把船停到辰溪县，带个水手赶夜路回家来看看妇人和孩子。到橘园中摘橘子时，就辞去了别的主顾，用自己船只装橘子到常德府做买卖，同时且带家眷下行，看看下面世界。因为橘子庄口整齐，味道甜，熟人又多，所以特别容易出脱，并且得到很好的价钱。一个月回头时，就装一船辰河庄号上货物，把自己一点钱也办些本地可发落的杂货，回吕家坪过年。

自从民国以来，二十年中沅水流域不知经过几十次大小内战，许多人的水上事业，在内战时被拉船、封船、派捐、捉伕的结果，事业全毁了。许多油坊字号，也在兵匪派捐勒赎各种不幸中，完全破了产。世界既然老在变，这地方自然也不免大有今昔，应了俗话说的，"十年兴败许多人"。从这个潮流中淘洗，这个人却一面由于气运，一面由于才能，在种种变故里，把家业维持下来，不特发了家，而且发了人。妇人为他一共养了两个男孩、三个女孩，到现在，孩子已长大成人，讨了媳妇，做了帮手。因此要两个孩子各驾一条三舱四橹小鳅鱼头船，在沅水流域继续他的水上事业，自己便在家中看管田庄。女儿都许了人家，大的已过门，第二第三还留在家中。共有三个孙子，大的已满六岁，能拿了竹响篙看晒谷簟，赶鸭下河。当家的年纪已五十六岁，一双手巴了三四十年，常说人老了，骨头已松，不济事了，要休息休息。可是遇家中碾谷米时，长工和家中人两手不空闲，一时顾不来，却必然挑起两大箩谷子向溪口碾坊跑，走路时行步如飞，不让年轻小伙子占先。

这个人既于萝卜溪安家落业，在村子里做员外，且因家业、年龄和为人义道公正处，足称模范，得人信服，因此本村中有公共事业，常常做个头行人，居领袖地位。遇有什么官家事情，如军队过路派差办招待，到吕家坪乡公所去开会时，且常被推举做萝卜溪代表。又因为认识几个字，所以懂得一点风水，略明《麻衣相法》，会几个草头药方，能知道一点时事……凡此种种，更增加了这个人在当地的重要性。

两个小伙子，小小的年龄时就跟随父亲在水上漂，一条沅水长河中什么地方有多少滩险、多少石头，什么时候什么石头行船顶危险麻烦，都记得清清楚楚。（至于船入辰河后，情形自然更熟悉了。）加之父子人缘好，在各商号很得人信用，所以到他们能够驾船时，"小滕老板"的船只，正和老当家的情形一样，还是顶得称赞的船只。

至于几个女孩子，因为做母亲有管教，都健康能勤，做事时手脚十分麻利。终日在田地里太阳下劳作，皮肤都晒成棕红色。家庭中有大有小，父母弟兄姊妹齐全，因此性格明朗畅旺，为人和善而真诚，欢喜高声笑乐，不管什么工作都像是在游戏，各在一种愉快竞争情形中完成。三个女儿就同三朵花一样，在阳光雨露中发育开放。较大的一个，十七岁时就嫁给了桐木坪贩朱砂的田家做媳妇去了，如今已嫁了四年。第二的现在还只十六岁，许给高村地方一个开油坊的儿子，定下的小伙子出了远门，无从完婚。第三的只十五岁，上年十月里才许人，小伙子从县立小学毕业后，转到省里师范学校去，还要三年方能毕业，结婚纵早也一定要在三年后了。三个女儿中最大的一个会理家，第二个为人忠厚老实，第三个长得最美最娇。三女儿身个子小小的，腿子长长的，嘴小牙齿白，鼻梁完整匀称，眉眼秀拔而略带野性，一个人脸庞手脚特别黑，神气风度却是个"黑中俏"。在一家兄弟姐妹中年龄最小，所以名叫"天天"。一家人凡事都对她让步，但她却乖巧而谦虚，不占先称强。因为心性天真而柔和，所以显得更动人怜爱，更得人赞美。

这一家人都俨然无宗教信仰，但观音生日、财神生日、药王生日，以及一切传说中的神佛生日，却从俗敬香或吃斋，出份子给当地办会首事人。一切附于农村社会的节会与禁忌，都遵守奉行，十分虔敬。正月里出行，必翻阅通书，选个良辰吉日。惊蛰节，必从俗做荞粑吃。寒食清明必上坟，煮腊肉社饭到野外去聚餐。端午必包裹粽子，门户上悬一束蒲艾，于五月五日午时造五毒八宝膏药，配六一散痧药，预备大六月天送人。全家喝过雄黄酒后，便换好了新衣服，上吕家坪去看赛船，为村中那条船呐喊助威。六月尝新，必吃鲤鱼、茄子和田地里新得包谷新米。收获期必为长年帮工酿一大缸江米酒，好在工作之余，淘凉水解渴。七月中元节，做佛事有盂兰盆会，必为亡人祖宗远亲近戚焚烧纸钱，女孩儿家为此事将有好一阵忙，大家兴致很好地封包，用锡箔折金银锞子，俟黄昏时方抬到河岸边去焚化。且做荷花灯放到河中漂去，照亡魂升西天。八月敬月亮，必派人到镇上去买月饼，办节货，一家人团聚赏月。九月重阳登高，必用紫芽姜焖鸭子野餐，秋高气爽，又是一番风味。冬天冬蛰，在门限边用石灰撒成弓形，射杀百虫。腊八日煮腊八粥，做腊八豆……总之，凡事从俗，并遵照书上所有办理，毫不苟且，从应有情景中，一家人得到节日的解放欢乐和忌日的严肃心境。

这样一个家庭，不愁吃，不愁穿，照普通情形说来，应当是很幸福的了。然而不然。这小地方正如别的世界一样，有些事不大合道理的。地面上确有些人成天或用手，或用脑，各在职分上劳累，与自然协力同功，增加地面粮食的生产，财富的储蓄；可是同时就还有另外一批人，为了历史习惯的特权，在生活上毫不费力，在名分上却极重要，来用种种方法、种种理由，将那些手足贴地的人一点收入挤去。正常的如粮赋、粮赋附加捐、保安附加捐……常有的如公债，不定期而照例无可避免的如驻防军借款、派粮、派捐、派夫役，以及摊派剿匪清乡子弹费，特殊的有钱人容易被照顾的如绑票勒赎、明火抢掠，总而言之，一年收入用之于"神"的若需一元，用之于"人"的至少得有二十元。家中收入多，特有的出项也特别多。

世界既然老在变，变来变去如像十八年的革命，轮到乡下人还只是出钱。这一家之长的滕长顺，就明白这个道理。钱出来出去，世界似乎还并未变好，所以就推为"气运"。乡下人照例凡是到不能解决无可奈何时，差不多都那么用"气运"来抵抗它，增加一点忍耐、一点对不公平待遇和不幸来临的适应性，并在万一中留下点希望。天下不太平既是"气运"，这道理滕长顺已看得明白，因此父子母女一家人，还是好好地把日子过下去。亏得是人多手多，地面出产多，几只"水上漂"又从不失事，所以在一乡还依然称"财主"。世界虽在变，这一家应当进行的种种事情，无不照常举办，婚丧庆吊，年终对神的还愿，以及儿婚女嫁的应用东东西西，都准备得齐齐全全。

明白世界在变，且用"气运"来解释这在变动中临到本人必然的忧患，勉强活下去的，另外还有一个人。这个人就是在枫木坳上坐坳守祠堂，关心"新生活"快要来到本地，想去报告滕长顺一声的老水手。这个人的身世如一个故事，简单而不平凡，命运恰与陆地生根的滕长顺两相对照。年轻时也吃水上饭，娶妻生子后，有两只船作家当，因此自己弄一条，雇请他人代弄一条，在沅水流域装载货物，上下往来。看看事业刚顺手，大儿子到了十二岁，快可以成为一个帮手，前途大有发展时，灾星忽然临门，用一只看不见的大手，不拘老少，却一把捞住了。为了一个西瓜，母子三人在两天内全害霍乱病死掉了，正如同此后还有"故事"，却特意把个老当家的单独留下。这个人看看灾星落到头上来了，无可奈何，于是卖了一只船，调换三副大小棺木，把母子三人打发落了土。自己依然勉强支撑，用"气运"排遣，划那条船在沅水中行驶。当初尚以为自己年纪只四十多一点，命运若转好，还很可以凭精力重新干出一份家业来。但祸不单行，妇人儿子死后不到三个月，剩下那只船满载桐油烟草驶下常德府，船到沅水中部青浪滩，出了事，在大石上一磕成两段，眼睛睁睁地看到所有货物全落了水，被急浪打散了。这个人空捞着一匹桨，又急又气，浮沉了十余里方拢岸。到得岸上后，才知道，不仅船货两失，押货的商人也被水淹死了，八个水手还有两个失了踪。这一来，真正是一点老根子都完了。装货油号上的大老板，虽认为行船走马三分险，事不在人在乎天，船只失事实只是气运不好，对于一切损失并不在意。还答应另外借给他三百吊钱，买一只小点的旧船，做水上人，找水上饭吃，慢慢地再图扳本。可是一连经过这两次打击，这个人自己倒信任不过自己，觉得一切都完了，再干也不会有什么好处了。因此同别的失意人一样，只打量向远方跑。过不多久，沅水流域就再也见不着这个水手，谁也不知道他的去处。渐渐地冬去春来，四时交替，吕家坪的人自然都忘记这么一个人了。

大约经过了十五年光景，这个人才又忽然出现于吕家坪。初回来时，年纪较轻的本地人全不认识，只四十岁以上的人提起时才记得起。对于这个人，老同乡一望而知这十余年来在外面生活是不甚得意的。头发业已花白，一只手似乎扭坏了，转动不怎么灵便，面貌萎悴，衣服有点拖拖沓沓，背上的包袱小小的，分量也轻轻的。回到乡下来的意思，原来是想向同乡告个帮，做一个会，集五百吊钱，再打一只船，来水上和二三十岁小伙子挣饭吃。照当地习惯，大家对于这个会都乐意帮忙，正在河街上一个船总家集款时，事情被滕长顺知道了。滕长顺原来与之同样驾船吃水上饭，现在看看这个远房老宗兄铄羽回来，像是已经倦于风浪、想要歇歇的样子。人既无儿无女，无可依靠，年纪又将近六十，因此向他提议："老大爷，我看你做水鸭子也实在够累了，年纪不少了，一把骨头不管放到哪里去，都不大好。倒不如歇下来，爽性到我家里去住，粗茶淡饭总有一口。世界成天还在变，我们都不中用了，水面上那些事让你侄儿他们去干好。既有了他们，我们乐得轻轻松松吃一口酸菜汤泡饭。你只管到我那里去住，我要你去住，同自己家里一样，不会多你的。"

老水手眯着小眼睛看定了长顺，摇摇那只扭坏了的臂膊，叹一口气，笑将起来。又点点头，心想"你说一样就一样"，因此承认长顺的善意提议，当天就背了那个小小包袱，和长顺回到萝卜溪的橘子园。

住下来虽说做客，乡下人照例闲不得手，遇事总帮忙。而且为人见事多，经验足，会喝杯烧酒，性情极随和，一家大小都对这个人很好，把他当亲叔叔一般看待，说来尚称相安。

过了两年，一家人已成习惯后，这个老水手却总像是不能习惯。这样寄居下去可不成，人老心不老，终得要想个办法脱身。但对于驾船事情，真如长顺所说，是年纪轻气力壮的小伙子的事情，快到六十岁的人已无份了。当地姓滕宗族多，弄船的、开油坊油号的、种橘子树的，一起了家，钱无使用处时，总得把一部分花在祠堂庙宇方面去，为祖宗增光，儿孙积福，并表扬个人手足勤俭的榜样。公祠以外还有私祠。公祠照例是分支派出钱作成，规范相当宏大，还有些祠田公地，可作祭祀以外兴办义学用。私家祠堂多由个人花钱建造，作为家庙。其时恰恰有个开洪发号油坊起家的滕姓寡妇，出了一笔钱，把整个枫树坳山头空地买来，在坳上造了座祠堂。祠堂造好后要个年纪大的看守，还无相当人选。长顺为老水手说了句好话，因此这老水手就成了枫树坳上坐坳守祠堂人。

祠堂既临官道，并且濒河，来往人多，过路人和弄船人经过坳上时，必坐下来歇歇脚，吸一口烟，松松肩上负担。祠堂前本有几十株大枫木树，树下有几列青石凳子，老水手因此在树下摆个小摊子，卖点零吃东西。对于过路人，自己也就俨然是这坳上的主人，生活下来比在人家做客舒适得多。间或过河到长顺家去看看，到了那里，坐一坐，谈谈本乡闲事，或往牛栏边去看看初生小牛犊，或下厨房到灶边去烧个红薯，烧个包谷棒，喝一碗糊米茶，就又走了。也间或带个小竹箩赶赶场，在场上各处走去，牛场、米场、农具杂货场，都随便走去看看，回头再到场上卖狗肉牛杂碎摊棚边矮板凳上坐坐，听生意人谈谈各样行市，听弄船人谈谈下河新闻，以及农产物下运水脚行情，一条辰河水面上船家得失气运。遇到县里跑公事人，还可知道最近城里衙门的功令，及保安队调动消息。天气晚了，想起"家"了，转住处时就捎点应用东西——一块巴盐、一束烟草，或半葫芦烧酒，这个烧酒有时是沿路要尝尝看，尝到家照例只剩下一半的。由于生活不幸，正当生发时被恶运绊倒了脚，就爬不起来了。老年孤独，性情与一般吕家坪人比较起来，就好像稍微有点儿古怪。由于生活经验多，一部分生命力无由发泄，因此人虽衰老了，对于许多事情，好探索猜想，且居然还有点童心。混合了这古怪和好事性情，在本地人说来，竟成为一个特别人物。先前一时且有人以为他十多年来出远门在外边，若不是积了许多财富，就一定积了许多道理，因此初回来时，大家对他还抱了一些好奇心。但乡下人究竟是现实主义者，回来两年后，既不见财富，又听不出什么道理，对于这个老水手，就俨然不足为奇，把注意力转到别一方面去了。把老水手认识得清楚，且充满了亲爱感情，似乎只长顺一家人。

老水手人老心不老，自己想变变不来了，却相信《烧饼歌》上几句话，以为世界还要大变。不管是好是坏，总之不能永远"照常"。这点预期四年前被川军和中央军陆续过境，证实了一部分，因此他相信，还有许多事要陆续发生，那个"明天"必不会和"今天"相同。如今听说"新生活"要来了，实在相当兴奋，在本地真算是对新生活第一个抱有幻想的人物。事实呢，世界纵然一切不同，这个老水手的生命却早已经凝固了。这小地方本来呢，却又比老水手所梦想到的，变化得还要多。

老水手和长顺家两个姑娘过了渡，沿河坎小路向萝卜溪走去时，老水手还是对原来那件事不大放心，询问天天："天天，你今天和你二姊到场上去，场上人多不多？"

天天觉得这询问好笑，因此反问老水手："场上人怎么不多，满满？"

"我问你，保安团多不多？"

二姑娘说："我听镇上人说，场头上还有人在摆赌，一张桌子抽两块钱，一共摆了二十张桌子。他们还说队长佩了个盒子炮，在场上面馆里和团总喝酒。团总脸红红的，叫队长亲家长亲家短，不知说什么酒话。"

老水手像是自言自语："还摆赌？这是什么年头，要钱不要命！"

天天觉得稀奇，问老水手："怎么不要命？又不是土匪……"

老水手皱起眉毛，去估量场上队长和团总对杯划拳情形时，天天就从那个神情中，记起过去一时镇上人和三黑子对水上警察印象的褒贬。因为事情不大近人情，话有点野，说不出口，说来恐犯忌讳，所以只是笑笑。

老水手说："天天，你笑什么？你笑我老昏了头是不是？"

天天说："我笑三黑子，不懂事，差点惹下一场大祸。"

"什么事情？"

"是个老故事，去年的事情，满满你听人说过的。"

老水手明白了那个事情时，也不由得笑了起来。可是笑过后却沉默了。

原来保安团防驻扎在镇上，一切开销都是照例，好在人数并不多，且有个水码头，号口生意相当大，可以从中调排，挹彼注此，摊派到村子里和船上人，所以数目都不十分大。可是水上警察却有时因为派来剿匪，或护送船帮，有些玩意儿把划船的弄得糊糊涂涂，不出钱不成，出了钱还是有问题。三黑子为人心直，有一次驾船随大帮船靠辰河一个码头，护船的队伍听说翁子洞有点不安静，就表示这大帮船上行责任太大，不好办。可是护送费业已缴齐，船上人要三黑子去办交涉，说是不能负责任，就退还这个钱，大家另想办法。交涉不得结果，三黑子就主张不用保护，把船冒险上行，到出麻烦时再商量。一帮船待要准备开头时，三黑子却被扣了下来。他们意思是要船帮另外摊点钱，作为额外，故意说河道不安静，难负责任。明知大帮船绝不能久停在半路上，只要有人一转圜，再出笔钱，自然就可以上路了。如今经三黑子一说，那么一来，等于破了他们的计策。所以把他扣下来，追问他有什么理由敢冒险。且恐吓说，事情不分明，还得送到省里去，要有个水落石出，这帮船方能开行。末了还是年老的见事多，知道了这只是点破了题，使得问题成个僵局，僵下去只是船上人吃亏，才作好作歹进行另外一种交涉，方能和平了事。

想起这些事，自然使乡下人不快乐，所以老水手说："快了，快了，这些不要脸家伙到我们这里洋财也发够了，不久就会要走路的。有别的人要来了！"

天天依然不明白是什么意思，停在路旁，问老水手："满满，谁快要到我们这里来？你说个明白，把人闷到葫芦里不好受！"

老水手装作看待小孩子神气，"说来你也不会明白，我是王半仙，捏手指算得准，说要来就要来的。前年川军来了，中央军又来了，你们逃到山里去两个月才回家。不久又要走路。不走开，人家会把你爹当王四癫子办，吊起骡子讲价钱，不管你三七二十一，伸出手来，'大爷要钱！'不把不成。一千两千不够，说不得还会把你们陪嫁的金戒指银项圈也拿去抵账！天天，你舍得舍不得？……该死的，发瘟的，就好了他们！"

二姑娘年纪大些，看事比较认真，见老水手说得十分俨然，就低声问他："满满，不是下头南军和北军又开了火，兵队要退上来？"

老水手说："不打仗。不是军队。来的那个比军队还要厉害！"

"什么事情？他们上来做什么？地方保安团有枪，他们不冲突吗？"

"嗨，保安团！保安团算什么？连他们都要跑路，不赶快跑就活捉张三，把他们一个一个捉起来，结算二十年老账。"

天天说："满满，你说的当真是什么？闭着个口嚼蛤蜊，弄得个人糊糊涂涂，好像闷在鼓里，耳朵又老是嗡嗡地响，响了半天，可还是咚咚咚。"

几个快要走到萝卜溪石桥边时，天天见父亲正在园坎边和一个税局中人谈话，手攀定一枝竹子，那么摇来晃去，神气怪自在从容。税局中人是来买橘子，预备托人带下桃源县送人的。有两个长工正拿竹箩上树摘橘子。天天赶忙走到父亲身边去，"爹爹，守祠堂的满满，有要紧话同你说。"

长顺已将近有半个月未见到老水手，就问他为什么多久不过河，是不是到别处去，且问他有什么事情。老水手因税局中人在身旁，想起先前一时在镇上另外那个写信师爷大模大样的神气，以为这件事不让他们知道，率性尽他们措手不及吃点亏，也是应该有的报应，便不肯当面即说，只支支吾吾向一株大橘子树下走去。长顺明白老水手性情，所谓"要紧话"，终不外乎县里的新闻、沿河的保安队故事，不会什么真正要紧，就说："大爷，等一会儿吧。天天你带满满到竹园后面去，看看我们今年挖的那个大窖。"长顺回头瞬眼看到二姑娘背笼中东东西西，于是又笑着说："二妹，你怎么又办了多少货！你真是要开杂货铺！我托你带的那个大钓钩，一定又忘记了，是不是？你这个人，要的你总不买，买的都不必要，将来不是个好媳妇。"

长顺当客人面责骂女儿，语气中却充满温爱，仿佛像一个人用手拍小孩子头时一样，用责罚当作爱抚。所以二姑娘听长顺说下去，还只是微笑。

提起钓钩时，二姑娘当真把这件事又忘了，回答他父亲："这事我早说好，要天天办。天天今天可忘了。"

天天也笑着，不承认罪过，"爹，你亲自派我的事，我不会忘记，二姐告我的事，杂七杂八，说了许多，一面说，一面又拉我到场上去看卖牛，我就只记得小牛，记不得鱼了。太平溪田家人把两条小花牛牵到场上去出卖，有人出二十六块钱，还不肯放手！他要三十。我有钱，我就花三十买它来。好一对牛，长得真好看！"

长顺说："天天，你就会说空话。你把牛买来有什么用。"

天天："牛怎么没用？小时好看，长大了好耕田！"

"人长大了呢，天天？"爹爹意思在逗天天，因为人长大了应合老话说的"男大当婚，女大当嫁"，天天就得嫁出去。

天天领悟得这句笑话意思，有点不利于己，所以不再分辩，拾起地下一线狗尾草，衔在口中，直向竹林一方跑去。二姑娘口中叫着"天天，天天"，也笑笑地走了。老水手却留在那里看他们下橘子，不即去看那个新窖。

税局中人望定长顺两个女儿后身说："滕老板，你好福气，家发人兴。今年橘子结得真好，会有两千块钱进项吧，发一笔大财，真是有土斯有财！"

长顺说："师爷，你哪知道我们过日子艰难！这水泡泡东西，值什么钱，有什么财发？天下不太平，清闲饭不容易吃，师爷你哪知我们乡下人的苦处。稍有几个活用钱，上头会让你埋窖？"

那税局中人笑将起来，并说笑话："滕老板，你好像是怕我开借，先说苦、苦、苦，用鸡脚黄连封住我的口，免得我开口。谁不知道你是萝卜溪的'员外'？要银子，窖里怕不埋得有上千上万大元宝！"

"我的老先生，窖里是银子，那可好了。窖里全是红薯！师爷，说好倒真是你们好，什么都不愁，不怕，天塌了有高长子顶，地陷了有大胖子填。吃喝自在，日子过得好不自在！要发财，积少成多，才真容易！"

"常言道：这山望见那山高。你哪知道我们的苦处。我们跟局长这里那里走，还不是一个'混'字，随处混！月前局长不来，坐在铜湾溪王寡妇家里养病，谁知道他是什么病？下面有人来说，总局又要换人了，一换人，还不是上下一齐换，大家卷起行李铺盖滚蛋。"

老水手听说要换人，以为这事也许和"新生活"有点关系，探询似的插嘴问道："师爷，县里这些日子怕很忙吧？"

"我说他们是无事忙。"

"师爷，我猜想一定有件大事情……我想是真的……我听人说那个，一定是……"老水手趑趑趄趄，不知究竟怎么说下去。他本不想说，可又不能长久憋在心上。

长顺以为新闻不外乎保安团调防撤人，"保安团变卦了吗？"

"不是的。我听人说，'新生活'快要来了！"

他本想把"新生活"三字分量说得重重的，引起长顺注意，可是不知为什么到出口时反而说得轻了些。税局中人和橘子园主人同声惊讶地问："什么，你说……'新生活'要来了吗？"事实上惊讶的原因，只是"新生活"这名词怎么会使老水手如此紧张，两人都不免觉得奇怪。两人的神气，已满足了老水手的本意，因此他故意作成千真万确当神发誓的样子说："是的，是的，那个要来了。他们都那么说！我在坳上还亲眼看见一个侦探，扮作玩猴子戏的，问我到县里还有多远路，问明白后就忙匆匆走了。那样子是个侦探，天生贼眉贼眼，好像正人君子委员的架势，我赌咒说他是假装的。"

两个人听得这话不由不笑将起来，"新生活"又不是人，来就来，派什么侦探？怕什么？值得大惊小怪！两人显然耳朵都长一点，明白下边事情多一点，知道"新生活"是什么东西的，因此并不觉得怎么吓怕的。听老水手如此说来，不免为老水手的慌张好笑。

税局中人是看老《申报》的，因此把所知道的新事情说给他听。但就所知说来说去，到后自己也不免有点"茅包"了，并不十分了解新闻的意思，就不再说了。长顺十天前从弄船人口中早听来些城里实行"新生活"运动的情形，譬如走路要向左，衣扣得扣好，不许赤脚赤背膊，凡事要快，要清洁……如此或如彼，这些事由水手说来，不觉得危险可怕，倒是麻烦可笑。请想想，这些事情若移到乡下来，将成个什么。走路必向左，乡下人怎么混在一处赶场？不许脱光一身，怎么下水拉船？凡事要争快，过渡船大家抢先，不把船踏翻吗？船上滩下滩，不碰撞打架吗？事事物物要清洁，那人家怎么做霉豆腐和豆瓣酱？浇菜用不用大粪？过日子要卫生，乡下人从哪里来卫生丸子？纽扣要扣好，天热时不闷人发痧？总而言之，就条例言来都想不通，做不到。乡下人因此转一念头：这一定是城里的事情，城外人即不在内。因为弄船人到了常德府，进城去看看，一到衙门边，的的确确有兵士和学生站在街中干涉走路、扣衣扣，不听吩咐，就要挨一两下，表示不守王法得受点处分。一出城到河边，傍吊脚楼撒尿，也就管不着了。因此一来，受处分后还是莫名其妙，只以为早上起来说了梦，气运不好罢了。如今听老水手说这事就要来乡下，先还怕是另外得到什么消息，长顺就问他跟谁听来的。老水手自然说不具体，只说"一定是千真万真"。说到末了，三个人不由得都笑了。因为常德府西门城外办不通的事，吕家坪乡下哪会办得通。真的来，会长走错了路，就得打手心了。一个村子里要预备多少板子！

其时两个上树摘橘子的已满了筐，带下树来。税局中人掏出两块钱递给长顺，请他笑纳，表个意思。长顺一定不肯接钱，手只是摇。

"师爷，你我自己人，这把钱？你要它，就挑一担去也不用把钱。橘子结在树梢上，正是要人吃的！你我不是外人，还见外！"

税局中人说："这不成，我自己要吃，拿三十五十不算什么。我这是送人的！借花献佛，不好意思。"

"送礼也是一样的。不嫌弃，你下头有什么人要送，尽管来挑几担去。这东西越吃越发。"

税局中人执意要把钱，橘园主人不肯收，"师爷，你真是见外我姓滕的不够做朋友！"

"滕老板，你不明白我。我同你们上河人一样脾气，肠子直，不会客气。这次你收了，下一次我再来好不好？"

老水手见两人都直性，转不过弯来，推来让去终不得个了结，所以从旁打圆成说："大爷，你看师爷那么心直，就收了吧。"

长顺过意不去，因此又要长工到另外一株老树上去，再摘五十个顶大的添给师爷。这人急于回镇上，说了几句应酬话，长工便跟在他身后，为把一大箩橘子扛走了。

老水手说："这师爷人顶好，不吃烟，不吃酒，听说他祖宗在贵州省做过督抚。"

长顺说："人一好就不走运。"

天天换了毛蓝布衣服，拉了只大白狗，从家里跑来，见她父亲还在和老水手说话，就告她父亲说："爹，满满说什么'新生活'要来了，我们是不是又躲到齐梁桥洞里去？"

长顺神气竟像毫不在意，"来就让它来好了，天天，我们不躲它！"

"不怕闹吗？"

长顺忍不住笑了，"天天，你怕你就躲，和满满一块儿去。我不躲，一家人都不躲。我们不怕闹，它也不会闹！"

天天眼睛中现出一点迷惑，"怎么回事？"要老水手为答解。

老水手似乎有点害羞，小眼睛眨巴眨巴的，急嚷着说："我敢打赌，赌个小手指，它会要来的！天天，你爹懂阴阳，今年六月里涨水，坝上金鲤鱼不是跑出大河到洞庭湖去了吗？这地方今年不会太平，打十回清醮，烧二十四斤檀香，干果五供把做法事的道士胀得昏头昏脑，也不会过太平年。"

长顺笑着说："那且不管它，得过且过。我们还是家里吃酒去吧。有麂子肉和菌子，炒辣子吃。"

老水手输心不输口，还是很固执地说："长顺大爷，我敢同你赌四个手指，一定有事情，要变卦。算不准，我一口咬下它。"

天天平时很信仰她爹爹，见父亲神气泰然，不以为意，因此向老水手打趣说："满满，你好像昨天夜里挖了一缸金元宝，只怕人家拦路抢劫，心里总虚虚的。被机关打过的黄鼠狼，见了碓关也害怕！'新生活'不会抢你金元宝的！"

老水手举起那只偏枯不灵活手臂，向对河坳上那一簇红艳艳老枫木树，用笑话回答天天说的笑话："天天，你看，那是我的家当！人说枫香树下面有何首乌，一千年后手脚生长齐全，还留个小辫子，完全和人一样。这东西大月亮天还会到处跑，走路飞快！挖得了它煮白毛乌骨鸡吃，就可以长生不老。我哪天当真挖得了它，一定炖了鸡单单请你吃，好两人上天做神仙，仙宫里住多有个熟人，不会孤单！今天可饿了，且先到你家吃麂子肉去吧。"

另外一个长工相信传说，这时却很认真地说："老舵把子怎不请我呢？做神仙住大花园里，种蟠桃也要人！"

"那当然。我一定请你，你等着！"

"我吃个脚拇指就得了。"

话说得憨而趣，逗引得大家都发了笑。

几个人于是一齐向家中走去。

因为老水手前一刻曾提起过当地"风水"，长顺是的确懂那个的，并不关心金鲤鱼下洞庭湖，总觉得地方不平凡，来龙去脉都有气势，树木又配置得恰到好处，真会有人材出来。只是时候还不到。可是将来应在谁身上？不免令人纳闷。

吕家坪的人事

　　吕家坪正街上，同和祥花纱号的后屋，商会会长住宅偏院里，小四方天井中，有个酱紫色金鱼缸，贮了满缸的清水，缸中水面上搁着个玲珑苍翠的小石山。石出上阴面长有几簇虎耳草，叶片圆圆的，毛茸茸的。会长是个五十岁左右的二号胖子，在辰溪县花纱字号做学徒出身，精于商业经营，却不甚会应酬交际。在小码头做大老板太久，因之有一点隐逸味，有点泥土气息。其时手里正捧着一只白铜镂花十样锦水烟袋，与铺中一个管事在鱼缸边玩赏金鱼，喂金鱼食料谈闲天。两人说起近两月来上下码头油盐价值的起跌以及花纱价入秋看涨、桐油价入冬新货上市看跌情形。前院来了一个伙计，肩上挂着个官青布扣花褡裢，背把雨伞，是上月由常德押货船上行，船刚泊辰溪县，还未入麻阳河，赶先走旱路来报信的。会长见了这个伙计，知道自己号上的船已快到地，异常高兴。

"周二先生，辛苦辛苦。怎么今天你才来！刚到吗？船到了吗？不坏事吗？"

且接二连三问了一大串沅水下游事情。

到把各事明白后，却笑了。因为这伙计报告下面事情时，就说到"新生活"实施情形。常德府近来大街上走路，已经一点不儿戏，每逢一定日子，街上各段都有荷枪的兵士，枪口上插一面小小红绿旗帜，写明"行人向左"，要大家向左走。一走错了就要受干涉。礼拜天各学校中的童子军也一齐出发，手持齐眉棍拦路，教育上街市民，取缔衣装不整齐的行路人。衙门机关学堂里的人要守规矩，划船的一上岸进城也要守规矩。常德既是个水码头，整千整万的水手来来去去，照例必入城观观光，办点零用货物，到得城中后，忙得这些乡下人真不知如何是好。出城后来到码头边，许多人仿佛才算得救，恢复了自由。会长原是个老《申报》读者，二十年来天下大事，都是从老《申报》上知道的。"新生活"运动的演说，早从报纸看到了，如今笑的却是想起常德地方那么一个大码头，船夫之杂而野性，已不可想象，这些弄船人一上岸，在崭新规矩中受军警宪和小学生的指挥调排，手忙脚乱会到何等程度，说不定还以为这是"革命"！

管事的又问那伙计："二先生，你上来时，桃源县周溪木排多不多？洪江刘家的货到了不到？汉口庄油号上办货的看涨看跌？"

伙计一一报告后，又向会长轻轻地、很正经地说："会长，我到辰州听人说省里正要调兵，不知是什么事情。兵队都陆续向上面调，人马真不少！你们不知道吗？我们上面恐怕又要打仗了，不知打什么仗！"

会长说："是中央军队？省中保安队？……怕是他们换防吧。"

"我弄不清楚。沿河一带可看不出什么。只辰州美孚洋行来了许多油，行里仓库放不下，借人家祠堂庙宇放，好几个祠堂全堆满了。有人说不是油，是安全炸药，同肥皂一样，放火里烧也不危险。有人说，明年五月里老蒋要带兵和日本打一仗，好好地打一仗，见个胜败。日本鬼子逼政府投降，老蒋不肯降。不降就要打起来。各省带兵的主席都赞成打！我们被日本人欺侮够了，不打一仗事情不了结。"

会长相信不过，"哪有这种事？我们要派兵打仗，怎么把兵向上调？我看报，《申报》上就不说起这件事情。影子也没有！"《申报》到地照例要十一二天，会长还是相信国家重要事总会从报上看得出。报上有的才是真事情，报上不说多半不可靠。

管事的插嘴说："唉，会长，老《申报》好些事都不曾说！芷江县南门外平飞机场，三万人在动手挖坟刨墓，报上就不说！报上不说是有意包瞒，不让日本鬼子知道。知道了事情不好办。"

"若说飞机场，鬼子哪有不知道？报上不说，是报馆访事的不知道，衙门不让人泄露军机。鬼子鬼伶精，到处都派得有奸细！"

管事说："那打仗调兵事情，自然更不会登报了。"

会长有点不服，拿出大东家神气，"我告你，你们不知道的事情可不要乱说。打什么仗？调什么兵？……君子报仇三年，小人报仇眼前。中国和日本的账目，委员长心中有数，慢慢地来，时间早喏。我想还早得很。"末了几句话竟像是对自己安慰而发，却又要从自己找寻一点同情。可是心中却有点不安定。于是便自言自语说："世界大战要民国三十年发生，现在才二十五年，早得很！《大公报》上就说起过！"

管事的扫了兴，不便再说什么了，正想向外院柜台走去，会长忽记起一件事情，叫住了他，"吴先生，我说，队上那个款项预备好了没有？他们今天会要来取它，你预备一下：还要一份收据。——作孽作孽，老爷老爷。"

管事说："枪款吗？早送来了，我忘记告你。他们还有个空白收据！王乡长说，队长派人来提款时，要盖个章，手续办清楚，了一重公案。请会长费神说一声。"

会长要他到柜上去拿收据来看看。收据那么写明：

　　　保安队第 × × 队队长，今收到麻阳县明理乡吕家坪
乡公所缴赔枪支子弹损失洋二百四十元整。

会长把这个收据过目后，轻轻地叹了一口气，"作孽！"便把收据还给了管事。

走到堂屋里去，见赶路来的伙计还等待在屋檐前。

会长轻声地问："二先生，你听什么人说省里在调动军队？可真有这件事？"

伙计说："辰溪县号上人都那么说。恐怕是福音堂牧师传的消息，他们有无线电，天下消息都知道。"伙计见东家神气有点郁郁不乐，因此把话转到本地问题上来，"会长，这两个月我们吕家坪怎么样？下面都说桐油还看涨，直到明年桃花油上市，只有升起，不会下落。今年汉口柑橘起价钱，洋装货不到。一路看我们麻阳河里橘子园真旺相，一片金，一片黄金！"

会长沉默了一会儿，"都说地方沾了橘子的光，哪知道还有别的人老要沾我们的光？这里前不多久……不讲道理，有什么办法！"

伙计说："不是说那个能干吗？"

"就是能干，才会铺排这样那样！……上次考察萝卜、白菜和水果的委员过路，会上请酒办招待，那一位就说：'委员，这地方除了橘子树多，什么都不成，闷死人！'委员笑眯眯地说：'橘子很补人，挤水也好吃！'好，大家都挤下去，好在橘子树多，总挤不干。可是挤来挤去也就差不多了！"

"局长可换了人？"

"怎么换人？时间不到，不会换人的。都有背脊骨。轻易不会来，来了不会动。不过这个人倒也还好，豪爽大方，很会玩。比那一位皮带带强。既是包办制度，牙齿不太长，地方倒阿弥陀佛，菩萨保佑！"

"到辰州府我去看望四老，听他说，桃源转调来的那一位，才真有手段！什么什么费，起码是半串儿，丁拐儿。谁知道他们放了多少枪，打中了猫头鹰、九头鸟？哪知强中更有强中手，邮电局长字号有个老婆，腰身小小的，眉毛长长的，看人时一对眼睛虚虚的，下江人打扮，摩登风流，唱得一口好京戏，打得一手好字牌，不久就和那个长打了亲家（是干亲家湿亲家，只有他自己知道，外人哪知道？），合手儿抬义胜和少老板轿子，一夜里就捞了'二方'，本来约好平分……过不久，那摩登人儿，却把软的硬的一卷，坐了汽车，闪不知就溜下武昌去了。害得亲家又气又心疼。捏了鼻子吃冲菜，辣得个开口不得。现眼现报。是当真事情……我过泸溪县时，还正听人说那一位大拇指还在尤家巷一个娘舅家里养病。这几年的事情，不知是什么，人人都说老总统一了中国，国家就好了。前年追川军，在省里演说，还说要亲手枪毙几个贪官污吏。他一个人只生一双手两只眼睛，能看见多少，枪毙多少！"

会长说："不要说老总，这个人办事倒认真，一天忙得像碾盘上石滚子，不得个休息。我看老《申报》，说他不久又要坐飞机上四川开会，是十六号报纸说的！这时一定已经到了。"

两个人正天上地下谈说国家大事和地方小事，只听得皮鞋声响，原来说鬼有鬼，队长和一个朋友来了。会长一见是队长，就装成笑脸迎上前去。知道来意是提那笔款项，"队长，好几天不见你了，我正想要人来告个信，你那个乡公所已经送来了。"回头就嘱咐那伙计："你出去告吴先生，把钱拿来，请队长过手。"

一面让坐，一面叫人倒茶拿烟奉客。坐定后，会长试从队长脸上搜索，想发现一点什么，"队长，这几天手气可好？我看你印堂红红的。"

队长一面划火柴吸烟，一面摇头，喷了口烟气后，用省里话说："坏透了，一连四五场总姓'输'名'到底'。我这马上过日子的人，好像要坐轿子神气。天生是马上人，武兼文，不大好办！"他意思是他人合作行骗，三抬一，所以结果老是输。

会长说："队长你说笑话。谁敢请你坐轿子，不要脑壳！有几个脑壳！"

另外同来那位，看看像是吃过公务饭的长衫客，便接口说："输牌不输理，我要是搭伙平分，当裤子也不抱怨你。"接着这个人就把另一时另一个场面，绘影绘声地铺排出来，四家张子都记得清清楚楚，手上桌上牌全都记得清清楚楚，说出来请会长评理。会长本想请教贵姓台甫，这一来倒免了。于是随意应和着说："当真是的，这位同志说得对，输牌不输理。这不能怪人，是运气。"

队长受称赞后，有点过意不去，有点怩惋，"荷包空了谁讲个'理'字？这个月运气不好，我要歇歇手！"

那人说："你只管来，我敢写包票，你要翻本！"

正说着，号上管事把三小叠法币同一纸收据拿来了，送给会长过目，面对队长笑眯眯的，"大老爷，手气可好？你老牌张子太厉害，我们都赶不过！这是京上学来的，是不是？"

队长要理不理，随随便便地做了个应酬的微笑，并不作答。会长将钞票转交给他，请过目点数。队长只略略一看，就塞到衣口袋里去了，因此再来检视那张收据。

收据被那同来朋友冷眼见到时，队长装作大不高兴神气，皱了皱那两道英雄眉，"这算什么？这个难道还要我盖个私章吗？会长，亏得是你，碍你们的面子，了一件公事。地方上莫不以为这钱是我姓宗的私人财产吧？那就错了，错了。这个东西让我带回去研究研究看。"

会长知道意思，是不落证据到人手上。乡下人问题就只是缴钱了事，收据有无本不重要，因此敲边鼓凑和说："那不要紧，改天送来也成。他们不过是要了清一次手续，有个报销，并无别的意思。"且把话岔开说："队长，你们弟兄上次赶场，听说在老营盘地方，打了一只野猪，有两百斤重，好大一只野猪！这畜生一出现，就搅得个庄稼人睡觉不安，这么一来，可谓为民除一大害，真是立功积德！我听人说野猪还多！"会长好像触着了忌讳，不能接口说下去。

提起野猪，队长好像才想起一件事情，"嗨，会长，你不说起它，我倒忘了，我正想送你一腿野猪肉。"又转向那同来长衫朋友说："六哥，你还不知道我们这个会长，仁义好客，家里办的狗肉多好！泡的药酒比北京同仁堂的还有劲头。"又转向会长说："局里今天请客，会长去不去？"

会长装作不听清楚，只连声叫人倒茶。

又坐了一会儿，队长看看手腕上的白金表，便说事情忙，还有公事要办，起身走了。那清客似的朋友，临走时又点了支烟，抓起了他那顶破呢帽，跟随队长身后走到天井中时，用一个行家神气去欣赏了一会儿金鱼缸上的石山，说："队长，你看，你看，这是'双峰插云'，有阴有阳，带下省里去，怕不止值三百块钱！"

队长也因之停在鱼缸边看了那么一忽儿，却说道："会长，你这石山上虎耳草长得好大！这东西贴鸡眼睛，百灵百验。你试试看，很好的！"

真应了古人说的：贤者所见，各有不同。两个伟人走后，会长站在天井中鱼缸旁只是干笑。心里却想起老营盘的野猪，好像那个石山就是个野猪头，倒放在鱼缸上。

吕家坪镇上只一条长街，油号、盐号、花纱号，装点了这条长街的繁荣。这三种庄号，照例生意最大，资本雄厚，其余商业相形之下，殊不足数。当地橘子园虽极广大，菜蔬杂粮产量虽相当多，却全由生产者从河码头直接装船，运往下游，不必需另外经由什么庄号上人转手。因此一来，橘子园出产虽不少，生意虽不小，却不曾加入当地商会。换言之，也就可说是不被当地人看作"商业"。庄号虽搁下百八十万本钱，预备放账囤货，在橘子上市时，可从不对这种易烂不值钱货物投资，定下三五十船橘子，向下装运，与乡下人争利。税局凡是用船装来运去的，上税时经常都有个一定规则，对于橘柚便全看办事人兴致，随便估价。因为货物本不在章程上，又实在太不值钱。

商会会长的职务，照例由当地几种大庄号主人担任。商会主要的工作，说不上为商家谋福利，倒全是消极的应付：应付县里，应付省中各厅下乡过路的委员，更重要事情，就是应付保安队。商会会长平时本不需要部队，可是部队却少不了他们，公私各事都少不了。举凡军队与民间发生一切经济关系，虽照例由乡区保甲负责，却必须从商会会长转手。期票信用担保，只当地商会会长可靠。部队正当的需要如伙食杂项供应，不正当的如向省里商家拨划特货的售款，临时开借，商会会长职务所在，这样或那样，都得随事帮忙。

商会会长的重要性，既在此而不在彼，因此任何横行霸道蛮不讲理的武装人物，对会长总得客气一些。做会长的若为人心术不端，自然也可利用机会，从中博取一点分外之财。居多会长名分倒是推派到头上，辞卸不去，忍受麻烦，在应付情形下混。地方不出什么事故，部队无所借口，麻烦还不至于太多。事情繁冗，问题来临办不好时，就坐小船向下河溜，一个不负责。商人多外来户，知识照例比当地农民高一些，同是小伟人向乡下人惯使的手段，用到商号中人面前时，不能不谨慎些。因此商会会长的社会地位，比当地小乡绅似乎又高一着。

本地两年来不发生内战，无大股土匪出现，又无大军过境，所以虽驻下一连保安队，在各种小问题上向乡下人弄几个小钱，地方根基好，商务上金融又还活泼，还算是受得了，做会长的也并不十分为难。

萝卜溪大橘子园主人滕长顺，是商会会长的干亲家。因前一天守祠堂老水手谈及的事情，虽明知不重要，第二天依然到镇上去看会长，问问长沙下河情形。到时正值那保安队队长提枪款走后一忽儿，会长还在天井中和那押船管事谈说下河事情。

会长见到长顺就说："亲家，我正想要到萝卜溪来看你去。你好？几个丫头都好？"

长顺说："大家都好，亲家。天气晴朗朗的，事情不忙，怎不到我家去玩半天？"一眼望见那个伙计，认得他，知道他是刚办货回来的，"周管事，你怎么就回来了？好个神行太保。看见我家三黑子船没有？他装辰溪县大利通号上的草烟向下放，十四中午开头，算算早过桃源县了。十月边湖里水枯，有不有洋船过湖？"

那管事说："我在箱子岩下面见你家三黑子站在后梢管舵，十二个水手一路唱歌摇橹向下走，船像支箭快。我叫喊他：三哥，三哥，你这个人，算盘珠子怎么划的？怎不装你家橘子到常德府去做一笔生意？常德人正等待麻阳货，'拉屎抢头一节'，发大财，要赶快！听我那么说，他只是笑。要我告家里，月底必赶回来。二哥的船听傅家驼子说，已上洪江，也快回来了吧。"

会长说："亲家，人人都说你园里今年橘子好，下河橘子价钱又高，土里长金子，筛也不用筛，只从地下捡起来就是。"

长顺笑着，故意把眉毛皱皱，"土里长金子，你说得好！可是还有人不要那一片土，也能长金子的！（他意思实有所指，会长明白。）亲家我说你明白，像我那么巴家，再有一百亩地，还是一个'没奈何'，尿脬上画花，外面好看，里面是空的。就是上次团上开会那个玩意儿，乡长一开口就要派我出五十，说去说来还是出四十块钱。这半年大大小小已派了我二三十回（他将手爪一把抓拢，做个手势，表示已过五百），差不多去了个'抓老官'数目，才免带过。这个冬天不知道还要有几次，他们不会让我们清清静静过一个年的。试想想看，巴掌大一片土地，刮去又刮来，有多少可刮的油水？亲家你倒逍遥自在，世界好，留到这里享福；世界不好，坐船下省去，一个不管，青红皂绿通通不管。像我们呢，同橘子树一样，生根在土里五尺，走不动路，人也摇摇，风也摇摇。好，你摇吧，我好歹得咬紧牙齿，挨下去！"

会长说："亲家，树大就经得起攀摇。中国在进步，《申报》上说得好，国家慢慢地有了中心，什么事都容易办。要改良，会慢慢改良的！"

"改良要钱的方法，钱还是要。我们还是挨下去，让这些人榨挤，一个受不了！"

会长慨乎其言地说："我的哥，我们还不是一个样子，打肿了脸装胖？我能走，铺子字号不能走，要钱还是得拿出来。老话说：'王把总请客，坐上筵席收份子，一是一，二是二，含糊不得。'我是个上了场面的人，哪一次逃得脱？别人不知道，你知道。"

"那枪款可拿走了？"

"刚好拿走，队长自己来取的。区里还有个收条，请他盖章，了清手续，有个报销。队长说：'拿回去办，会长你信我吧。'我自然只好相信。他拿回去还要研究研究呢。研究到末后，你想是怎么样？"

"怪道我在街头见他很豪劲，印堂红红的，像有什么喜事。和我打招呼，还说要下萝卜溪来吃橘子！"

"这几年总算好，政府里有人负责，国家统了一，不必再打仗了，大家可吃一口太平饭，睡觉也不用担心。阿弥陀佛，罢了。出几个钱，罢了。"

周伙计插嘴说："我们这里那一位，这一年来会不会找上五串了吧。"

会长微笑点点头，"怕不是协叶合苏？"

"那当然！"长顺说，"虽要钱，也不能不顾脸面。这其中且有好有歹。前年有个高岘满家人，带队伍驻横石滩，送他钱也不要！"

那个押船的伙计，这次上行到沅陵，正被赶上水警讹诈了一笔钱，还受了气，就说："最不讲理是那些水上副爷，什么事都不会做，胆量又小，从不打过匪，就只会在码头上恐吓船上人。凡事都要钱。不得钱，就说你这船行迹可疑，要'盘舱'，把货物一件一件搬出放到河岸边滩上，仔细检查。不管干的湿的都扎一铁钎子。你稍说话，他就愣住两只眼睛说：'邪，怎么，你违抗命令，不服检查？把船给我扣了，不许动。'末了自然还是那个玩意儿一来就了事。打包票，只有'那个'事事打得通！在××××的一位，为人心直口快，老老实实，对船帮上人说：'我们来到你这鬼地方活受罪，为什么？不是为……'可是荷包满了有什么用？还不是打几颗金戒指，镶两颗金牙齿。再不然喝半斤闷胡子，胀得头晕晕的后，就跑到尤家巷小婊子处坐双台席面，去充阔摆格，哗啦哗啦送给小婊子。家中倒不用管，自有办法。天有眼睛，自然一报还一报。"

会长说："那些人就是这种样子，凡事一个不在乎。唱戏唱张古董借妻，他们看戏不笑，因为并不觉得好笑。总而言之，下面的人，下边的事情，和我们上河样样都不同。牙齿长，会找钱，心又狠。可是女人在家里就自由，把钱倒贴给马弁或当差的。你笑他做乌龟，他还笑我们古板，蛮力蛮气，不通达世务。"

萝卜溪橘子园主人，对这类社会人情风俗习惯问题，显然不如他对于另外一件事情发生兴趣。他问那押船伙计："周管事，下河有些什么新闻。听说走路不许挨撞，你来我往各走一边，是不是真事情？"

伙计说："你说'新生活'吗？那是真事情。常德府专员已经接到了省里公事，要办'新生活'，街上到处贴红绿纸条子，一二三四五写了好些条款，说是老总要办的。不照办，坐牢、打板子、罚款。街上有人被罚立正，大家看热闹好笑！看热闹笑别人的也罚立正。一会儿就是一大串。那个兵士自己可不好意思起来，忍不住笑，走开了。"

"你听他们说，要上来不上来？"

这事伙计可说不明白了，会长看《申报》却知道。会长以为这是全国都要办的事情，一时间可不会上来。纵上河要办，一定是大城里先办，乡下不用办。就说省里，老总到了什么地方，那地方就办得认真，若人不在那边，军部党部都热闹不起劲。他的推测是根据老《申报》的小社评表示的意见。他见橘子园主人有点不放心，就说："亲家，这你不用担心，不会派款的。报上早说过了。委员长有过命令，不许借此为名，苛索民间。演说辞也上过报，七月二十号的日子，你不看到过？话说得很有道理，这是国家一件大事！"

长顺说："我以为这事乡下办不通。"

会长说："自然喽，城里人想起的事情，有几件事乡下办得通？……我说，亲家，你橘子今年下了多少？听管事说常德府货俏得很，外国货到汉口不多，你赶忙装几船下去，莫让溆浦人占上风抢先！"

长顺笑了起来："还是让溆浦人占上风，忙不了。我还要等黑子两兄弟船回来，装橘子下去，我也去看看常德府的'新生活'，办点年货。"

"是不是今年冬腊月二姑娘要出门，到王保董家做媳妇？那我们就有酒吃了。"

"哪里哪里，事情还早咧。姑爷八月间来信说，年纪小，不结婚。是你干女儿夭夭，想要我带她下常德府看看，说隔了两年，世界全变了，不去看看，将来去走路也不懂规矩，被人笑话！"

会长说："你家夭夭还会被人笑话吗？她精灵灵的，天上地下什么不懂？什么不会？上回我在铺子上，和烟溪人谈生意，她正在买花线，年轻人眼睛尖，老远见我就叫：'干爹！干爹！'我说：'夭夭，一个月不见你，你又长大了。你一个夏天绣花要用几十斤丝线？为什么总不到我家里来同大毛姊玩？'她说：'我忙咧。''你一个小毛丫头，家里有什么事要你忙？忙嫁妆，日子早咧。二姊姊不出门，爹爹哪舍得你！'说得她脸红红的，丝线不买就跑了。要她喝杯茶也不肯。这个小精怪，主意多端，干爹还不如她！"

长顺听会长谈起这个女儿的故事，很觉得快乐，不由得不笑将起来，"天天嘛，生成就是个小猴儿精，什么都要动动手。不管她的事也动动手。自己的事呢，谁也不让插手，通通动不得，要一件一件自己来。她娘也怕她，不动她的。一天当真忙到晚，忙些什么事，谁知道。"

"亲家，你别说，她倒真是一把手。俗话说：洛阳桥是人造的，是鲁班大师傅两只手造的。天天那两只手，小虽小，会帮男子兴家立业的。可惜我毛毛小，无福气，不然早要他向你磕头，讨天天做媳妇！"

"亲家你说得她好。我正担心，将来哪里去找制服她的人，田家六喜为人忠厚老实，会更惯坏了她。"

两人正怀着一分温暖情感，谈说起长顺小女儿天天的一切，以为天天在家里耳朵会红。那保安队长，却带了个税局里的稽核、一个过路陌生军官，又进屋里来了。一见会长就开口说："会长，我们来打牌，要他们摆桌子到后厅里吧。"且指定同来那个陌生人介绍："这是我老同学，在明耻中学就同学，又同在军官学校毕业，现在第十三区司令部办事，是个伟人！"

这种介绍使得那个年轻军官哭笑皆非，嘴角缩缩，"嗨，伢俐，个么朽，放大炮，伤脑筋！"从语气中会长知道这又是个叫雀儿。

商会会长的府上，照例是当地要人的俱乐部，一面因为预备吃喝，比较容易，一面是大家在一处消遣时，玩玩牌不犯条款，不至于受人批评。主要的或许倒是这些机关上人与普通民众商家，少不了有些事情发生，商会会长照例处于排难解纷地位。会长个人经营的商业，也少不得有仰仗军人处，得特别应酬应酬。所以商会会长照例便成了当地"小孟尝"，客来办欢迎，茶烟款待外，还预备得有扑克牌和麻雀牌，可以供来客取乐。有时炕床上且得放一套鸦片烟灯枪。吸鸦片烟在当地已不时髦，不过玩玩而已。到吃饭时，还照例有黄焖母鸡、鱿鱼炒肉丝、爆腌肉炒辣子、红烧甲鱼等等可口菜肴端上桌子来。为的是联欢，有事情时容易关照。会长自己即或事忙不上场，也从无拒绝客人道理。可是这一回却有了例外，本不打量出门，倒触景生情，借故说是要过萝卜溪去办点事情，一面口说"欢迎欢迎"，叫家中佣人摆桌子，一面却指着橘子园主人说："队长，今天我可对不起，不能奉陪！我要到他们那里看橘子去。"虽说对客人表示欢迎，可是三缺一终不成场面。主人在家刚好凑数，主人不在家，就还得另外找一角。几个客人商量了一会儿，税局中那个出主意，认为还是到税局方便，容易凑角色。因此三个人稍坐坐，茶也不喝，就一串鱼似的走了。

长顺见这些公务员走去后，对会长会心微笑。会长也笑笑，把头摇摇。

长顺说："会长，那就当真到我家里喝酒去，我有肥麂子肉下酒！好在下河船还到不了，这几天你不用忙。"

会长说："好，看看你橘子园去。我正要装船橘子下省去送人，你卖一船橘子把我吧。不过，亲家，我们先说好，要接我的钱，不许天天卖乖巧，把钱退来还去不好看！"

橘子园主人笑着说："好好，一定接钱，我们公平交易做一次生意。"

不多久，两个人当真就过河下萝卜溪。

长街上只见本地人一担一箩挑的背的全是橘子，到得河边时，好些橘子和萝卜都大堆大堆搁在干涸河滩上，等待上船。会长向一个站在橘山边的本地人询问道："大哥，你这个多少钱一百斤？"那人见会长问他，只是摇头憨笑，"会长，不好卖！一块钱五十斤，十八两大秤，还卖不掉！你若要，我送些大的好的到宝号上去。我家里高村来的货，有碗口大，同蜂糖一样甜，包你好吃。"

"你这个是酸的甜的？"

"甜得很，会长你试试看。"

"萝卜呢？"

那人只是干笑。因为萝卜太不值钱了，不便回答。萝卜从水路运到四百里外的地方去，还只值一块钱一百斤，这地方不过三四毛钱一百斤罢了。

其时有几个跑远路差人，正从隔河过渡，过了河，上岸一见橘子，也走过来问橘子价钱。那本地人说："副爷，你尽管吃，随便把钱。你要多少就拿多少去！"

几个人似乎不大理会得生意人的好意，以为是怕公事上人，格外优待，就笑着蹲身拣选橘子。挑了约莫二十个顶大的，放在一旁，取出两手钱票子作为货价，送给那本地人。那人不肯接钱。谁知却引起了误会，以为不接钱是嫌钱少，受了侮辱，气愤愤地说："两毛钱你还嫌少吗？你要多少！"

那人本意是东西不值钱，让这些跑路的公事上人白吃，不必破费。见他们错怪了人，赶忙把票子捏在手上，笑脸相迎地说："副爷，不是嫌少，莫见怪！……橘子多，不值钱，我不好意思收你的钱！"

就中一个样子刁狡，自以为是老军务，什么都懂，瞒不了他。又见长顺等在旁边微笑，还不大服气，就轻声地骂那个卖橘子的，存心骂给长顺、会长听。

"你妈个……把了你钱还嫌少！现钱买现货，老子还要你便宜？"这一来，本地人不知说什么好，就不再接口了。几个人将橘子用手巾帽子兜住，另外又调换了四个顶大的橘子，扬长不顾走了。

那卖橘子的把几张脏脏的小角票抓在手上摇摇，不自然地笑着，自言自语地说："送你吃你不吃，还怪人。好一个现钱买现货，钱从哪里来的？羊毛出在羊身上，还不是湘西人大家有份。"

长顺说："大哥，算了吧。他不懂你好心好意，不领情。一定是刚从省里来的，你看神气看得出。这种人你还和他争是非？"

那人说："他们那么不讲理，一开口就骂人，我才不怕他！委员长到这里来也得讲道理！保安队，沙脑壳，碰两下还不是一包水？我怕你？"

两个人看看这小生意人话说得无多意义，冬瓜葫芦一片藤，有把在当地十年来所受外边人欺压的回忆牵混在一起情形，因此不再理会，就上了渡船。

弄渡船的认得会长和长顺，不再等待别的人客，就把船撑开了。

长顺说："亲家，你到了几只船？怕不有上万货物吧。"

会长说："船还在潭湾，三四天后才到得了，大小一共六只。这回带得有好海参——大乌开、大金钩虾，过几天我派人送些来。"渡船头舱板上全是橘子，会长看见时笑笑地问那弄渡船的："大哥，你哪里来这么些橘子？"

站在船尾梢上用桨划水的老者，牙齿全脱光了，嘴瘪瘪的，一面摇船一面笑，"有人送我的，会长。你们吃呀！先前上岸那几个副爷，我要他们吃，他们以为我想卖钱，不肯吃，话听不明白，正好像逢人就想打架的样子，真好笑。"于是咕喽咕喽无机心地笑着。

会长和长顺同时记起河滩上那件事情，因此也笑着。长顺说："就是这样子，说我们乡下人横蛮无理，也是这种人。以为我们湘西人全是土匪，也是这种人。"

摘橘子

萝卜溪滕家橘子园，大清早就有十来个男男女女，爬在树丫间坐定，或用长竹梯靠树，大家摘橘子。人人各把小箩小筐悬挂在树枝上，一面谈笑一面工作。夭夭不欢喜上树，便想新主意，自出心裁找了枝长竹竿子，杆端缚了个小小捞鱼网兜，站在树下去搜寻，专拣选树尖上大个头，发现了时，把网兜贴近橘子，摇一两下，橘子便落网了，于是再把网兜中橘子倒进竹筐中去。众人都是照规矩动手，在树丫间爬来转去很费事，且大大小小都得摘。夭夭却从从容容，举着那枝长竹竿子，随心所欲到处树下走去，选择中意的橘子。且间或还把竹竿子去撩拨树上的嫂嫂和姊姊，惊扰她们的工作。选取的橘子又大又完整，所以一个人见得特别高兴。有些树尖上的偏枝的果实，更非得她来办不可。因之这里那里各处走动，倒似乎比别人忙碌了些。可是一时间看见远处飞来了一只碧眼蓝身大蜻蜓，就不顾工作，拿了那个网兜如飞跑去追捕蜻蜓，又似乎闲适从容之至。

嫂嫂姊姊笑着，同声喊叫："夭姑，夭姑，不能跑，不许跑！"

天天一面跑一面却回答说："我不跑，蜻蜓飞了。你同我打赌，摘大的，看谁摘得最多。那些尖子货全不会飞，不会跑，等我回来收拾它！"

总之，天天既不上树，离开树下的机会自然就格外多。一只蚱蜢的振翅，或一只小羊的叫声，都有理由远远地跑去。她不能把工作当工作，只因为生命中储蓄了能力太多，太需要活动，单只一件固定工作羁绊不住她。她一面摘橘子还一面捡拾树根边蝉蜕。直到后来跑得脚上两只鞋都被露水湿透，裤脚鞋帮还胶上许多黄泥，走路已觉得重重的时候，才选了一株最大最高的橘子树，脱了鞋袜，光着个脚，猴儿精一般快快地爬到树顶上去，和家中人从数量上竞赛快慢。

橘子园主人长顺，手中拈着一支长长的软软的紫竹鞭烟杆，在冬青篱笆边看家中人摘橘子。有时又走到一株树下去，指点指点。见天天已上了树，有个竹筐放在树下，满是特号大火红一般橘子。长顺想起商会会长昨天和他说的话，仰头向树枝高处的天天招呼："天天，你摘橘子不能单拣大的摘，不能单拣好的摘，要一视同仁，不可稍存私心。都是树上生长的，同气连理，不许偏爱！现在不公平，将来嫁到别人家中去做媳妇，做母亲，待孩子也一定不公平。这可不大好！"

天天说："爹爹，我就偏要摘大的。我才不做什么人妈妈婆婆！我就做天天，做你的女儿。偏心不是过错！他们摘橘子卖给干爹，做生意总不免大间小，带得去的就带去。我摘的是预备送给他，再尽他带下常德府送人。送礼自然要大的、整庄的，才好看！十二月人家放到神桌前上供，金煌煌的，观音财神见它也欢喜！"

二姑娘在另外一株树上接口打趣说："天天，你原来是进贡，许下了什么愿心？我问你。"

天天说："我又不想做皇帝正宫娘娘，进什么贡？你才要许愿心，巴不得一个人早早回来，一件事早早圆功。"

另外较远一株树上，一个老长工正爬下树来，搭口说："子树上厚皮大个头，好看不中吃。到了十二月都成绣花枕头，金镶玉，瓢子里同棉花絮差不多，干瘪瘪的，外面光，不成材。"

天天说："松富满满，你说的话有道理。可是我不信！我选好看的就好吃，你不信，我同你打赌试试看。"

长顺正将走过老伴那边去，听到天天的话语，回过头来说："天天，你赶场常看人赌博，人也学坏了。近来动不动就说要赌点什么。一个姑娘家，有什么可赌的？"

天天被爹教训后不以为意，一时回答不出，却咕叽咕叽地笑。过一会儿，看爹爹走过去远了，于是轻轻地说："辰溪县岩鹰洞有个聚宝盆，一条乌黑大蟒蛇守定洞门口，闲人免入，谁也进不去。我哪一天爬到洞里去把它偷了来，想要什么就有什么。只要我会想，就一定有万千好东西从盆里取出来。金子银元宝满箱满柜，要多少有多少，还怕和你们打赌？"

另外一个嫂嫂说："聚宝盆又不是酱油罐，你哪能得到？作算你有本领，当真得到了它，不会念咒语，盆还是空的，宝物不会来的！"

天天说："我先去齐梁桥齐梁洞，求老师父传诵咒语，给他磕一百零八个响头，拜他做师父，他会教给我念咒语。"

嫂嫂说："好容易的事！做徒弟要蹲在炼丹炉灶边，拿芭蕉扇煽三年火，不许动，不许眨眼睛，你个猴儿精做得到？"

老长工说："神仙可不要像天天这种人做徒弟。三脚猫，蹦蹦跳，翻了他的鼎灶，千年功行，化作飞灰。"

天天说："邪嗨，唐三藏取经大徒弟是什么人？花果山，水帘洞，猴子王，孙悟空！"

"可是那是一只真正有本领的猴子。"

"我也会爬树，爬得很高！"

"老师父又不要你偷人参果，会爬树有什么用？"

"我敢和你打赌。只要我去，他鉴定我一番志诚心，一定会收我做徒弟。"

"一定收？他才不一定！收了你头上戴个紧箍，咒语一念，你好受？当年齐天大圣也受不了，你受得了？"

"我们赌点什么看，随你赌什么。"

父亲在另外一株树下听到几个人说笑辩嘴，仰头对天天说："天天，你又要打赌，聚宝盆还得不到，拿什么东西输给人？我就敢和你打赌，我猜你得不到聚宝盆。且待明天得到了，带回家来看看，再和别人打赌并不迟！"

把大家都说笑了。各人都在树上高处笑着，摇动了树枝，这里那里都有赤红如火橘子从枝头下落。天天上到最高枝，有意摇晃得尤其厉害，掉落下的橘子也就分外多。照规矩掉下地的橘子已经受损，另外放在一处，留给家里人解渴。长顺一面捡拾树下的橘子，一面说："上回省里委员过路，说我们这里橘子像摇钱树。天天得不到聚宝盆，倒先上了摇钱树。"

天天说："爹爹，这水泡泡东西值什么钱？"

长顺说："货到地头死，这里不值钱，下河可值钱。听人说北京橘子五毛钱一个，上海一块钱两斤，真是树上长钱！若卖到这个价钱，我们今年就发大财了。"

"我们园里多的是，怎么不装两船到上海去卖？"

"天天，去上海有多远路，你知道不知道？两个月船还撑不到，一路上要有三百二十道税关，每道关上都有个稽查，伸手要钱。一得罪了他，就说，今天船不许开，要盘舱检查。我们有多少本钱做这种蠢事情。"

天天很认真的神气说："爹爹，那你就试装一船，带我到武昌去看看也好。我看什么人买它，怎么吃它，我总不相信！"

另外一个长工，对于省城里来的委员，印象总不大好。以为这些事也是委员传述的，因此参加这个问题的讨论，说："委员的话信不得。他都不知道！他告我们说：'外国洋人吃的鸡不分公母，都是三斤半重；小了味道不鲜，大了肉老不中吃。'我告他：'委员，我们村子里阉鸡十八斤重，越喂得久，越老越肥越好吃。'他说：'天下哪有这种事！'到后把我家一只十五斤大阉鸡捉上省里研究去了。他可不知道天下书本上没有的事，我吕家坪萝卜溪就有，一件一件地放在眼里，记在心上，委员哪会知道。"

当家的长顺，想起烂泥地方人送大萝卜到县城里去请赏，一村子人人都熟知的故事，哈哈大笑，走到自己田圃里看菜秧去了。

大嫂子待公公走远后，方敢开口说笑话，取笑天天说："天姊，你六喜将来在洋学堂毕了业，回来也一定是个委员！"六喜是天天未婚夫的小名，现在省里第三中学读书，两家还是去年插的香。

老长工帮腔下去说："做了委员，那可不厉害！天下事心中一本册，无所不知。可就不知道我吕家坪事情。阉鸡有十七斤重，橘子卖两块钱一挑。"

天天的三黑嫂子也帮腔说笑话："为人有才学，一颗心七窍玲珑，自然凡事心中一本册！"

那大嫂子有意撩天天辩嘴，便说："嗨，一颗心子七窍玲珑，不算出奇。还有人心子十四个窍，天姊你说是不是？"她指的正是天天，要天天回答，窘那么一下。

天天随口回说："我说不是！"

三黑嫂子为人忠厚老实，不明白话中意思，却老老实实询问天天，下省去时六喜到不到河上来看她。因为听人说上了洋学堂，人文明开通了，见面也不要紧。

天天对于这种询问明白是在作弄她，只装不曾听到，背过身去采摘橘子。橘子满筐后，便溜下树来倒进另外一个空箩里去。把事情做完时，在树下方很认真似的叫大嫂说："大嫂大嫂，我问你话！"

大嫂子说："什么话？"

天天想了想，本待说嫂嫂进门时，哥哥不在家，家中用雄鸡代替哥哥拜堂圆亲的故事，取笑取笑。因为恰恰有个长工来到身边，所以便说："什么画，画喜鹊噪梅。"说完，自己哈哈笑着，走开了。

住对河坞上守祠堂的老水手，得到村子里人带来的口信，知道长顺家卖了一船橘子给镇上商会会长，今天下树，因此赶紧渡河过萝卜溪来帮忙。天天眼睛尖，大白狗眼睛更尖，老水手还刚过河，人在河坎边绿竹林外，那只狗就看准了，快乐而兴奋，远远地向老水手奔去。天天见大白狗飞奔而前，才注意到河坎边竹林子外的来人，因此也向那方面走去。在竹林前见老水手时，天天说："满满，你快来帮我们个忙！"

这句话含义本有两种，共同工作名为帮忙，橘子太多要人吃，照例也说帮忙。乡下人客气笑话，倒常常用在第二点。所以老水手回答天天说："我帮不了忙！天天。人老了，吃橘子不中用了。一吃橘子牙齿就发酸。烂甜杏子不推辞，一口气吃十来个，眼睛闭闭都不算好汉。"话虽如此说，老水手到了橘园里，把头上棕叶斗笠挂到扁担上后，即刻就参加摘橘子工作，一面上树一面告给他们，年轻时如何和人赌吃狗矢柑，一口气吃二十四个，好像喝一坛子酸醋，全不在乎。人老来，只要想想牙龈也会发疼。

天天在老水手树边，仰着个小头，"满满，我想要我爹装一船橘子到汉口去，顺便带我去，我要看看他们城里人吃橘子怎么下手。用刀子横切成两半，用个小机器挤出水来放在杯子里，再加糖加水吃，多好笑！他们怕什么？一定是怕橘子骨骨儿卡喉咙，咽下去从背上长橘子树！我不相信，要亲眼去看看。"

老水手说："这东西带到武昌去，会赔本的。关卡太多了，一路上税，一路打麻烦，你爹发不了财的。"

天天说："发什么财？不赔本就成了。我要看看他们是不是花一块钱买三四个橘子，当真是四个人合吃一个，一面吃一面还说：'好吃，好吃，真真补人补人！'我总不大相信！"

老水手把额纹皱成一道深沟，装作严肃却忍不住要笑笑，"他们城里人吃橘子，自然是这样子，和我们一块钱买两百个吃来不同！他们舍不得皮上经络，就告人说：'书上说这个化痰顺气。'到处是痰多气不顺的人，因此全都留下化痰顺气了。真要看，等明年六喜哥回来，带你到京城里三贝子花园去看。那里羊也吃橘子，大耳朵毛兔也吃橘子，补得精精神神。"

天夭深怕人说到自己忌讳上去，所以有意挑眼，"满满，你大清早就放快，鹿呀马呀牛黄八宝化痰顺气呀！三辈子五辈子，我不同你说了！"话一说完，就扬长走过爸爸身边看菜秧去了。

二姑娘却向老水手分疏，"满满，你说的话犯天夭一人忌讳，和我们不相干。"

长顺问天夭："怎么不好好做事，又三脚猫似的到处跑跑跳跳？"

天夭借故说："我要回家去看看早饭烧好了没有。满满来了，炖一壶酒，煎点干鱼，满满欢喜吃酒吃鱼！等等没有吃，爹爹你又要说我。"

天夭走后，长顺回到了河下，招呼老水手。老水手说："大爷，我听人说你卖了一船橘子给会长，今天下船，我来帮忙。"

"有新闻没有？"当家的话中实有点说笑意思，因为村子里唯有老水手爱打听消息，新闻格外多，可是事实上这些新闻，照例又是并不值得大惊小怪的。因这点好事性情，老水手在当地熟人看来，也有趣多了。

老水手昨天到芦苇溪赶场，抱着"一定有事"的期望态度，到了场上。各处都走遍后，看看还是与平时一样，到处在赌咒发誓讲生意。除在赌场上见几个新来保安队副爷，狗扑羊殴打一个米经纪，其余真是凡事照常。因为被打的是个米经纪，平时专门剥削生意人，所以大家乐得看热闹袖手旁观。老水手预期的变故既不曾发生，不免小小失望。到后往狗肉摊边一坐，一口气就吃了一斤四两肥狗肉，半斤烧酒，脚下轻飘飘的，回转枫树坳。将近祠堂边时，倒发现了一件新鲜事情。原来镇上烧瓦窑的刘聋子，不知带了什么人家的野娘儿们，在坳上树林里撒野，不提防老水手赶场回来得这样早，惊窜着跑了。

老水手正因为喝了半斤烧酒，血在大小管子里急急地流，兴致分外好。见两个人向山后拼命跑去时，就在后面大声嚷叫："烧瓦的，烧瓦的，你放下了你那瓦窑不管事，倒来到我这地方取风水。青天白日不怕羞，真正是岂有此理！你明天不到祠堂来挂个红，我一定要禀告团上，请人评评理！"可是烧瓦的刘老板，是镇上出名的聋子，老水手忘了聋子耳边响炸雷，等于不说。醉里的事今早上已忘怀了，不是长顺提及"新闻"，还不会想起它来。

老水手笑着说："大爷，没有别的新闻。我昨天赶芦苇溪的场，吃了点'汪汪叫'，喝了点'闷糊子'，腾云驾雾一般回来时，若带得有一面捉鹌鹑的摇网，一下子怕不捉到了一对'梁山伯祝英台'！这一对扁毛畜生，胆敢在我屋后边平地砌窠！"

身旁几个人听来，都以为老水手说的是雀鸟，不作意笑着。因为这种灰色长尾巴鸟类，多成对同飞同息，十分亲爱，乡下人传说是故事中"梁山伯祝英台"，生前婚姻不遂死后的化身。故事说来虽极其动人，这雀鸟样子声音可都平平常常。一身灰扑扑的杂毛，叫时只会呷呷呷，一面飞一面叫，毫无动人风格。捉来养在家中竹笼里，照例老不驯服，只会碰笼。本身既不美观，又无智慧或悦耳声音，实在没有什么用处。老秀才读了些旧书，却说这就是古书上说的"鸩鸟"，赶蛇过日子，土名"蛇呷雀儿"，羽毛浸在酒中即可毒人。因此这东西本地人通不欢喜它。

老水手于是又说笑："我还想捉来进贡，送给委员去，让委员见识见识！"

大家不明白老水手意思所在，老水手却因为这件事只有自己明白，极其得意，独自莞尔而笑。

一村子里人认为最重大的事情，政治方面是调换县长，军事方面是保安队移防，经济方面是下河桐油花纱价格涨落，除此以外，就俨然天下已更无要紧事情。老水手虽说并无新闻，一与橘子园主人谈话，总离不了上面三个题目。县长会办事，还得民心，一时不会改动。保安队有什么变故发生，多在事后方知道，事前照例不透消息。传说多，影响本地人也相当严重的，是与沿河人民生活关系密切的桐油。看老《申报》的、弄船的、号口上坐庄的、开榨油坊的、挖山的，无人不和桐油有点关联。这两个人于是把话引到桐油上来，长顺记起一件旧事来了。今年初就传说辰州府地方，快要成立一个新式油业公司，厂址设在对河，打量用机器榨油，机器熬炼油，机器装油……总而言之一切都用机器。凡是原来油坊的老板、掌捶、管榨、烧火看锅子、蒸料包料，以及一切杂项工人和拉石碾子的大黄牯牛，一律取消资格，全用机器来代替。乡下人无知识，还以为这油业公司一成立，一定是机器黄牛来做事，省城里派来办事的人，就只在旁边抱着个膀子看西洋景。

这传说初初被水上人带到吕家坪时，原来开油坊的人即不明白这对于他们事业有何不利，只觉得一切用机器，实在十分可笑。从火车轮船电光灯，虽模糊意识到"机器"是个异常厉害的东西，可是榨油种种问题，却不相信机器人和机器黄牛办得了。因为蒸料要看火色，全凭二十年经验才不至于误事，绝不是儿戏。机器是铁打的，凭什么经验来做？本领谁教它？总之可笑处比可怕处还多。传说难证实，从乡下人看来，倒正像是办机器油坊的委员，明知前途困难，所以搁下了的。

长顺想起了这公司"旧事重提"的消息，就告给老水手说："前天我听会长说，辰州地方又要办那个机器油坊了。办成功他们开张发财，我们这地方可该歪，怕不有二三十处油坊，都得关门大吉！"

老水手说："那怕什么？他们办不好的！"

"你怎么知道办不好？有五百万本钱，省里委员、军长、局长，都有股份。又有钱，又有势，还不容易办？"

"我算定他们办不好。做官的人哪会办事？管事的想捞几个钱，打杂的也想捞几个钱，捞来捞去有多少？我问你。纵勉勉强强开办得成，机器能出油，我敢写包票，油全要不得。一定又脏又臭，水色不好，沉淀又多，还掺了些米汤，洋人不肯收买它。他们要赔本，关门。大爷你不用怕，让他们去试试看，不到黄河心不死，这些人能办什么事！成块银子丢到水里去，还起个大泡。丢到油里去，不会起泡，等于白丢。"

长顺摇摇头，对这官民争利事结果可不那么乐观，"他们有关上人通融，向下运还便利，又可定官价买油收桐子，手段很厉害！自己机器不出油，还可用官价来收买别家的油，贴个牌号充数，也不会关门！"

老水手举起手来打了个响榧子，"唉嗨，我的大爷，什么厉害不厉害？你不看辰溪县复兴煤矿，他们办得好办不好？他们办我们也办，一个'哀（挨）而不伤'。他们办不好的！"

"古人说：官不与民争利。有个道理。现在不同了，有利必争。"

说到这事话可长了。三十年前的官要面子，现在的官要面子也要一点袁头孙头。往年的官做得好，百姓出份子造德政碑万民伞送"青天"；现在的官做不好，还是要民众出份子登报。"登了报，不怕告"，告也不准帐。把状纸送到专员衙门时，专员会说："你这糊涂乡下人，已经出名字登报，称扬德政，怎么又来禀告父母官？怕不是受人愚弄刁唆吧！"完事。官官相卫告不了，下次派公债时，凡禀帖上有名有姓的，必点名叫姓多出一百八十。你说捐不起，拿不出，委员会说："你上回请讼棍写禀帖到专员衙门控告父母官，又出得起钱！"不认捐，反抗中央功令，押下来，吊起骡子讲价钱，不怕你不肯出。

不过长顺是个老《申报》读者，目击身经近二十年的变，虽不大相信官，可相信国家。对于官，永远怀着嫌恶敬畏之忱，对于国家不免有了一点儿"信仰"。这点信仰和他的家业性情相称，且和二十年来所得的社会经验相称。他有种单纯而诚实的信念，相信国家有了"老总"，究竟好多了。国运和家运一样，一切事得慢慢来，慢慢地会好转的。

话既由油坊而起，老水手是个老《申报》间接读者，于是推己及人忖度着："我们那个老总，知不知道这里开油业公司的事情？我们为什么不登个报，让他从报上知道？他一定也看老《申报》，他还派人办《中央日报》，应当知道！"

长顺对于老水手想象离奇处皱了皱眉，"他坐在南京城，不是顺风耳、千里眼，哪知道我们乡下这些小事情？日本鬼子为北方特殊化，每天和他打麻烦，老《申报》就时常说起过。这是地方事件，中央管不着。"

说来话长，只好不谈。两人都向天空看了那么一眼。天上白云如新扯棉絮，在慢慢移动。河风吹来凉凉的。只听得有鹌鹑叫得很快乐，大约在河坎边茅草蓬里。

二姑娘在树上插嘴说话："满满，明天你一早过河来，我们和天天上山舀鹌鹑去。天天大白狗好看不中用，我的小花子狗，你看它相貌看不出，身子一把柴瘦得可怜，神气萎琐琐的，在草窠里追扁毛畜生时，可风快！"

老水手说："上什么山，花果山？你要捉鹌鹑，和天天跟我到三里牌河洲上去，茅草蓬蓬里要多少！又不是捉来打架，要什么舀网？只带个捕鱼的撒手网去，向草窠中一网撒开去，就会有一二十只上手！我亲眼看过高村地方人捉鹌鹑，就用这个方法，捉了两挑到吕家坪来卖。高村人见了那么多鹌鹑，问他从什么地方得来的，说笑话是家里孵养的。"

长顺说："还有省事法子，芷江人捉鹌鹑，只把个细眼网张在草坪尽头，三四个人各点个火把，扛起个大竹枝，啪啪地打草，一面打一面叫：'姑姑姑，咯咯咯。'上百头鹌鹑都被赶向网上碰，一捉就是百八十只，全不费事！"

二姑娘说："爹你怎么早不说，好让我们试试看？"又说："那好极了，我们明天就到河洲上去试试，有灵有验，会捉上一担鹌鹑！"

老水手说："这不出奇，还有人在河里捉鹌鹑！一面打鱼一面捉那个扁毛畜生。"

提起打鱼，几个人不知不觉又把话题转到河下去，老水手正想说起那个蛤蟆变鹌鹑的荒唐传说，话不曾开口。

天天从家中跑了来，远远地站在一个土堆子上，拍手高声叫喊："吃饭了！吃饭了！菜都摆好了，你们快快来！"

最先跑回去的是那只大白狗、几个小孩子。

老水手到得饭桌边时，看看桌上的早饭菜，不特有干鱼，还有鲜鱼烧豆腐、红虾米炒韭菜。老水手说笑话："天天，你家里临河，凡是水里生长的东西，全上了桌子，只差水爬虫不上桌子。"

站在桌边分配碗筷的天天，带笑说："满满，还有咧，你等等看吧。"说后就回到厨房里去了。一会儿捧出一大钵子汤菜来，热气腾腾。仔细看看，原来是一钵田螺肉煮酸白菜！天天很快乐地向老水手说："满满你信不信，大水爬虫也快上桌子了？"

说得大家笑个不止。吃过饭后一家人依然去园里摘橘子，长顺却邀老水手向金沙溪走，到溪头去看新堰坝。堰坝上安了个小小鱼梁，水已下落，正有个工人蹲在岸边破篾条子修补鱼梁上的棚架。到秋天来，溪水下落，堰坝中多只蓄水一半，水碾子转动慢了许多，水车声虽然还咿咿呀呀，可是也似乎疲倦了，只想休息神气。有的已停了工，车盘上水闸上粘挂了些水苔，都已枯绵绵的，被日光漂成白色。扇把鸟还坐在水车边石堤坎上翘起扇子形尾巴唱歌，石头上留下许多干白鸟粪。在水碾坊石墙上的薜荔，叶子红红绿绿。碾坊头的葵花，已经只剩下个乌黑干子，在风中斜斜弯弯的，再不像往时斗大黄花迎阳光扭着颈子那种光鲜。一切都说明这个秋天快要去尽了，冬天行将到来。

两个人沿溪看了四座碾坊，方从堰坝上迈过对溪，抄捷径翻小山头回橘子园。

到午后，已摘了三晒谷簟橘子。老水手要到镇上去望望，长顺就托他带个口信，告会长一声，问他什么时候来过秤装运。因为照本地规矩，做买卖各有一把秤，一到分量上有争持时，各人便都说："凭天赌咒，自己秤是官秤，很合规矩。大斗小秤不得天保佑。"若发生了纠纷，上庙去盟神明心时，还必须用一只雄鸡，在神座前咬下鸡头各吃一杯血酒，神方能作见证。这两亲家自然不会闹出这种纠葛，因此橘子园主人说笑话，嘱咐老水手说："大爷，你帮我去告会长，不要扛二十四两大秤来，免得上庙明心，又要捉我一只公鸡！"

老水手说："那可免不了。谁不知道会长号上的大秤。你怕上当，上好是不卖把他！"老水手说的原同样是一句笑话。

大帮船拢码头时

　　老水手到了吕家坪镇上，向商会会长转达橘子园主人的话语，在会长家同样听到了下面在调兵遣将的消息。这些消息和他自己先前那些古古怪怪的猜想混成一片时，他于是便好像一个"学者"，在一种纯粹抽象思考上，弄得有点神气不舒，脊梁骨被问题压得弯弯的，预备沿河边走回坳上去。在正街上看见许多扛了被盖卷的水手，知道河下必到了两帮货船，一定还可从那些船老板和水手方面，打听出一些下河新闻。他还希望听到些新闻，明天可过河到长顺家去报告。

　　河下二码头果然已拢了一帮船，大小共三十四只，分成好几个帮口停泊到河中。河水落了，水浅船只难靠码头，都用跳板搭上岸。有一部分船只还未完毕它的水程，明后天又得开头上行，这种船高桅上照例还悬挂一堆纤带。有些船已终毕了它行程的，多半在准备落地起货。稽查局关上办事人，多拿了个长长的铁钎子，从这只船跳过那只船，十分忙碌。这种船只必然已下了桅，推了篷，一看也可明白。还有些船得在这个码头上盘载，减少些货物，以便上行省事的。许多水手都在河滩上笑嘻嘻地和街上妇女谈天，一面剥橘子吃一面说话。或者从麂皮抱兜里掏摸礼物，一瓶雪花膏、一盒兰花粉、一颗镀金戒指，这样或那样。掏出的是这个水手的血汗，还是那颗心，接受礼物的似乎通通不曾注意到。有些水手又坐在大石头上编排草鞋，或蹲在河坎上吸旱烟，寂寞和从容平分，另是一种神情。

有些船后梢正燃起湿栗柴，水手就长流水淘米煮饭，把砂罐贮半罐子红糙米，向水中骨毒一闷。另外一些人便忙着掐葱剥蒜，准备用拢岸刀头肉炒豆腐干做晚饭菜。

搭上行船的客人，这时多换上干净衣服，上街去看市面。不上岸的却穿着短汗衫，叉手站在船尾船头，口衔纸烟，洒洒脱脱，欣赏午后江村景色。或下船在河滩上橘子堆边，把拣好的橘子摆成一小堆，要乡下人估价钱，笑眯眯地做交易。说不定正想起大码头四人同吃一枚橘子的情形，如今却俨然到了橘子园，两相对照，未免好笑。说不定想到的又只是些比这事还小的事情。

长街上许多小孩子，知道大帮船已拢岸，都提了小小篮子，来卖棒棒糖和小芝麻饼，在各个船上兜生意，从这只船跳过那只船，一面进行生意，一面和同伴骂骂野话取乐。

河下顿时显得热闹而有生气起来，好像有点乱，一种逢场过节情形中不可免的纷乱。

老水手沿河走去，睁着双小眼睛，一只一只船加以检查。凡是本镇上或附近不多远的船主和水手，认识的都打了个招呼，且和年轻人照例说两句笑话。不是问他们这次下常德见过了几条"火龙船"，上醉仙楼吃过几碗"羊肉面"，就是逗他们在桃源县玩过了几次"三只角"，进过几回"桃源洞"！遇到一个胖胖的水手，是吕家坪镇上做裁缝李生福的大儿子，老水手于是在船跳板边停顿下来，向那小伙子打招呼。

"大肉官官，我以为你一到洞庭湖，就会把这只'水上漂'压沉，湖中的肥江猪早吃掉了你，怎么你又回来了？好个大命！"

那小伙子和一切胖人脾气相似，原是个乐天派，天生憨憨的，笑嘻嘻地回答说："伯伯，我们这只船结实，压不沉的！上次放船下常德府，船上除了我，还装上十二桶水银，我也以为会压到洞庭湖心里去见龙王爷，不会再回来的，所以船到桃源县时，就把几个钱全输光了。我到后江去和三个小婊子打了一夜牌，先是我一个人赢，赢到三个婊子都上不了庄。时候早，还不过半夜，不好意思下船，就借她们钱再玩下去。谁料三个小婊子把我当城隍菩萨，商量好了抬我的轿子，三轮庄把我弄得个罄、净、干。她们看我钱已输光后，就说天气早，夜深长，过夜太累了，明天恐爬不起来，还是歇歇吧。一个一个打起哈欠来了，好像当真要睡觉样子。好无心肝的婊子！干铺也不让搭，要我回船上睡。输得我只剩一根裤带、一条黄瓜，到了省里时，什么都买不成。船又好好地回来了。伯伯，你想想我好晦气！一定是不小心在妇人家晒裤子竹竿下穿过，头上招了一下那个。"

老水手笑得弯着腰，"好，好，好，你倒会快乐！你身子那么大，婊子不怕你？"

"桃源县后江娘儿们，什么大仗火不见过，还怕我！她们怕什么？水牛也不怕！"

"可是省里来的副爷，关门撒野，完事后拉开房门就跑了，她们招架不住。"

"那又当别论。伯伯，你我谁不怕？"

老水手说："凡事总有理字，三头六臂的人也得讲个道理。"老水手想起"新生活"，话转了弯："肥坨坨，我问你，可见过'新生活'？你在常德可被罚立正？"

"见过见过。不多不少罚过三回。有回还是个女学生，她说：'划船的，你走路怎么不讲规矩？这不成的！'我笑笑地问她：'先生，什么是规矩？'因为我笑，她就罚我。站在一个商货铺屋檐口，不许走动。我看了好一会儿铺子里腊肉腊鱼，害得我口馋心馋！"

"这有什么好处？"

"将来好齐心打鬼子，打鬼子不是笑话！"

"听人说兵向上面调，打什么鬼子？鬼子难道在我们湘西？"

"那可不明白！"

既不明白，自然就再会。老水手又走过去一点，碰着一个"拦头"水手，萝卜溪住家的人。这水手长得同一根竹篙子一般，名叫"长寿"。其时正和另外一个水手在河滩上估猜橘子瓣数，赌小输赢。老水手走近身时招呼他说："长寿，你不是月前才下去？怎么你这根竹篙子一撇又回来了？"

长寿说："我到辰州府就打了转身。"

"长顺家三黑子，他老子等他船回来，好装橘子下省办皮货！他到了常德不到？"

"不知道，这要问朱家冒冒，他们在辰州同一帮船，同一湾泊到上南门，一路吹哨子去上西关福音堂看耶稣，听牧师说天话。"又引了两句谚语："耶稣爱我白白脸，我爱耶稣大洋钱。可不是！"

"洪发油号的油船？"

"我不看见。"

"榷运局的盐船？"

"也不看见。"

老水手不由得唶了起来，做成相信不过的神气，"咄，长寿，长寿，你这个人眼眶子好大，一只下水船面对面也看不明白。你是整天看水鸭子打架，还是眼睛落了个毛毛虫，不关事？"

那水手因为手气不大好，赌输了好些钱，正想扳本，被老水手打岔，有点上火，于是也唶了起来，"咄，伯伯，你真是，年轻人眼睛，看女人才在行！要看船，满河都是船，看得了多少！又不是女人的……"

"你是拦头管事！"

"我拦头应当看水，和水里石头；抬起头来就看天，有不有云，刮不刮风，好转篷挂脚。谁当心看油船盐船？又不是家里婆娘等待油盐下锅炒菜！"

老水手见话不接头，于是再迈步走去。在一只三舱船前面，遇着一个老伴，一个在沅水流域驾了三十年船的船主，正在船头督促水手起货物上岸。一见老水手就大声喊叫："老伙计，来，来，来，到这里来！打灯笼火把也找不到你！同我来喝一杯，我炖得有个稀烂大猪头。你忙？"

老水手走近船边笑笑的，"我忙什么？我是个鹞子风筝，满天飞，无事忙。白天帮萝卜溪长顺大爷下了半天橘子，回镇上来看看会长，听说船拢了，又下河来看看船。我就那么无事忙。你这船真快，怎么老早就回来了？"

"回来装橘子的！赶装一船橘子下去，换鱿鱼海带赶回来过年。今年我们这里橘子好，装到汉口抢生意，有钱赚。"

"那我也跟你过汉口去。"老水手说笑话，可是却当真上了船。从船舷阳桥边走过尾梢去，为的是尾梢空阔四不当路，并且火舱中砂锅里正焖着那个猪头，热气腾腾，香味四溢，不免引人口馋。

船主跟过后梢来，"老伙计，下面近来都变了，都不同了，当真下去看看西洋景吧。街道放得宽宽的，走路再不会手拐子撞你撞我。大街上人走路都挺起胸脯，好像见人就要打架神气。学生也厉害，放学天都拿了木棍子在街上站岗，十来丈远一个，对人说：走左边，走左边——大家左边走，不是左倾了吗？"末尾一句话自然是笑话，船主一面说一面就自己先笑起来。因为想起别的人曾经把这个字眼儿看得顶认真，还听说有上万学生因此把头割掉！

"哪里的话。"

"老伙计，哪里画？壁上挂；唐伯虎画的。这事你不信，人家还亲眼见过！辫子全剪了，说要卫生，省时间梳洗，好读书。谁知读的是什么书，一讲究卫生，连裤子也不穿。都说是当真的，我不大信！"

老水手是个老《申报》间接读者，用耳朵从会长一类人口中读消息，所以比船主似乎开通一点，不大相信船主说的女学生的笑话。老水手关心"新生活"，又问了些小问题，答复还是不能使人满意。后来又谈起中国和日本开战问题，那船主却比老水手知道更少，所以省上调动保安队，船主就毫不明白是什么事情。

可是皇天不负苦心人，关心这问题的老水手，过不久，就当真比吕家坪镇上人知道的都多了。

辰河货船在沅水中行驶，照规矩各有帮口，也就各有码头，不相混杂。但船到辰河以后，因为码头小，不便停泊，就不免有点各凭机会抢先意思，谁先到谁就拣好处靠岸。本来成帮的船，虽还保留一点大河中老规矩，孤单船只和装有公事上人的船只，就不那么拘谨了。这货船旁有一只小船，拔了锚，撑到上游一点去后，空处就补上了一只小客船，船头上站了个穿灰哔叽短夹袄的中年人，看样子不是县里承审官，就是专员公署的秘书科长。小差船十来天都和这只商船泊在一处，一同开头又一同靠岸。船主已和那客人相熟，两船相靠泊定后，船主正和老水手蹲在舱板上放杯筷准备喝酒。船主见到那个人，就说："先生，过来喝一杯，今天酒好！是我们镇上著名的红毛烧，进过贡的，来试试看。"

那人说："老板，你船到地了。这地方橘子真好，一年有多少出息！"

"不什么好，东西多，不值钱！"旋又把筷子指定老水手鼻子，"我们这位老伙计住在这里，天上地下什么都知道。吕家坪的事情，心中一本册，清清楚楚。"

听到这个介绍时，老水手不免有点儿怩怩。既有了攀谈机会，便隔船和那客人谈天，从橘子产量价值到保安队。饭菜排好时，船主重新殷勤招呼请客人过来喝两杯酒。客人却情不过，只得走过船来，大家蹲在后舱光溜溜的船板上，对起杯来。

原来客人是个中学教员，说起近年来地方的气运，客人因为多喝了一杯酒，话也就多了一点，客人说："这事是一定的！你们地方五年前归那个本地老总负责时，究竟是自己家边人，要几个钱也有限。钱要够了，自然就想做做事。可是面子不能让一个人占。省里怕他得人心，势力一大，将来管不了，主席也怕做不稳。所以派两师人上来，逼他交出兵权，下野不问事。不肯下野就要打。如果当时真的打起来，还不知是谁的天下。本地年轻军官都说要打也成，见个胜败很好。可是你们老总不怕主席怕中央，不怕人怕法，怕国法和军法。以为不应当和委员长为难，是非总有个公道，就下了野，一个人坐车子跑下省里去做委员，军队事不再过问。因此军队编的编，调的调，不久就完事了。再不久，保安队就来了。主席想把保安队拿在手里，不让它成为单独势力，想出个绝妙办法，老是把营长团长这里那里各处调，部队也这里那里各处调，上下通通不大熟悉，官长对部下不熟悉，部队对地方不熟悉，好倒有好处，从此一来地方势力果然都消灭了，新势力绝不会再起，省里做事方便了万千。只是主席方便民众未必方便。保安队变成了随时调动的东西，他们只准备上路，从不准备打匪。到任何地方驻防，事实上就只是驻防，负不了责。纵有好官长，什么都不熟悉，有的连自己的兵还不熟悉，如何负责？因此养成一个不大负责的习气……离开妻室儿女出远门，不为几个钱为什么？找了钱，好走路！"

老水手觉得不大可信，插嘴说："这事情怎么没有传到南京去呢？"

那人说："我的老伙计，委员长一天忙到晚，头发都忙白了，一天有多少公文要办，多少客要见，管得到这芝麻大事情？现在又预备打日本，事情更多了。"

船主说："这里那人既下野了，兵也听说调过宁波奉化去了，怎么省里还调兵上来？又要大杀苗人了吗？苗人不造反，也杀够了！"

"老舵把子，这个你应当比我们外省人知道得多一些！"客人似乎有了点醉意，话说得更亲昵放肆了些。这人民国十八年在长沙过了一阵热闹日子，昏头昏脑地做了些糊涂事。忽然又冷下来，不声不响教了六年中学。谁也不知道他过去是什么人，把日子过下来，看了六七年省城的报，听了六七年本地的故事。这时节被吕家坪的烧酒把一点积压全挤出来了。"老伙计，你不知道吧？我倒知道啊！你只知道划船、掌舵、拉纤，到常德府去找花姑娘打炮，把板带里几个钱掏空，就完事了。哪知道世界上玩意儿多咧……"

（被国民党中央宣传部删去一大段）

到老水手仿佛把事情弄明白，点头微笑时，那客人业已被烧酒醉得糊糊涂涂快要唱歌了。

老水手轻轻地对船主说："掌舵的，真是这样子，我们这地方会要遭殃，不久又要乱起来的，又有枪，又有人，又有后面撑腰的，怎么不乱？"

船主不作声，把头乱摇，他不大相信。事实上他也有点醉了。

天已垂暮，邻近各船上到处是炒菜落锅的声音，和辣子大蒜气味。且有在船上猜拳，八马五魁大叫大喊的。晚来停靠的船，在河中用有倒钩的竹篙抓住别的船尾靠拢时，篙声水声人语声混成一片。河面光景十分热闹。夜云已成一片紫色，映在水面上，渡船口前人船都笼罩在那个紫光中。平静宽阔的河面，有翠鸟水鸡接翅掠水向微茫烟浦里飞去。老水手看看身边客人和舵把子，已经完全被烧酒降伏。天夜了，忙匆匆地扒了一大碗红米饭，吃了几片肥烂烂的猪头肉，上了岸鲇鱼似的溜了。

他带了点轻微酒意，重新上正街，向会长家中走去。

会长正来客人，刚点上那盏老虎牌汽油灯，照得一屋子亮堂堂的。但见香烟笼罩中，长衣短衣坐了十来位，不是要开会就是要打牌。老水手明白自己身份，不惯和要人说话，因此转身又向茶馆走去。

货船到得多，水手有的回了家，和家中人围在矮桌边说笑吃喝去了。有的是麻阳县的船，还不曾完毕长途，明天又得赶路，却照老规矩，"船到吕家坪可以和个妇人口对口做点糊涂事"，就上岸找对手消消火气。有的又因为在船上赌天九，手气好，弄了几个，抱兜中洋钱钞票胀鼓鼓的，非上岸活动活动不可，也得上岸取乐，请同伙水手吃面，再到一个妇人家去烧荤烟吃。既有两三百水手一大堆钱在松动，河下一条长街到了晚上，自然更见得活泼热闹起来。到处感情都在发酵，笑语和嚷骂混成一片。茶馆中更嘈杂万状。有退伍兵士和水手，坐在临街长条凳上玩月琴，用竹拨子弄得四条弦绷琮绷琮响。还风流自赏提高喉咙学女人嗓子唱小曲，花月逢春，四季相思，万喜良孟姜女长城边会面，一面唱曲子，一面便将眼角瞟觑对街黑腰门（门里正有个大黑眼长辫子船主黄花女儿），妄想凤求凰，从琴声入手。

小船主好客喜应酬，还特意拉了船上的客人，和押货管事上馆子吃肉饺饵，在"满堂红"灯光下从麂皮抱兜掏出大把钞票来争着会钞，再上茶馆喝茶，听渔鼓道情。客人兴致豪，必还得陪往野娘儿们住的边街吊脚楼上，找两个眉眼利落点的年轻妇人，来陪客靠灯，烧两盒烟，逗逗小婊子取乐。船主必在小婊子面前，随便给客人加个官衔，参谋或营长，司令或处长，再不然就是大经理、大管事；且照例说是家里无人照应，正要挑选一房亲事，不必摩登，只要人"忠厚富态"就成，借此扇起小妇人一点妄念和痴心，从手脚上占点便宜。再坐坐，留下一块八毛钱，却笑着一股烟走了。副爷们见船帮拢了岸，记起尽保安职务，特别多派了几个弟兄查夜，点验小客店巡环簿，盘问不相干住客姓名来去。更重要的是另外一些不在其位非军非警亦军亦警的人物，在巡查过后，来公平交易，一张桌子收取五元放赌桌子钱。

至于本地妇人，或事实上在经营最古职业，或兴趣上和水上人有点交亲缘分，在这个夜里自然更话多事多，见得十分忙碌，还债收账一类事情，必包含了物质和精神两方面。眼泪与悦乐杂糅，也有唱，也有笑，且有恩怨纠缚，在鼻涕眼泪中盟神发誓，参加这个小小世界的活动。

老水手在一个相熟的本地舵把子茶桌边坐下来，一面喝茶一面观察情形。见凡事照常，如历来大帮船到码头时一样。即坐在上首那几个副爷，也都很静心似的听着那浪荡子弹月琴，梦想万喜良和孟姜女在白骨如麻长城边相会唱歌光景，脸样都似乎痴痴的，别无征兆，显示出对这地方明日情形变化的忧心，简直是毫无所思，毫无所虑。老水手因之代为心中打算，即如何捞几个小小横财，打颗金戒指，镶颗金牙齿。

老水手心中有点不平，坐了一会儿，和那船主谈了些闲天，就拔脚走了。他也并不走远，只转到隔壁一个相熟人家去，看船上人打跑付子字牌，且看悬在牌桌正中屋梁下那个火苗长长的油灯，上面虫蛾飞来飞去，站在人家身后，不知不觉看了半天。吕家坪市镇到坳上，虽有将近三里路，老水手同匹老马一样，腿边生眼睛，天上一抹黑，摸夜路回家也不会摔到河里去。九月中天上星子多，明河在空中画一道长长的白线，自然更不碍事了。因此回去时火把也不拿，洒脚洒手的。回坳上出街口得走保安队驻防处伏波宫前面经过，一个身大胆量小的守哨弟兄在黑暗中大声喊道："口令！"

老水手猛不防有这一着洋玩意儿，于是干声嚷着："老百姓。"

"什么老百姓？半夜三更到哪里去！不许动。"

"枫树坳坐坳守祠堂的老百姓，我回家里去！"

"不许通过。"

"不许走，那我从下边河滩上绕路走。人家要回家睡觉的！"

"怎么不打个灯？"

"天上有星子，有万千个灯！"

那哨兵直到这时节似乎方抬头仔细看看，果然蓝穹中挂上一天星子。且从老水手口音中，辨明白是个老伙计，不值得认真了。可是自己转不过口来，还是不成，说说官话："你得拿个火把，不然深更半夜，谁知道你是豺狼虎豹，正人君子？"

"我的副爷，住了这地方三十年，什么还不熟悉？我到会长那边去有点事情，所以回来就晚了。包涵包涵！"

话说来说去，口气上已表示不妨通融了，老水手于是依然一直向前走去。老水手从口音上知道这副爷是家边人，好说话，因此走近身时就问他："副爷，今天戒严吗？还不到三更天，早哩。"

"船来得多，队长怕有歹人，下命令戒严。"

"官长不是在会长家里吃酒吗？三山五岳，客人很多！"

"在上码头税关王局长那边打牌！"

"打牌吃酒好在是一样的。我还以为在会长家里！天杀黑时我看见好些人在那边，简直是群英大会……"

"吃过酒，就到王局长那边打牌去了。"

"局长他们倒成天有酒喝，有牌打。"

"命里八字好，做官！"口中虽那么说，却并无羡慕意思，语气中好像还带着一点诅咒，"娘个东西，升官发财，做舅子！"

又好像这个不满意情绪，已被老水手察觉，便认清了自己责任，陡地大吼一声："走，赶快走！不走我把你当奸细。"似乎把老水手喊开后，自己也就安全了。

老水手觉得这个弟兄的意见，竟比在河下船上听那中学教员表示的意见明白多了。他心里想："慢慢地来吧，慢慢地看吧，舅子。'豆子豆子，和尚是我舅子；枣子枣子，我是和尚老子。'你们等着吧。有一天你看老子的厉害！"他好像已预先看到了些什么事情，即属于这地方明日的命运。可是究竟是些什么，他可说不出，也并不真正明白。

到得坳上时，看看对河萝卜溪一带，半包裹在夜雾中，如已沉睡，只剩下几点儿摇曳不定灯光在丛树薄林间。河下也有几点灯光微微闪动。滩水在静夜里很响。更远处大山，有一片野烧，延展移动，忽明忽灭。老水手站在祠堂阶砌上，自言自语地说："好风水，龙脉走了！要来的你尽管来，我姓滕的什么都不怕！"

买橘子

保安队队长带了一个尖鼻小眼烟容满面的师爷，到萝卜溪来找橘子园主人滕长顺，办交涉打商量买一船橘子。长顺把客人欢迎到正厅堂屋坐定后，赶忙拿烟倒茶。队长自以为是个军人，凡事豪爽直率，开门见山就说："大老板，无事不登三宝殿，我是有点小事特意来这里的。我想和你办个小交涉。我听人说你家橘子园今年橘子格外好，又大又甜，我来买橘子。"

长顺听说还以为是一句笑话，就笑起来。

"队长要吃橘子，我叫人挑几担去解渴，哪用钱买！"

"喔，那不成。我听会长说，买了你一船橘子，庄头又大，味道又好，比什么'三七四'外国货还好。带下省去送人，顶呱呱。我也要买一船带下省去送礼。我们先小人后君子，得说个明白，橘子不白要你的，值多少钱我出多少。你只留心选好的、大的，同会长那橘子一样的。"

长顺明白来意后，有点犯难起来，答应拒绝都不好启齿。只搓着两只有毛大手微笑。因为这事似乎有点蹊跷，像个机关布景，不大近情理。过了一会儿才说："队长要橘子送礼吗？要一船装下去送礼吗？"

"是的。货要好的，我把你钱，不白要你的！"

"很好，很好，我就要他们摘一船——要多大一船？"

"同会长那船一样大，一样多。要好的、甜的、整庄的，我好带到省里去送人。送军长、厅长，有好多人要送，这是面子上事情……"

长顺这一来可哽住了。不免有点滞滞疑疑，微笑虽依然还挂在脸上，但笑中那种乡下人吃闷盆不干心的憨气，也现出来了。

同来师爷是个"智多星"，这一着棋本是师爷指点队长走的。以为长官自己下乡买橘子，长顺必不好意思接钱。得到了橘子，再借名义封一只船向下运，办件公文说是"差船"，派个特务长押运，作为送省主席的礼物，沿路就不用上税。到了常德码头时，带三两挑过长沙送礼，剩下百分之九十，都可就地找主顾脱手，如此一来，怕不可以净捞个千把块钱，哪有这样上算的事不做？如今办交涉时，见橘子园主人一起始似乎就已看穿他们的来意，不大好办。因此当作长顺听不懂队长话语，语言有隔阂，他来从旁解释："滕大老板，你照会长那个装一船，就好了。你橘子不卖难道留在家里吃？你想想。"

可是会长是干亲家，半送半买，还拿了两百块钱。而且真的是带下省去送亲戚，这礼物也就等于有一半是自己做人情。队长可非亲非故，并且照平时派头说来，不是肯拿两百块钱买橘子送礼物的人，要一船橘子有什么用处？因此长顺口上虽说"很好很好"，心中终不免踌躇，猜详不出是什么意思来。也是合当出事，有心无意，这个乡下人不知不觉又把话说回了头："队长你要橘子送人，我叫人明天挑十担去。"

队长从话中已听出支吾处，有点不乐意，声音重重地说："我要买你一船橘子，好带下去送礼！你究竟卖不卖？"

长顺也作成"听明白了"神气，随口而问："卖，卖，卖，是要大船？小船？"

"要会长那么大一船，货也要一样的。"

"好的，好的，好的。"

在一连三个"好的"之中，队长从橘子园主人口气里，探出了惑疑神气，好像把惑疑已完全证实后，便用"碰鬼，拿一船橘子下省里去发财吧"那么态度答应下来的。队长要一船橘子的本意，原是借故送礼，好发一笔小财，如今以为橘子园主人业已完全猜中机关，光棍心多，不免因羞成恼，有点气愤。只是俗话说，"伸手不打笑脸人"，主人既答应了下来，很显然，纵非出自心愿，也得上套。因此一时不便发作，只加强语调说："大老板，我是出钱买你的橘子！你要多少钱我出多少，不是白要你橘子的！"

同来那个师爷鬼伶精，恐怕交涉办不成，自己好处也没有了。就此在旁边打圆成，提点长顺，语气中也不免有一点儿带哄带吓，"滕老板，你听我说，你橘子是树上长的，熟了好坏要卖给人，是不是？队长出钱买，你难道不卖？预备卖，那不用说了，明天找人下树就是。别的话语全是多余的。我们还有公事，不能在这里和你磨牙巴骨！"

长顺忙赔笑脸说："不是那么说，师爷你是个明白人，有人出钱买我的橘子，我能说不卖？我意思是本地橘子不值钱，队长要送礼，可不用买，不必破费，我叫人挑十担去。今年橘子结得多，队长带弟兄到我们这小地方来保卫治安，千辛万苦，吃几个橘子，还好意思接钱？这点小意思也要钱，我姓滕的还像个人吗？只看什么时候要，告我个日子，我一定照办。"

因为说的还是"几挑"，和那个"一船"距离太远，队长怪不舒服，装成大不高兴毫不领情神气，眼不瞧长顺，对着堂屋外大院坝一对白公鸡说："哪一个白要你乡下人的橘子？现钱买现货，你要多少我出多少。只帮我赶快从树上摘下来。我要一船，和会长一样……会长花多少我也照出，一是一，二是二……"话说完，队长站起身来，把眉毛皱皱，意思像要说："我是个军人，作风简单痛快。我要的你得照办。不许疑心，不许说办不了。不照办，你小心，可莫后悔不迭！"斜眼知会了一下同来的师爷，就昂着个头顾自扬长走了。到院子心踏中一泡鸡屎，赶上去踢了那白鸡一脚，"你个畜生，不识好歹，害我！"

长顺觉得简直是被骂了，气得许久开口不得。因为二十年来内战，这人在水上，在地面，看见过多少稀奇古怪的事情，可是总还不像今天这个人那么神气活灵活现，而且不大讲道理。

那丑角一般师爷有意留在后边一点，唯恐事情弄僵，回过头来向长顺说："滕老板，你这人，真是个在石板一跌两节的人，吃生米饭长大，生硬硬的，太不懂事！队长爱面子，兴兴头头跑到你乡下来买橘子，你倒拿羊起来了；'有钱难买不卖货'，怎么不卖？我问你，是个什么主意？"

长顺说："我的哥，我怎么好说不卖？他要一船橘子，一千八百担，算是一船；三百两百挑，也是一船。装一船橘子送人，可送得了？"

师爷愣着那双鼠眼说："嗨，你这个人。你管他送得了送不了？送不了让它烂去，生蛆发霉，也不用你操心。他出钱你卖货，不是就了事？他送人也好，让它烂掉也好，你管不着。你只为他装满一只'水上漂'，还问什么？你惹他生了气，他是个武人，说得出，做得到，真派人来砍了你的橘子树，你难道还到南京大理院去告他？"

这师爷以为如此一说，长顺自会央求他转弯，因此站着不动。却见长顺不作声，好像在玩味他的辞令，并无结果，自觉没趣，因此学戏文上丑角毛延寿神气，三尾子似的甩甩后衣角，表示"这事从此不再相干"，跟着队长身后走了。

两人本来一股豪劲下萝卜溪，以为事情不费力即可成功。现在僵了，大话已说出口，收不回来，十分生气。出了滕家大门，走到橘子园边，想沿河走回去，看看河边景致，散散闷气。侧屋空坪子里，正遇着橘子园主人女儿天天，在太阳下晒刺莓果，头上搭了一块扣花首帕，辫子头扎一朵红茶花。其时正低着头一面随意唱唱，一面用竹扒子翻扒那晒簟上的带刺小果子。身边两只狗见了生人就狂吠起来。天天抬起头时，见是两个军官，忙喝住狗，举起竹扒在狗头上打了一下，把狗打走了。还以为两人是从橘园穿过，要到河边玩的，故不理会，依然做自己的事情。

队长平时就常听人提起长顺两个女儿，小的黑而俏。在场头上虽见过几回，印象中不过是一朵平常野花罢了。队长是省里中学念过书的人，见过场面，和烫了头发手指甲涂红胶的交际花恋爱时，写情书必用"红叶笺""爬客"自来水笔。凡事浸透了时髦精神，所以对乡下女子便有点瞧不上眼。这次倒因为气愤，心中存着三分好奇、三分恶意，想逗逗这女子开开心，因此故意走过去和夭夭攀话，问夭夭簟子里晒的是什么东西。且随手刁起一枚刺莓来放在鼻边闻闻，"好香！这是什么东西？奇怪得很！"

夭夭头也不抬，轻声地说："刺莓。"

"刺莓有什么用？"

"泡药酒消痰化气。"

"你一个姑娘家，有什么痰和气要消化？"

"上年纪的人吃它！"

"这东西吃得？我不相信。恐怕是毒药吧。我不信。"

"不信就不要相信。"

"一定是放蛊的毒药。你们湘西人都会放蛊，我知道的！一吃下肚里去，就会生虫中蛊，把肠子咬断，好厉害！"

其时那个师爷正弯下身去拾起一个顶大的半红的刺莓，作成要生吃下去的神气，却并不当真就吃。队长好像很为他同伴冒险而担心，"师爷，小心点，不要中毒，回去打麻烦。中了毒要灌粪清才会吐出来的！说不得还派人来讨大便讲人情，多费事！"

师爷也作成差点儿上当神气，"啊呀危险！"

夭夭为两个外乡人的言行可笑，抿嘴笑笑，很天真地转过身抬起头来，看了看两个外乡人，"你们城里人什么都不知道。不相信，要你信。"随手拾起一个透熟过了黄中带红的果子，咬去了蒂和尖刺，往口里一送，就嚼起来了。果汁吮尽后，哺地一下把渣滓远远吐去，对着两个军人，"甜蜜蜜的，好吃的，不会毒死你！"

那师爷装作先不明白，一经指点方了然觉悟样子，就同样把一个生涩小果子抛入口里，嚼了两下，却皱起眉把个小头不住地摇。

"好涩口，好酸！队长，你吃试试看。这是什么玩意儿——人参果吧？"

那队长也故意吃了一枚，吃过后同样不住摇头，"啊呀，这人参果，要福气消受！"

两人都赶忙把口中的东西吐出。

这种做作的剧情，虽出于做作，却不十分讨人厌。天天见到时，得意极了，取笑两人说："城里人只会吃芝麻饼和连环酥。怕毒死千万不要吃，留下来明天做真命天子。"

师爷手指面前一片橘子树林，口气装得极其温和，询问天天："这是你家橘子园不是？"

"是我家的，怎么样？"

"橘子卖不卖？"

天天说："怎么不卖？"

"我怕你家里人要留下自己吃。"

"留下自己吃，一家人吃得多少！"

"正是的，一家人能吃多少！可是我们买你卖不卖？"

"在这里可不卖。"

"这是什么意思？"

"你们想吃就吃！口渴了自己爬上树去摘，能吃多少吃多少，不用把钱。你看（天天把手由左到右画了个半圆圈），多大一片橘子园，全是我家的。今年结了好多好多！我的狗不咬人。"

说时那只白狗已回到了天天身边，一双眼睛对两个陌生客人盯着，还俨然取的是一种监视态度。喉中低低咻着，表示对于陌生客人毫不欢迎。天天抚摩狗头，安慰它也骂骂它："大白，你是怎么的？看你那样子，装得凶神恶煞，小气。我打你。"且顺着狗两个耳朵极温柔地拍了几下，"到那边去！不许闹。"

天天又向两个军人说："它很正经，不乱咬人。有人心，懂事得很。好人它不咬，坏人放不过。"远远的一株橘子树上飞走了一只乌鸦，掉落了一个橘子，落在泥地上钝钝的一声响，这只狗不必吩咐，就奔窜过去，一会儿便把橘子衔回来了。天天将橘子送给客人，"吃吃看，这是老树橘子，不酸的！"

师爷在衣口袋中掏了一阵，似乎找一把刀子，末后还是用手来剥，两手弄得湿油油的，向裤子上只是擦，不爱干净处引得天天好笑。

队长一面吃橘子一面说："好吃，好吃，真好吃。"又说："我先不久到你家里，和你爹爹商量买橘子，他好像深怕我不给钱，白要他的。不肯卖把我。"

天天说："那不会的。你要买多少？"

师爷抢口说："队长要买一船。"

"一船橘子你们怎么吃得了？"

"队长预备带下省里去送人。"

"你们有多少人要送礼？"

天天语气中和爹爹的一样，有点不相信。师爷以为天天年纪小可欺，就为上司捧场说大话："我们队长交游遍天下，南京北京到处有朋友，莫说一船橘子，真的送礼，就是十船橘子也不够！"

"一个人送多少？"

"一个人送二十三十个尝尝。让他们知道湘西橘子原来那么好，将来到湘西采办去进贡。"

天天笑将起来，"二十三十，好。做官的，我问你，一船有多少橘子，你知道不知道？"

师爷这一下可给天天问住了，话问得闷头，一时回答不来，只是憨笑。对队长皱了皱眉毛，解嘲似的反问天天："我不知道一船有多少，你说说看对不对。"

"你不明白，我说来还是不明白。"

"九九八十一，我算得出。"

"那你算把我听听，一石橘子有多少。"

队长知道师爷咬字眼儿不是天天敌手，想为师爷解围，转话头问天天："商会会长前几天到你家买一船橘子，出多少钱？"

天天不明白这话用意，老老实实回答说："我爹不要他的钱，他一定要送两百块钱来。"

队长听了一惊，"怎么，两百块钱？"

"你说是不止——不值？"

队长本意以为"不值"，但在天天面前要装大方，不好说不值，就说："值得，值得，一千也值得。"又说："我也花两百块钱，买一船橘子，要一般大，一般多，你卖不卖？"

"你可问我爹爹去！"

"你爹爹说不卖。"

"那一定不卖。"

"怎么不卖？怎么别人就卖，我要就不卖？难道是……"

"嗨，你这个人！会长是我爹的亲家，我的干爹，顶大橘子是我送他的。要买，八宝精，花钱无处买！"

队长方了然长顺对于卖橘子谈判不感兴趣的原因。更明白那一船橘子的真正代价，是多少钱，多少交情。可是本来说买橘子，也早料到结果必半买半送，随便给个五六十元了事，既然是地方长官，孝敬还来不及，巴不上，岂有出钱买还不能买的道理？谁知长顺不识相，话不接头，引起了队长的火，弄得个不欢而散。话既说出了口，不卖吧，派弟兄来把橘子树全给砍了！真的到底不卖，还不是一个僵局？答应卖了呢，就得照数出钱，两百元，四百元，拿那么一笔钱办橘子，就算运到常德府，赚两个钱，费多少事！倒不如办两百块钱特货，稳当简便多了。

队长觉得，先前在气头上话说出了口，不能收场，现在正好和天天把话说开，留个转圜余地。于是说："我先不久几几乎同你那个爹爹吵起来了。财主员外真不大讲道理。我来跟他办交涉，买一船橘子，他好像有点舍不得，又担心我倚仗官势，不肯把钱，白要你家橘子。他说宁愿意让橘子在树上地下烂掉，也不卖把我。惹我生气上火，不卖吗？我派人来把你这些橘子树全给砍了，其奈我何？你等等告你爹，我买橘子，人家把多少我同样把多少！我们保安队的军誉，到这里来谁不知道。凡事有个理，有个法……"

说到这里时，对师爷挤了一挤眼睛，那师爷就接下去说："真是的，凡事公正，公买公卖，沅陵县报上就说起过！"又故意对队长说，意思却在给天天听到："队长，你老人家也不要生气，值不得。这是一点小误会。谁不知道你爱民如子？滕老板是个明白人，他先不体会你意思，到后亏我一说，他就懂了。限他五天办好，他一定会照办。这事有我，不要怄气，值不得！"说到末了，拍了拍那个瘦胸膛，意思是像只要有他，天下什么事都办得妥当。

天天这一来，才知道这两个人，原来先不久还刚从家中与爹爹吵了嘴。天天再看看两人，便把先前那点天真好意收藏起来了，低下头去翻扒刺莓，随口回答说："好好的买卖，公平交易，哪有不卖的道理。"

队长还涎着脸说："我要买那顶大的，长在树尖子上霜打得红红的，要多少钱我出多少。"

师爷依然带着为上司捧场神气，尽说鬼话："那当然，要多少出多少，只要肯，一千八百队长出得起。送礼图个面子，贵点算什么。"

队长鼻头嗡嗡的，"师爷，你还不明白，我这人就是这种脾气，凡事图个面子，图个新鲜。要钱吗？有的是。"这话又像是说给自己听取乐，又像是话中本意并非橘子，却指的是玩女人出得起钱，让天天知道他为人如何豪爽大方。"南京沈万三的聚宝盆，见过多少稀罕的好东西！"

师爷了解上司意思所指，因此凑合着说下去："那还待说？别人不知道你，队长，我总知道。为人只要个痛快，花钱不算回事……长沙那个……我知道的！"

师爷正想宣传他上司过去在辰州花三百块钱为一个小婊子点大蜡烛的挥霍故事。话上了喉咙，方记起天天是个黄花女，话不中听，必得罪队长。因此装作错喉干呃了一阵，过后才继续为队长知识人品作说明。

天夭听听两人说的话，似乎渐渐离开了本题，话外有话。语气中还带点鼻音，显得轻浮而亵渎。尤其是那位师爷，话越说越粗野，天夭脸忽然发起烧来了，想赶快走开，拿不定主意回家去还是向河边走。

两人都因为天夭先一时的天真坦白，现在见她低下头不作理会，还以为女孩子心窍开了，已懂了人事，有点意思。所以还不知趣说下去。话越说越不像话，天夭感到了侮辱，倒拖竹扒拔脚向后屋竹园一方跑了。

队长待跳篱笆过去看看时，冷不防那只大白狗却猛扑过来，对两人大声狂吠。那边大院子里听到狗叫，有个男工走出来赶狗，两个人方忙匆匆地穿过那片橘子园，向河边小路走去。

两人离开了橘园，沿河坎向吕家坪渡口走。

师爷见队长不说话，引逗前事说："队长，好一只肥狗，怕不止四十斤吧。打来炖豆腐干吃，一定补人！"

队长带笑带骂："师爷，你又想什么坏心事？一见狗就想吃，自己简直也像个饿狗。"

"我怎么又想？从前并未想过！实在好，实在肥，队长，你说不是吗？"

"我可不想吃狗肉，不到十月，火气大，吃了会上火，要流鼻血的。"

队长走在前面一点，不再说什么，他正想到另外一件事情。橘子园主人小女儿，眼睛亮闪闪的，嘴唇小小的，一看就知道是个香喷喷的黄花女。心中正提出一个问题："好一块肥羊肉，什么人有福气讨到家里去?"就由于这点朦胧暧昧欲望,这点私心,使他对于橘子园发生了兴趣,橘子园主人对他的不好态度,也觉得可宽容了。

同行的师爷是个饕餮家,只想象到肥狗肉焖在砂锅里时的色香味种种,眼睛不看路,打了个岔,一脚踏进路旁一个土拨鼠穴里去,身向前摔了一跤,做了个"狗吃屎"姿势,还亏得两手捞住了路旁一把芭茅草,不至于摔下河坎掉到水里去。到爬起身时,两手都被茅草割破了,虎口边血只是流。

队长说:"师爷,你又发了瘾?鬼蒙你眼睛,走路怎不小心?你摔到河里淹死了,我还得悬赏打捞你,买棺木装殓你,请和尚道士超度你,这一来得花多少钱!"

师爷气愤愤地说:"都是因为那只狗。"

队长笑着调弄师爷:"你说狗,是你想咬它,还是怕它要咬你?"

"它敢咬我?咬我个鸡公。队长,你不信你看,我明天带个小棒棒来,逗它近身,鼻子上邦的一棒,还不是请这畜生回老家去!"

"师爷,小心走路,不要自己先回老家去!"

"队长,你放心,纵掉下河里去,我一个鹞子翻身就起来了。我学过武艺,不要小看我!"

"你样子倒有点像欧阳德。他舞旱烟杆,你舞老枪。"

"可是我永远不缴枪!禁烟督办来也不缴枪!"

且说天天走回家去,见爹爹正在院子里用竹篙子打墙头狗尾草,神气郁郁不舒。知道是为买橘子事和军官斗气,吵了两句,心不快乐，因此做个笑脸迎上去。

"爹爹，你怎么光着个头在太阳底下做这种事。我这样，你一定又要骂起我来了。那些野生的东西不要管它，不久就会死的！"

长顺不知天天在外边已同两个军人说了好久话，就告天天说："天天，越来越没有道理了。先前保安队队长同个师爷，到我们这里来，说要买一船橘子，装下省里去送礼。什么主席厅长委员全都要送。真有多少人要送礼？还不是看人发财红了眼睛，想装一船橘子下去做生意？我先想不明白，以为他是要吃橘子，还答应送他十担八担，不必花钱。他倒以为我是看穿了他的计策，恼羞成怒，说是现钱买现货。若不卖，派兵来把橘子树全给砍了再说。保安队原来就是砍人家橘子树的。"

天天想使爹爹开心，于是笑将起来，"这算什么？他们要买，肯出钱，就卖一船把他，管他送礼不送礼！"

"他存心买那才真怪！我很怄气。"

"不存心买难道存心来砍橘子树？"

"存心马扁儿，见我不答应，才说砍橘子树！"

"大哥船来了，三哥船来了，把橘子落了树，一下子装运到常德府去，卖了它完事。人不犯法，他们总得讲个道理，不会胡来乱为的！"

长顺扣手指计算时日，以及家下两只船回到吕家坪的时日。想起老《申报》的时事，和当地情形对照起来，不免感慨系之。

天天因见爹爹不快乐，就不敢把在屋外遇见两个军人一番事情告给长顺。只听到侧屋磨石隆隆的响，知道嫂嫂在推荞麦粉预备做荞粑。正打量过侧屋里去帮帮忙，仓屋下母鸡刚下个蛋，为自己行为吃惊似的大声咯咯叫着，飞上了墙头。夭夭赶忙去找鸡蛋，母亲在里屋却知会夭夭："夭夭，夭夭。你又忘记了？姑娘家不许捡热鸡蛋，容易红脸。你不要动它，等等再取不要紧！你刺莓晒好了？"

"那笋壳鸡又生蛋了。"

"是的！不用你管。做你事情去。"

"好，我不管。等等耗子吃了我也不管。"虽那么答应母亲，可是她依然到仓屋脚一个角落间草堆中发现了那个热巴巴的鸡蛋，悄悄地用手摸了一会儿后，方放心走开。

一有事总不免麻烦

　　会长所有几只货船全拢了吕家坪码头，忙坏了这个当地能人。先是听说邻县风声不大好，已在遣将调兵，唯恐影响到本地。他便派先前押船回来的那个庄伙，沿河下行，看看船过不过了辰溪县。若还不进麻阳河，在沅水里停泊，暂时就不要动，或者把货起去，屯集到县里同发利货栈上去，赶快把自己那一条船放空来吕家坪，好把镇上店中收屯的六百桶桐油，和一些杂货、一船橘子，装船下运。上行货搁到辰溪县货栈中，上下起落虽得花一笔钱，究竟比运来本镇稳当。船装货下行，赶到常德，就不会被地方队伍封船的。可是这管事动身不久，走向下游四十里，就碰见了本号第一只船。问问水手，才知道船拢辰溪县，谣言多不敢上行，等了两天。问问同发利栈上人，会长并无来信指示。公路局正在沿河岸做码头，拉船夫服务，挑土扛石头，用的人很多。只怕一停下来又耽搁事情，所以还是向上开。所有船只都来了，正在后面一点上滩。管事庄伙得到这个消息后，又即刻赶回吕家坪报告。

船既到了地，若把几船货物留在镇上，换装屯集的油类下行，万一有事，还依然是得彼失此，实不大经济。会长想：地方小，队伍一开拔，无人镇压，会出麻烦。县城到底是大地方，又有个石头城，城中住了个县长，省里保安队当不至于轻易放弃。并且一有了事，河上运输中断了，城里庄号上必特别需要货物，不如乘此把这几船货物一直向上拖，到了上游二百五十里的麻阳县城里去，这里另外找船装桐油下常德。因此货船一拢码头时，会长就亲自去河边看船。

几个船上舵把子过辰溪县时，业已听说风声不大好，现在又听说货物不起卸，另外还有办法，心中正自狐疑不定。会长到得河下时，看看货船很好，河水还不曾大落，船货若上运，至多到高村地方提提驳，减轻一点载重，就可一直到麻阳县。

六七个弄船的正在河滩上谈下河新闻，一见会长都连声叫喊。

会长也带着友情向那边打招呼，"辛苦辛苦！我上前天还要周管事沿河去看你们的。还以为船不进小河，等等看也好。如今都来了，更好！"

一个老船主说："辰溪县热闹得很，我看风向不大对。大家赶回家去吧，好，你老信不来，我们就上来了。"

会长说："难为你，难为你。船老板，我看河里水还好，不怎么枯，是不是？"

那舵把子说："会长，水好，今年不比去年。九月初边境上有雨，小河水发大河水也发。洪江大河里，有好些木排往下放。洪

124

江汉庄五舱子鳅鱼头船，也装满了桐油下常德府。天凑合人！"

会长咬耳朵问那老船主："老伙计，我听说时局不大好，你们到辰溪一定看得出来。你们怎么打算？"

那老舵把子笑着说："会长，一切有命，不要紧。他们要打打他们的，我还是要好好弄这条船。我们吃水上饭的人，到处是吃饭，不管什么地方我都去。"他以为会长是要把本地收买的桐子油山货向下运，怕得不到船，因此又说："会长，我们水上漂和水中摆尾子一样，有水地方都要去，我不怕的。要赶日子下常德府，我们在辰河里放夜船，两天包你到辰溪县。"

会长说："我想这几船货都不要起岸，大家辛苦辛苦，索性帮我运到麻阳县去吧，趁水好，明天验关，后天就上路。到了那里再看，来得及，就放空船下来，这里还有几船货要运常德府；来不及，下面真有了事情，你们就把船撑到高村小河里去，在岩门石羊哨避避风浪。你们等等商量看，再到我铺子上来告我。愿意去，明后天开头，不愿意去，也告我一声，我好另外找船补缺，盘货过驳。"

另外一个萝卜溪弄船的说："会长，你老人家的事，莫说有钱把我们，不把钱我也去，大家不会不去的。"

有人插口说："恐怕有人早说定了，船到了这里卸货，要装橘子下辰河。上县里再放空船来，日子赶不及。"

会长说："你们自己看吧，不勉强你们。能去的就去，不肯去不勉强，我不会难为你们，都是家边人，事情好商量。你们等等到我号上来回个信。"会长又对一个同行庄伙说："五先生，他们辛苦了，你一条船办十斤神符，二十碗酒，派人就送来，请船上弟兄喝一杯，你记着，赶快！"吩咐过后，就和几个船主分了手。会长想起亲家长顺委托的事情，转到下河街伏波宫保安队去拜会队长。

那队长正同本部特务长清算一笔古怪账目，骂特务长"瞒心昧己，人容天不容"。只听到那个保民官说："特务长，你明白，不要装痴！这六百块钱可不是肉丸子，吃下去恐怕梗在胸脯上不受用。你说不知道，那不成。这归你负责，不能说不知道。好汉做事好汉当，得弄个水落石出！"

特务长不服气。虽不敢争辩，心实在气恼不过。因为账目并不是他特务上应负责任的，队长却以为这是特务长不小心的过失。幸亏得会长一来，特务长困难的地位，方得到解围。

队长老不高兴神气，口中喃喃骂着，见来客是会长，气即刻便平了。

"会长，你这个忙人，忙得真紧，我昨天请你吃狗肉也不来！我们一共六个人，一人喝了十二两汾酒，见底干。到后局长唱起《滑油山》来了，回关上时差点滚到河里去。还嚷一定要'打十六圈牌，不许下桌子，谁离开桌子，谁就认输，罚请三桌海菜席'。金副官说：'谁下桌子谁是狗 × 的。'幸好不醉死，醉了有人抓把狗毛塞到裤裆边，莫不有人当真以为他是狗 × 死的。"队长一面形容一面说，不由得为过去事捧起腹来。

会长虽别有心事，却装作满有兴致的神气，随声附和打哈哈。

队长又说："会长，我听说你买了一船橘子，是不是预备运到武汉去发财？橘子在这里不值钱，到了武汉可就是宝贝！"

会长笑着说："哪里发什么财？我看今年我们这里乡下橘子格

外好，跟萝卜溪姓滕的打商量，匀了半船，趁顺水船带下去送亲戚朋友湿湿口！这东西吕家坪要多少有多少，不值钱的，带下去恐怕也不值钱吧。"

队长说："可不是！橘子这东西值多少钱，有多少赚头？有件事我正要同你说说，萝卜溪姓滕的，听说是你干亲家，有几个钱，颈板硬硬的，像个水牛一样。人太不识相，惹我生气！我上回也想送点礼给下河朋友，想不出送什么好。连上师爷说萝卜溪橘子好，因此特意到那里去看看，办个交涉，要他卖一船橘子把我。现钱买现货，公平交易，谁知老家伙要理不理，好像我是要抢他橘子神气。先问我要多少，告他一船，又说大船小船得明白，不明白不好下橘子。告他大船小船总之要一船。一百石三百石价钱照算。又说不用买，派人送十挑来吧。还当我姓宋的是划干龙船的，只图打发我出门了事。惹得我生了气，就告他：'姓滕的，放清楚些！你不卖橘子吧，好，我明天派人来砍了你的树，你到南京告我去。'会长，你是个明白人，为我评评理，天下哪有这种不讲理的人，人都说军队欺人，想不到我这个老军务还得受土老老的气。"

队长说的正是会长要说的，既自己先提起这问题，就顺猫毛理了一理，"队长，这是乡愚无知，你不要多心，不必在意！我这干亲家上了年纪，耳朵有点背，吃生米饭长大的，话说得生硬，得罪了队长，自己还不明白！这人真像你说的颈板硬硬的，人可是个好人。肠子笔直，不会转弯。"

队长说："不相信，你们这地方人都差不多——会长，除你在外——剩下这些人，找了几个钱，有点小势力，成了土豪，动不动就说凡事有个理字，用理压人。可是对我们武装同志，就真不大讲理了。以为我们是外来人，不敢怎么样。这种土豪劣绅，也是在这个小地方能够听他称王作霸，若到……不打倒才怪！什么理？蚌壳李，珍珠李，酸得多久！……"

会长听过这种不三不四的议论后，依然和颜悦色，"大人不见小人过，我知道你说的是笑话。乡下人懂什么理不理？哪有资格做土豪，来让队长打倒他？姓滕的已明白他的过错了，话说得不大接榫，得罪了队长，所以特意要我来这里说句好话。他怕队长一时气恼，当真派人去砍橘子树。那地方把橘子树一砍，可不当真就只好种萝卜了吗？我和他说：'亲家，这是你的不是。可是不用急，不用怕，队长是受过高等教育的革命军人（说到这里时两人都笑笑，笑的意思却不大相同），气量大，宰相肚中好撑船，绝不会这样子摧残我们地方风水的！我去说一声看，队长不看金面看佛面，会一笑置之。'队长，你不知道，大家都说萝卜溪的风水，就全靠那一片橘子树撑住，川军前年过路，不放火烧房子，也亏得是风水好！"

会长见队长不作声，先还是装模作样地听下去，神气正好像是："你说你的，我预定要做的革命行为，你个苏秦张仪说客说来说去也是无用的！"可是会长提起风水，末后一句话却触动了他一点心事，想起天天那个黑而俏的后影子，不禁微笑起来。会长不明白就里，还说："队长看我巴掌大的脸，体恤这个乡下人，饶了他吧。"

队长说："是的，是的，就看会长的面子，这事不用提了。"等等又说："会长，我且问你，那姓滕的有几个女儿？"

问话比较轻，会长虽听得分明，却装作不曾听到，还继续谈原来那件事情。因为"得罪官长"事虽不用提，橘子是要一船还是要几担，终得讲个清楚。委实说，队长自从打听明白一只小船两个舱装橘子送下常德去，得花个四百块钱左右时，就对于这种事不大发生兴趣，以为师爷出的计策并不十分高明了。只因为和长顺闹僵了，话转不过口，如今会长一来，做好做歹，总说乡下人不敢有意得罪官长，错处出于无心。队长也乐得借此收帆转舵，以为这事既由会长来解释，就算过去了。

会长因队长说买橘子只是送礼，就说长顺已摘下十挑老树"大开刀"，要队长肯赏脸收下，才敢送来。

这么一来，队长倒有点不好意思起来了，聊以解嘲地说："他不肯卖把我，我们革命军人自然不能强买民间东西。卖十挑把我也成，要多少钱开个数目来，我一定照价付款。"

会长说："我的哥，你真是……这值几个钱？"并说曾将干亲家骂了一回，以为不懂是非好坏。且在这件事上把队长身份品性绰掇得高高的，等于用言语当成一把梳子，在这个长官心头上痒处一一梳去，使他无话可说。

谈到末了，队长不能不承认十担橘子送礼已足够用。会长见交涉办成功，就说号上来了几只船，要去照看照看，预备抽身走路。队长这时节却拉住了会长，眯笑眯笑，像有什么话待说，却有点碍于习惯，不便开口，许久方迟迟疑疑地问："会长，我有句话问你，萝卜溪那滕家小姑娘，有了对手没有？"

会长体会得出这个问话的意思，却把问题岔开，故意相左，"队长，是不是你有什么好朋友看中了那个小毛丫头？可惜早有了人，在省里第三中学读书！"

队长心有所恶，不大好意思，便随口说："喔，那真可惜。我有个好朋友，军校老同学，是你们湘西人，父亲做过三任知事，家道富有，人才出众，托我做个媒，看一房亲事。我那天无意中看到你亲家那个女儿，心想和那朋友配在一处，真是郎才女貌……"

会长明白这不过是谈白话，信口乱说，就对队长应酬了几句不相干的闲话，不再耽延，走出了伏波宫。这一来总算解决了一件事情，心里觉得还痛快。到正街上碰着了号上一个小伙计，就要那人下萝卜溪，传语给长顺亲家，砍橘子树破风水事情，调停结果已解决了，不用再担心。明天一早送十担橘子到伏波宫来，一切了当。又说今天河下到了几只船，有事情忙，改天下萝卜溪来看他。

会长转回号上不多一会儿，船上舵把子一窝蜂到了，在会长家厅子里坐的坐站的站，商谈上行事情。大家都乐意上麻阳县，趁水发不提驳原船上行。只有一个人因事先已答应了溪口人装萝卜白菜下辰河，不便毁约，恰好这只船上行时装棉纱，会长心里划算，县里存纱多，吕家坪镇上和附近村里寨里，十月来正是买棉纱织布时节，不如留下这一船花纱，一个月卖完它。边境时局虽有点紧，看情形一个月内还不会闹到这地方来。因此把话说妥当，来船明天歇一天，后天开头上麻阳县。装花纱那只船，在本地起货。

这一天就那么过去了。

第二天早饭后，萝卜溪橘子园主人，赶来看会长，给会长道谢。因为事情全得会长出面调停，逢凶化吉。又听闻船上的货物多，想办点年货，穿的吃的，看有什么可买。镇上的习惯，大庄号办货，不外花纱布匹、海带鱿鱼、黄花木耳、香烟炮竹，都是日常用品。较精贵的东西，办的本不多，间或带了点来，消息一传开，便照例被几个当地阔人瓜分了。尤其是十冬腊月的年货，和上好贵重香烟、山西汾酒、古北口的口蘑、南京杭州缎子宁绸、广东的荔枝干药品，来的稀少，要它的必占先一着，不落人后，方有机会到手。

长顺到了镇上，就看见会长正在码头边手持单据，忙着指挥水手搬运货物。有些卸下，有些又装上。问问才知道所有船只都不起货，准备上行。有些货物上去无销路，就盘舱把它移出来，留在吕家坪。鹅卵石河滩上，到处是巨大的包裹，用粗布装包外用铁皮约束的，成箱的，蒲席包的，竹篓装就的，无不应有尽有。还有好几十个水手，一面谈话一面工作。

长顺说："亲家，费你的口舌，把那事情办好了，真难为你！"

会长说："亲家，这点小事算什么。你我多一事不如少一事。橘子送去就得了。我正想下半天到萝卜溪去看你，另外告你一件事情。"

"你来了多少货？"

一个管事的岔拢来和会长谈税关上事情。会长说："你就看到办吧，三哥。这事总少不了的。局长是面子上人，好说话。下边人要拿拿腔，少不了还是那个（做手势一把抓表示个数目）。这也差不多了，抓老官好，不能再多！"

长顺看看别的号上有几只船正在起货，会长的船向上行理由使人不明白，就问会长："你这些货怎么回事？"

会长摇了摇头，两手一摊，依然笑着，"亲家，麻烦透了！这几船货物我打量要他们装上县城里去，不在这里起货。"

另外又走来个庄伙，手中拿了一扎单据，问会长办法，把话岔开了。会长向长顺说："亲家你等等，我这里事一会儿就办完的。到我家里去喝杯茶，我还有话和你商量。你有不有别的事要办？预备上街看人，还是就在这河边走走？"

长顺说："会长你有事只管去做，我没什么要紧事。我听说你和张三益号上货船到齐了，看看有什么要用的，买一点点。"长顺鼻孔开张，一个老水手的章法，在会长神气辞色间，和起运货物匆忙情形上，好像嗅出了一点特殊气味。他于是拉了会长一把，离开船上人稍远一点，轻轻地问："会长怎么回事，下面打起来了吗？湖北？湖南？"

会长笑着说："不是，不是。等等我们再说好了。我正想告给你，事情不大要紧。"

"会长你有事你忙你的。办完了事我们俩亲家再慢慢地谈。我只是来看看你，看看河边。你不用管我。"

会长见长顺有走去的意思，"亲家，亲家，你不要走！我事完了就和你回号上去。我还有话要告你。"

长顺说："会长我不忙！你尽管做你的事情，完了再回家。等等我到你号上来，一会儿就来，我到那边看看去。"

枫木坳

萝卜溪橘子园主人滕长顺，过吕家坪去看商会会长，道谢他调解和保安队长官那场小小纠纷。到得会长号上时，见会长还在和管事商量事情，闲谈了一会儿，又下河边去看船。其时河滩上有只五舱四橹旧油船，斜斜搁在一片石子间待修理，用许多大小木梁柱撑住。有个老船匠正在用油灰麻头填塞到船身各部分缝罅中去。另外还有个工人，藏身在船胁下，锤子钻子敲打得船身蓬蓬作响。长顺背着手走过去看他们修船。老船匠认识萝卜溪的头脑，见了便打招呼："滕老板，你好！"

长顺说："好啊！吃得喝得，样样来得，怎么不好？可是你才真好！一年到头有工做，有酒喝，天塌下来有高个子顶，地陷落时有大胖子填，什么事都不用担心……"

老船匠似笑似真地回答说："一年事情做到头，做不完，两根老骨头也拉松了，好命。这碗衣禄饭人家不要的。"

"大哥你说得你自己这样苦。好像王三箍桶，这地方少不了你，你是个工程师！"

"王三箍桶"是戏文上的故事，老船匠明白，可不明白"工程师"是什么，不过体会得出这称呼必与专业有关，如像开机器油坊管理机器黄牛一般，于是皱缩个瘪嘴咕咕地笑，放下了锤子，装了袋草烟，敬奉给长顺。

另外那个年事较轻的船匠，也停了敲打工作，从船缝中钻出，向长顺说："老板，我听浦市人说，你们萝卜溪村子里要唱戏，已约好戏班子，你做头行人。滕老板，我说，你家发人发橘子多，应当唱三大本戏谢神，明年包你得个肥团团的孙子。"

长顺说："大哥你说得好。这年头过日子谁不是混！你们都赶我叫'员外'，哪知道十月天萝卜，外面好看中心空。今年省里委员来了七次，什么都被弄光了，只剩个空架子，十多口人吃饭，这就叫作'家发人口旺'！前不久溪头开碾坊的王氏对我说：'今年雨水好，太阳好，霜好。雨水好，谷米杂粮有收成，碾子出米多，我要唱本戏敬神。霜好就派归你头上，你那橘子树亏得好霜，颜色一片火，一片金。你做头行人，邀份子请浦市戏班子来唱几天戏，好不好？'事情推脱不得，只好答应了。其实阿弥陀佛，自己这台戏就唱不了！"

年轻船匠是个唱愿戏时的张骨董，最会无中生有，因此笑着说："喔，大老板，你像怕我们，一来就要开借，先就嚷穷。什么人不知道你是萝卜溪的滕员外？钱是长河水，流去又流来，到处流；三十年河东，三十年河西。你们村子里正旺相，远远看树尖子也看得出。你家夭夭长得端正乖巧，是个一品夫人相。黑子的相五岳朝天，将来走运会做督抚。民国来督抚改了都督，又改主席，他会做主席。做了主席用飞机迎接你去上任，十二个盒子炮在前后护卫，好不威风！"

这修船匠冬瓜葫芦一片藤，牵来扯去，把个长顺笑得要不得，一肚子闷气都散了。长顺说："大哥，过年还早咧，你这个张骨董就唱起来了，民国只有一品锅，哪有一品夫人？三黑子做了都督，只怕是水擒杨么，你扮岳云，他扮牛皋，做洞庭湖的水师营都督，为的是你们都会划船！"

船匠说："百丈高楼从地起，怎么做不到？凤凰厅人田兴恕，原本卖马草过日子，时来运转，就做了总督。桑植人贺龙，二十年前是王正雅的马夫，现在做军长。八面山高三十里，还要从山脚下爬上去。人若运气不来，麻绳棕绳缚不住，运气一来，门板铺板挡不住（说到这里，那船匠向长顺拍了个掌）。滕老板，你不信，我们看吧。"

长顺笑着说："好，大哥你说的准账。我家三黑子做了官，我要他拜你做军师。你正好穿起八卦衣，拿个鹅毛扇子，做诸葛卧龙先生，下常德府到德山去唱《定军山》！"

老船匠搭口说笑话："到常德府唱《空城计》，派我去扫城也好。"

今天恰好是长顺三儿子的生日，话虽说得十分荒谬，依然使得萝卜溪橘子园主人感到喜悦。于是他向那两个船匠提议，邀他们上边街去喝杯酒。本地习惯，攀交亲话说得投机，就相邀吃白烧酒，用砂炒的包谷花下酒，名"包谷子酒"。两个船匠都欣然放下活计，随同长顺上了河街。

萝卜溪橘子园主人，正同两个修船匠，在吕家坪河街上长条案边喝酒时，家里一方面，却发生了一点事情。

先是长顺上街去时，两个女儿都背好竹笼，说要去赶青溪坪的场，买点麻，买点花线，并打量把银首饰带去，好交把城里来的花银匠洗洗。长顺因为前几天地方风声不大好，有点心虚，恐怕两女儿带了银器到场上招摇，不许两人去。二姑娘为人忠厚老实，肯听话，经长顺一说，愿心就打消了。三姑娘夭夭另外还有点心事，她听人说上一场太平溪场上有木傀儡戏，看过的人都说一个人躲在布幕里，敲锣打鼓文武唱做全是一手办理，又热闹，又有趣。玩傀儡的飘乡做生意，这场算来一定在青溪坪。她想看看这种古里古怪的木偶戏。花银匠是城里人，手艺特别好，生意也特别兴旺，两三个月才能够来一次，洗首饰必须这一场，机会一错过，就得等到冬腊月去了。夭夭平时本来为人乖顺，不敢自作主张，凡是爹爹的话，无不遵守。这次愿心大，自己有点压伏不住自己了，便向爹爹评理。夭夭说："爹，二姐不去我要去。我掐手指算准了日子，今天出门，大吉大利。不相信你翻翻历书看，是不是个黄道吉日，驿马星动，宜出行！我镯子、戒指、围裙上的银链子，全都乌趋抹黑，真不好看，趁花银匠到场上来，送去洗洗光彩点。十月中村子里张家人嫁女吃戴花酒，我要去做客！"

爹爹当真把挂在板壁上的历书翻了一下，说理不过，但是依然不许去，并说天大事情也不许去。

夭夭自己转不过口气来，因此似笑非笑地说："爹，你不许我去，我就要哭的！"

长顺知道小题大做认真不来，于是逗着夭夭说："你要哭，一个人走到橘子园当上河坎边去哭好了。河边地方空旷，不会有人听到笑你，不会有人拦你。你哭够了再回家。天天，我说，你怎么只选好日子出行，不记得今天是什么人的生日？你三哥这几天船会赶到家的，河边看看去！我到镇上望望干爹，称点肉回来。"

天天不由得笑了起来，无话可说，放下了背笼，赶场事再不提一个字。

长顺走后，天天看天气很好，把昨天未晒干的一坛子葛粉抱出去，倒在大簸箕中去晒。又随同大嫂子簸了一阵榛子壳。本来既存心到青溪坪赶场，不能去，愿心难了，好像这一天天气就特别长起来，怎么使用总用不完。照当地习惯，做媳妇不比做女儿，媳妇成天有一定家务事，即非农事当忙的日子，也得喂猪放鸡，推浆打草。或守在锅灶边用稻草灰漂棉布，下河边去洗做腌菜的青菜。照例事情多，终日忙个不息。再加上属于个人财富积蓄的工作，如绩麻织布，自然更见日子易过。有时也赶赶场，多出于事务上必需，很少用它做游戏取乐性质。至于在家中做姑娘，虽家务事出气力的照样参加，却无何等专责，有点打杂性质，学习玩票性质。所以平时做媳妇的常嫌日子短，做女儿的却嫌日子长，赶场就成为姑娘家的最好娱乐。家中需要什么时，女儿办得了，照例由女儿去办，办不了，得由家中大人做，女儿也常常背了个细篾背笼，跟随到场上去玩玩，看看热闹，就便买点自己要用的东西。有时姊妹两人竟仅为上场买点零用东西，来回走三十里路。

嫂嫂到碾坊去了，娘在仓屋后绕棉纱。天天场上去不成，竟好像无事可做神气。大清早屋后枫木树上两只喜鹊喳喳叫个不息，叫了一阵便向北飞去。天天晒好葛粉，坐在屋门前一个倒覆箩筐上想心事。

有什么心事可想？"爹爹说笑话，不许去赶场，要哭往河边哭去。好，我就当真到河边去！"她并不受什么委屈，毫无哭泣的理由，河边去为的是看看上行船，逍遥逍遥。自己家中三黑子弄的船纵不来，还有许多铜仁船、高村船、江口船，和别个村庄镇上的大船小船，上滩下滩，一一可以看见。

到了河坎上眺望对河，虽相隔将近一里路，天天眼睛好，却看得出枫树坳上祠堂前边小旗杆下，有几个过路人坐在石条凳上歇憩。几天来枫树叶子被霜熟透了，落去了好些，坳上便见得疏朗朗的。天天看不真老水手人在何处，猜详他必然在那里和过路人谈天。她想叫一叫，看老水手是否听得到，因此锐声叫"满满"。叫了五六声，还得不到回答，天天心想："满满一定在和人挖何首乌，过神仙瘾，耳朵只听地下不听水面了。"

平常时节天天不大好意思高声唱歌，今天特别兴致好，放满喉咙唱了一个歌。唱过后，坳上便有人连声吆喝，表示欢迎。且吹卷桐木皮做成的哨子，作为回响，天天于是又接口唱道：

> 你歌莫有我歌多，
> 我歌共有三只牛毛多，
> 唱了三年六个月，
> 刚刚唱完一只牛耳朵。

但事极明显，老水手还不曾注意到河边唱歌的人就是天天。天天心不悦，又把喉咙拖长，叫了四五声"满满"，这一来，果然被坳上枫木树下的老水手听到了，跟跟跄跄从小路走下河边来，站在一个乌黑大石墩子上，招呼天天。人隔一条河，不到半里路宽，水面传送声音远，两边大声说话听得清清楚楚。

老水手嘶着个喉咙大叫天天。天天说："满满，我叫了你半天，你怎么老不理我？"

"我还以为河边扇把鸟雀儿叫！你爹呢？"

"到镇上去了。"

"你怎不上青溪坪赶场？不说是趁花银匠来场上洗洗首饰，好吃酒吗？我以为你早走了。"

"早走了？爹不让我去。我说：'不让我去我要哭的！'爹爹说：'你要哭，好，一个人到河坎边去哭，好哭个尽兴。'我就到河边来了。"

"真哭够了吗？"

"蒸的不够煮的够。为什么我要哭？我说来玩的。满满，你怎么不钓鱼？"

"天气冷，大河里水冷了，鱼都躲到岩眼里过冬了，不上钩的。天天，我也还在钓鱼，我坐在祠堂前枫树下，钓过坳人，扯住他们一只脚，闲话一说半天。你多久不到我这里来了，过河来玩玩吧。我这里枫木叶又大又红，比你屋后那个还好看，你来，我编顶帽子给你戴。太平溪老爷杨金亭，送了我两大口袋油板栗，一个一个有鸡蛋大，挂在屋檐口边风干了半个月，味道又香又甜，快来帮我个忙，把它吃掉。一人吃不了，邀你二姊也过河来吧。"

天天说："那好极了，我来帮你忙吃掉它。待一会儿我就来。"

天天回转家里，想邀二姑娘一起过河，并告给她："满满有鸡蛋大栗子，要人帮忙吃完它。"

二姑娘正在院坝中太阳下篦头，笑着说："我有事情做，不能去。天天你想去，答应了满满，你就去吧。"帮二姑娘梳头大嫂子，也逗天天说："天天，满满为人偏心，格外欢喜你。栗子鸡蛋大，鸭蛋大，回来时带点吃剩下来的，放在衣兜里，让我们也尝尝吧。"

天天不说什么，返身就走。母亲从侧屋扛着个大棉纱簚子走出来，却叫住了她，"天天，带点橘子送满满吧。外人要，十挑八挑派人送去，还怕人家不领情。自己家里人倒忘记了。堂屋里有大半笼顶好的，你自己背去送满满。"

天天当真就用她那个细篾背笼捡了一背笼顶大的橘子，预备过河。河边本有自己家里一只小船，天天不坐它，反而走到下游一点金沙溪溪口边去。其时村子里正有个年轻小伙子在装菜蔬上船，预备到镇上去出卖。天天说："大哥，我要渡河到坳上去，你船开头时，我坐你船过河，好不好？你是不是到镇上去？"

一村子人都认识天天，年轻汉子更乐于攀话献殷勤，小船上行又照例从对河容口走，并不费事，当然就答应了这件小差事。天天又说："大哥，我不忙，你把菜装满船，要开头时再顺便送我过河。我是到坳上去玩的。我一点不忙！"

天天放下了背笼，坐在一堆南瓜上，来悠悠闲闲地看河上景致。河边水杨柳叶子黄布龙东，已快脱光了，小小枝干红赤赤光溜溜的，十分好看。天天借刀削砍了一大把水杨柳细枝，预备编篮子和鸟笼。溪口流水比往日分外清，水底沙子全是细碎金屑，在阳光下灼灼放光。玛瑙石和蚌壳，在水中沙土上尤其好看。有几个村中小孩子，在水中搬鹅卵石砌堤坝堵水玩，天天见猎心喜，也脱了袜子下溪里去踹水，和小孩子一样，从沙砾中挑选石子蚌壳。那卖菜的青年，曾经帮天天家哥哥弄船下过常德府，想和天天谈谈话，因此问天天："天天，你家三黑子多久回来？"

天天说："一两天就要拢岸了。今天喜鹊叫，天气好，我猜他船一定歇铜湾溪。"

"你三哥能干，一年总是上上下下，忙个不停。你爹福气好。"

"什么好福气？雨水太阳到头上，村子里大家不是一样？"

"你爹儿女满堂，又好又得力，和别人家不一样。"

天天明白面前一个人话中不仅仅是称羡爹爹，还着实在恭维她。可是话不会说，所以说得那么素朴老实。天天因此微微笑着，看那年轻人搬菜，好像在表示："我明白你的意思，再说说看。"然而那汉子却似乎秘密已给天天看穿，有点害羞，不好意思再说什么，只顾做事去了。

菜蔬装够后，天天上了船，坐得端端正正，让那人渡她过河。船抵岸边时，天天说："大哥，真难为你！"从背笼里取出十个大橘子放置船头上，"大哥，吃橘子打口干吧。你到镇上去碰见我爹，就请告他一声，我在枫木坳上看船。"说完时，用手和膝部为把船头用力一送，推离了岸边，自己便健步如猿，直向枫木坳祠堂走去。

将近坳上时，只见老水手正弓着腰，用个长竹笤帚打扫祠堂前面的落叶。天天人未到身边声音先到："满满，满满，我来了！"

老水手带笑说："天天，你平日是个小猴儿精，手脚溜快，今天怎么好像八仙飘海，过了半天的渡，还不济事。神通到哪里去了？"

"我在溪口捡宝贝。满满，你看看，多少好东西！"她把围裙口袋里水湿未干的石子蚌壳全掏出来，塞到老水手掌心里，"全都把你！"

"嗨，把我！我又不是神仙，拿这个当饭吃？好礼物。"

天天自然也觉得好笑，"满满，这枫木叶子好，你帮我做顶大帽子，把这些石子儿嵌上去。福音堂洋人和委员见到，一定也称赞。"她指了指背笼里的橘子，"这是娘要我带来送你的。"

老水手说："哎呀，那么多，我吃得了？姐姐呢？怎不邀她来玩玩。"

天天还是笑着，"姐姐说，满满栗子多，当真要人帮忙才吃得完，怎不送我们一口袋，让我们背回家慢慢地嚼。"

老水手也笑将起来，"那好的，那好的。你有背笼，回家时就背一口袋去，请大家帮忙。你们不帮忙，搁到祠堂里，就只有请松鼠帮忙了。"

"满满，是不是松鼠帮不了你的忙，你才要我们帮忙？"

"哪里，哪里，我是好心好意给你留下的。若不为你，早给过路人吃光了。你知道，成天有上百两只脚的大耗子翻过这个山坳，大方肯把他们吃，什么不吃个精光？生毛的除了蓑衣，有脚的除了板凳，他们都想吃！都能吃！"

两人一面说笑一面向祠堂走去。到了里边侧屋，老水手把背笼接过手，将橘子倒进一个大簸箕里，"天天，这橘子真大，我要用松毛盖好留下，托你大哥带到武昌黄鹤楼下头去卖，换一件西口大毛皮统子回来。这里橘子不值钱，下面值钱。你家园里的橘子树，如果生在鹦鹉洲，会发万千洋财，一家人都不用担心，住在租界上大洋楼里，冬暖夏凉，天不愁地不怕过太平日子。哪里还会受什么连长排长欺压。"

天天说："那有什么意思？我要在乡下住。"

老水手说："你舍不得什么？"

"我舍不得橘子树。"

"我才说把橘子树搬过鹦鹉洲！"

"那么我们的牛、我们的羊？我们的鸡和鸭子？我知道，它们都不愿意去那个生地方。路又不熟悉，还听人说长年水是黄浑浑的，不见底，不见边，好宽一道河。满满，你说，鱼在浑水里怎么看得见路，不是乱撞？地方不熟悉我就有点怕。"

"怕什么？一到那里自然会熟悉的。当真到那里去，就不用养牛养猪了。"

"我赌咒也不去。我不高兴去。"

"你不去那可不成！说好了大家去，连家中小花子狗也得去，你一个人不能住下来的。"

两人把话说来，竟俨然像是一切已安排就绪，只差等待上船神气，争持得极其可笑。到后两人察觉园里那一片橘子树，纵有天大本领也绝无办法搬过鹦鹉洲时，方各在微笑中叹了一口气，结束了这种充满孩子气的讨论。

老水手为把一大棕衣口袋栗子，从廊子前横梁上叉下来，放到天天背笼中去。天天一时不回家，祠堂里房子阴沉沉的，觉得很冷，两人就到屋外边去晒太阳。天天抢了个笤帚，来扫除大坪子里五色斑斓的枫木叶子。半个月以来，树叶子已落掉了一半，只要一点点微风，总有些离枝的木叶，同红紫雀儿一般，在高空里翻飞。太阳光温和中微带寒意，景物越发清疏而爽朗，一切光景静美到不可形容。天天一面打扫祠堂前木叶，一面抬头望半空中飘落的木叶，用手去承接捕捉。老水手坐在石条上打火镰吸旱烟，耳朵里听得远村里锣鼓声响。

"天天，你听，什么地方打锣打鼓。过年还愿早咧。镇上人说：萝卜溪要唱愿戏，一共七天，派人下浦市赶戏班子，要那伙行头齐全角色齐全顶好的班子，你爹是首事人。若让我点戏，正戏一定点《薛仁贵考武状元》，杂戏点《王婆骂鸡》。浦市人迎祥戏班子，好角色都上了洪江，剩下的两个角色，一个薛仁贵，天生的；一个王婆，也是天生的！"

天天说："桃子李子，红的绿的，螺蛳蚌壳，扁的圆的，谁不是天生的？我不欢喜看戏。坐高台凳看戏，真是受罪。满满，你那天说到三角洲去捉鹌鹑，若有撒手网，我们今天去，你说好不好？我想今天去玩玩。"

老水手把头摇了摇，手指点河下游那个荒洲，"天天，今天不去，过几天再去好。你看，对河整天有人烧山，好一片火！已经烧过六天了。烧来烧去，芭茅草里的鹌鹑，都下了河，搬到洲上住家来了。我们过些日子去舀它不迟。到了洲上的鹌鹑，再飞无处飞，不会向别处飞去的。"

"为什么它不飞？"

老水手便取笑天天，说出个稀奇理由："为的是和你一样，见这里什么都好，是个洞天福地，再也舍不得离开。"

天天说："既舍不得离开，我们捉它做什么？这小东西一身不过四两重，还不如一个鸡脯腿。不捉它，让它玩玩，从这一蓬草里飞到那一蓬草里，倒有意思。"

"说真话，这小东西可不会像你那么玩！河洲上野食多，水又方便，十来天就长得一身肥膌膌的，小翅膀儿举不起自己身子。发了福，同个伟人官官一样，自然就只好在河洲上养老了。"

"十冬腊月它到哪儿去？"

老水手故意装作严重神气，来回答这个问题，"到哪里去了？十冬腊月就躲在风雪不及的草窝里，暖暖和和过一个年。过了年，到了时候，跳下水里去变蛤蟆，三月清明落春雨，在水塘里洗浴玩，呱呱呱整天整夜叫，吵得你睡不着觉！"

天天看着老水手，神气虽认真语气可不大认真，"人人都那么说，我可不相信。蛤蟆是鹌鹑变的，蝌蚪鱼有什么用？"

"唉，世界上有多少东西，都是无用的。譬如说，你问那些东西，为什么活下来？它照规矩是不理会你的。它就这么活下来了！这事信不信由你。我往年有一次捉到一只癞蛤蟆，还有个鹌鹑尾巴未变掉，我一拉那个尾巴，就把它捉住了。它早知道这样，一定先把尾巴咬掉了。九尾狐狸精被人认识，不也正是那条尾巴？变不去，无意中被人看见，原形就出现。"

老水手说的全是笑话，哪瞒得了天天。天天一面笑一面说："满满，我听人说县里河务局要请你做局长，因为你会认水道，信口开合（河）！"

老水手舞着个烟杆说："好，委任状一来，我就走马上任。民国以来，有的官从局长改督办，有的官从督办改局长，有人说，这就是革命！天天你说这可像革命？"

枫木叶子扫了一大堆时，天天放下了笤帚，专心一志去挑选大红和明黄色两种叶子，预备请老水手编斗笠。老水手却用那一把水杨柳枝，先为天天编成一个篮子、一个鸟笼。这件事做得那么精巧而敏捷，等到天天把木叶子捡好时，小篮子业已完成，小鸟笼也快编好了。

天天一见就笑了起来，"满满，你好本事！黄鹤楼一共十八层，你一定到过那里搬砖抬木头。"天天援引传说，意思是说老水手过去必跟鲁班做过徒弟。这是本地方夸奖有手艺的一句玩笑话。

老水手回答说："黄鹤楼十八层，什么人亲眼看见？我有一年做木排上桡手，放排到鹦鹉洲后，手脚空了，就上黄鹤楼去。到了那里，不见楼，不见吕洞宾，却在那个火烧过的空坪子里被一个看相的拉住我袖子，不肯放手。我以为欠了他钱，他却说和我有缘。他名叫'赛洞宾'。说我人好心好，遇好人，一辈子不愁吃不愁穿。到过了五十六岁，还会做大事情。我问他大事情是带兵的督抚，还是出门有人喝道的知县？那看相的把个头冬冬鼓一般只是摇，说，都不是，都不是。并说，你送我二两银子，我仔细为你推算，保你到时灵验，不灵验你来撕我这块招牌。我看看那招牌，原是一片雨淋日晒走了色的破布，三十年后知道变成什么样子？只送了他三个响榧子。那时我二十五岁，如今整三十年了，这个神仙大腿骨一定可当打鼓棒了。说我一辈子遇好人，倒不差多少。说我要做大事，天天你想想看，有什么大事等我老了来做？怕不是两脚一伸，那个'当大事'吧？"

天天说："人人都说黄鹤楼上看翻船。没有楼，站在江边有什么可看的。"

老水手说："好看的倒多咧。汉口水码头泊的火龙船，有四层楼，放号筒时比老水牛叫声还响，开动机器一天走八百里路，坐万千人，真好看！"

天天笑了起来，"哈哈，我说黄鹤楼，你有四层楼。我说看翻船，你有火龙船。满满，我且问你，火龙船会不会翻？一共有几条龙？"

乡下习惯称轮船为"龙船"，老水手被封住了嘴，一时间回答不来，也不免好笑。因为他想起本地的"旱龙船"，条案大小一个木架子，敬奉有红黑人头的傩公傩母，一个人扛起来三山五岳游去，上面还悬系百十个命大孩子的记名符，照传说拜寄傩公傩母做干儿子，方能长命富贵。这旱龙船才真是一条龙！

其时由下水来了三个挑油篓子的年轻人，到得坳上都放下了担子，坐下来歇憩。老水手守坳已多年，人来人往多，虽不认识这几个人，人可认识他。见老水手编制的玩意儿，都觉得十分灵巧。其中之一就说："老伙计，你这篮子做得真好，省里委员见到时，会有奖赏的！"

老水手常听人说"委员"，委员在他印象中可不大好。就像是个又多事又无知识的城里人，下乡来虽使得一般乡下人有些敬畏，事实上一切所作所为都十分可笑。坐了三丁拐轿子多处乡村里串去，搅得个鸡犬不宁。闹够了，想回省去时，就把人家母鸡腊肉带去做路菜。告乡下人说什么东西都有奖赏，金牌银牌，还不是一句空话！如今听年轻油商说他编的篮子会有奖赏，就说："大哥，什么奖赏？省里委员到我们镇上来，只会捉肥母鸡吃，懂得什么天地玄黄、宇宙洪荒？"

另一个油商信口打哇哇说："怎么不奖赏？烂泥人送了个二十六斤大萝卜到委员处请赏，委员当场就赏了他饭碗大一面银牌，称来有十二两重，上面还刻得有字，和丹书铁券一般，一辈子不上粮，不派捐，不拉伕，改朝换代才取消！"

"你可亲眼看见过那块银牌？"

"有人看过摸过，字清清楚楚，分分明明。"

天天听到这种怪传说，不由得不咕喽咕喽笑将起来。

油商伙里却有个人翻案说："哪里有什么银牌？我只听说烂泥乡约邀人出份子，一同贺喜那个去请赏的，一人五百钱，酒已喝过了，才知道奖牌要由县长请专员，专员请委员，委员请主席，主席请督办——一路请报上去，再一路批驳公文下来，比派人上云南省买金丝猴还慢得多！"

原先那个油商，当生人面前输心不输口，"哪会有这种事，我不信。有人亲眼看过那块大银牌，和召岳飞那块金字牌一个式样，是何绍基字体，笔画肥肥的。"

"你不信，倒相信那奖牌和戏上金字牌一样。奖牌如果当真发下来，烂泥人还要出份子搭牌坊唱三天大戏，你好看三天白戏。"

"你知道个什么，狗矢柑，腌大蒜，又酸又臭。"

那伙计喜说笑话，见油商发了急，索性逗他说："我还听人说戏班子也请定了，戏码也排好了，第一天正戏《卖油郎独占花魁》，请你个不走运的卖油郎坐首席。你可预备包封赏号？莫到时丢面子，要花魁下台来问你！"

老水手插嘴说："一个萝卜能放多久？我问你。委员把它带进县里去，老早就切碎了它，焖牛肉吃了。你不信才真怪！"

几个人正用省里来的委员为题目，各就所见所闻和猜详到的种种作根据，胡乱说下去。天天从旁听来，只抿着个小嘴好笑。

　　坳前有马项下串铃声响，繁密而快乐，越响越近，推测得出正有人骑马上坳。当地歌谣中有"郎骑白马来"一首四句头歌，天天心中狐疑："什么人骑了马来？莫非是……"

巧而不巧

天天心中正纳闷，且似乎有点不吉预感。

坳下马项铃声响，越响越近，可以想象得出骑马上坳的人和那匹马，都年轻而健康。

不一会儿，就见三个佩枪的保安队兵士上了坳，异口齐声地说："好个地方！"

都站在枫树下如有所等待。一会儿，骑马的长官就来了，看见几个兵士有要歇憩的样子，就说："不要停耽，尽管走。"瞥眼却见到了天天，一身蓝，葱绿布围裙上扣了朵三角形小小黄花，"喜鹊噪梅"，正坐在祠堂前石坎子上，整理枫木叶。眼珠子光亮清洁，神气比前些日子看来更活泼更美好。一张小脸黑黑的，黑得又娇又俏。队长便故意停下马来，牵马系在一株枫木树下，摸出大司令纸烟，向老水手接火。一面吸烟一面不住望天天。

天天见是上回买橘子和爹爹闹翻脸的军官，把头低下捡拾枫木叶，不作声，不理会，心下却打量："走了好还是不动好？"主意拿不定。

队长记起在橘子园谈话情节，想撩她开口，"你这叶子真好看！卖不卖？这是红叶！"

老水手认识保民官，明白这个保民官有点风流自赏，怕天天受窘，因此从旁答话："队长，你到哪里去？是不是下辰溪县开会？你忙！"语气中有点应酬，有点奉承，可是却不卑屈。因为他自觉不犯王法，什么都不怕，队长在吕家坪有势力，可不能无故处罚一个正经老百姓。

队长眼睛依然盯住天天，随口回答老水手说："有事去！"

老水手说："队长，萝卜溪滕大爷送你十挑橘子，你见到了没有？"

队长说："橘子倒送去了，我还不曾道谢。你们这地方真是人杰地灵……这姑娘是萝卜溪的人吧？"说到这里，又装作忽然有所发现的神气，"嗨，我认识你！你是那大院子里的，我认识你。小姑娘，你不认识我吗？"

天天想起那天情形，还是不作声，只点点头，好像是说："我也认识你。"又好像说："我记不起了。"共通给队长一个印象：是要理不理，一个女孩儿家照例的卖弄。

队长见人多眼睛多，不便放肆，因此搭搭讪讪向几个挑油担的乡下人问了一些闲话。几个商人对于这个当地要人，不免见得畏畏缩缩，不知如何是好。到后看队长转了方向，把话向老水手谈叙，就挑起担子，轻脚轻手赶路去了。队长待他们走下坳后，就向老水手夸赞天天，以为真像朵牡丹花，生长在乡下，受委屈。

又说了些这一类不文不武不城不乡的话语。夭夭虽低着头用枫木叶子编帽子，一句一句话都听得清清楚楚。只觉得这个人很讨厌，不是规矩人。但又走不开，仿佛不能不听下去。心中发慌，脸上发烧。

老水手人老成精，一眼就看明白了。可是还只以为这"要人"过路，偶然在这里和夭夭碰头，有点留情，下马来开开心，一会儿便要赶路去的。因此明知夭夭在这种情形下，不免受点窘，却不给她想法解围。夭夭呢，虽讨厌这个人，可并不十分讨厌人家对于她的赞美。说的话虽全不是乡下人耳朵熟悉的，可是还有趣受用。

队长因有机会可乘，不免多说了几句白话。听的虽不觉得如何动心刺耳，说的却已为自己带做作性话语所催眠，好像是情真意挚，对于这个乡下女孩子已发生了"爱情"。见到夭夭式样整齐的手脚，渐渐心中不大自在。故意看看时间，炫耀了一下手腕上那个白金表，似乎明白"天气还早，不忙赶路"，即坐在石条凳上，向老水手攀谈起来了。到后且唱了一个歌，唱的是"桃花江上美人多"。见老水手和夭夭都抿着嘴巴笑，好像在仔细欣赏，又好像不过是心不在乎，总之是隔了一层。这保民官居然有点害羞，因此聊以解嘲地向老水手说："老舵把子，你到不到过益阳县？那个地方出好新妇娘，上了书，登过报。上海人还照过电影戏，百代公司机器戏就有王人美明星唱歌！比起你们湘西桃源县女人，白蒙蒙松沓沓像个粉冬瓜，好看得多了。比麻阳县大脚婆娘，一个抵三个，又美又能干！"

老水手不作声，因为说的话他只有一半明白，所明白那一半，使他想起自己生活上摔的跟头，有一小部分就是益阳县小婊子做成的。夭夭是个姑娘家，近在身边，不好当着夭夭面前说什么，所以依然只是笑笑。笑中对于这个保民官便失去了应有尊敬。神气之间就把面前一个看成个小毛伙，装模作样，活灵活现，其实一点不中用，只知道要几个钱，找了钱，不是吃赌花尽，就是让老婊子和小婊子做成的圈套骗去。凡是找了造孽钱的，将来不报应到自己头上，也会报应到儿女头上。

夭夭呢，只觉得面前一个唱的说的都不大高明，有点傻相，所以也从旁笑着。意思恰恰像是事不干己，乐得看水鸭子打架。本乡人都怕这个保民官，她却不大怕他。人纵威风，老百姓不犯王法，管不着，没理由惧怕。

队长误会了两人的笑意，还以为话有了边，冬瓜葫芦一片藤，总牵得上篱笆，因此又向老水手说了些长沙女学生的故事，话好像是对老水手说，用意倒在调戏夭夭，点到夭夭小心子上，引起她对于都市的歆羡憧憬，和对于个人的崇拜。

末后话说忘了形，便问夭夭，将来要不要下省里去"文明结婚自由结婚"？夭夭觉得话不习惯听，只当作不曾听到，走向滨河一株老枫木树下去了。

恰好远处有些船只上滩，一群拉船人打呼号巴船上行，快要到了坳下。夭夭走过去一点，便看见了一个船桅上的特别标志，眼睛尖利，一瞥即认识得出那是萝卜溪宋家人的船。这只船平时和自己家里船常在一处装货物，估想哥哥弄的船也一定到了滩脚，因此异常兴奋，直向坳下奔去。走不多远，迎面即已同一肩上挂个纤板的船夫碰了头，事情巧不过，来的正是她家三哥！原来哥哥的船尚在三里外，只是急于回家，因此先跟随宋家船上滩，照规矩船上人歇不得手，搭便船也必遇事帮忙，为宋家船拉第二纤。纤路在河西，萝卜溪在河南，船上了三里牌滩，打量上坳歇歇憩，看看老水手再过河。不意上坳时却最先碰到了天天。

天天看着哥哥晒得焦黑的肩背手臂，又爱又怜。

"三哥，你看你，晒得真像一个乌牛精！我们算得你船今天会拢岸，一看到宋鸭保那个船桅子，我就准知道要见你！早上屋后喜鹊叫了大半天！"

三黑子一面扯衣襟抹汗水，一面对天天笑，同样是又爱又怜，"天天，你好个诸葛亮神机妙算，算到我会回来！我不搭宋家人的船，还不会到的！"

"当真的！我算得定你会来！"

"唉，女诸葛，怎不当真？我问你，爸爸呢？"

"镇上看干爹去了。"

"娘呢？"

"做了三次观音斋，纺完了五斤棉花，在家里晒葛粉。"

"嫂嫂呢？"

"大嫂三嫂都好，前不久下橘子忙呀忙。"

"满满呢？"

"他正在坳上等你，有拳头大干栗子请你吃。"

"你好不好？"

"……"天天不说了，只咬着小嘴唇露出一排白牙齿，对哥哥笑，神气却像要说"你猜看"。

于是两兄妹上了坳，老水手一见到，喔喔嗨嗨地叫唤起来，一把揪住了三黑子肩上的纤板，捏拳头打了两下那个年轻人的胸脯，眼睛眯得小小的，"说曹操，就是曹操。三老虎，你这个人，好厉害呀！不到四十天，又是一个回转。我还以为你这一次到辰州府，一准会被人捉住，直到过年还不放你走路的！"

那年轻船夫只是笑，笑着分辩说："哪个捉我这样老实人？我又不犯王法。满满，你以为谁会捉我？除了福音堂洋人看见我乌趋抹黑，待捉我去熬膏药，你说谁？"

"谁？你当我不知道？辰州府中南门尤家巷小婊子，成天在中南门码头边看船，就单单捉拿你这样老实人。我不知道？满满什么事都知道。我还知道她名字叫荷花，今年十九岁，属鼠，五月二十四生日，脸白生生的，细眉细眼，荷包嘴，糯米牙……年轻人的玩意儿，我闭上眼睛也猜得出！"

"满满，他们哪会要我的？洪江码头上坐庄的、放木排的，才会看得上眼，我是个空老官！"

老水手装作相信不过的神气，"空老官，我又不是跟你开借，装穷做什么？荷包空，心子实在，就成了。她们还要送你花荷包，装满了香瓜子，都是夜里在床上磕好了的。瓜子中下了闹药，吃了还怕你不迷心？我敢同你打个赌，输什么都行……"老水手拍了个巴掌，一面轻声咬住三黑子耳朵说："你不吃小婊子洗脚水，那才是怪事！"

三黑子笑着分辩说："满满，你真是老不正经，总说这些事。你年轻时一定吃过，才知道有这种事情。这是二十年前老规矩，现在下面可不同了。现在是……"

两个人说的自然都是笑话。神情亲密处，俨然见外了身旁那个保民官。队长有点不舒服，因此拿出做官的身份来，引起刚上坳的水手对他应有的尊敬。队长把马鞭子敲着地面，挑拨脚前树叶子，眼光凝定在三黑子脸上，"划船的，我问你，今天上来多少船？你们一帮船昨天湾泊什么地方？"

直到此时那哥哥方注意及队长，赶忙照水上人见大官礼数，恭敬诚实回答这个询问。天天有点不惬意，就说："三哥，三哥，到满满祠堂里去吧，有饭碗大的橘子，拳头大的栗子，等你帮忙！"

队长从神气之间，即已看出水手是天天的亲戚，且看出天天因为哥哥来到了身边，已不再把官长放在眼里心上，不仅先前一时所说所唱见得毫无意义，即自己一表人才加上身份和金表，也完全失去了意义。感觉到这种轻视或忽视，有一星一米还是上次买橘子留下的强梁霸道印象所起反感，因此不免有点恼羞成怒。还正想等待两人出来，在划船的身上找点小岔子，显显威风，做点颜色给天天看。事不凑巧，河边恰好走来七八个一身晒得乌黑精强力壮的青年水手，都上了坳，来到祠堂前歇憩，有几个且向祠堂走去，神气之间都如和老水手是一家人。队长知道这一伙儿全是守祠堂的熟人，便变更了计划，牵马骑上，打了那菊花青草马两鞭子，身子一颠一颠地跑下坳去了。

老水手在祠堂中正和三黑子说笑，见来了许多小伙子，赶忙去张罗凉水，提了大桶凉水到枫木树下，一面向大家问长问短。船夫都坐在枫木下石条凳上和祠堂前青石阶砌上打火镰吸烟，谈下河新闻。这些人长年光身在河水里，十冬腊月也不以为意，却对于城里女学生穿衣服无袖子，长袍子里边好像不穿裤子，认为奇迹，当成笑话来讨论，谈笑中自不免得到一点错综快乐。到天天兄妹从祠堂里走出来时，转移话题，谈起常德府的"新生活"。一个扁脸水手说："上回我从辰州下桃源，弄滕五先生的船，船上有个美国福音堂洋人对我说：'日本人要拿你们地方，把地下煤炭、铁矿、朱砂、水银一起挖去。南京负责的大官不肯答应。两面派人办交涉，交涉办不好，日本会派兵来，你们中国明年一定要和他们打仗。打起仗来大家当兵去，中国有万千兵打日本鬼子，只要你们能齐心，日本鬼子会吃败仗的。他们人少，你们人多，打下去上算，吃点苦，到后来扳本！'洋人说的有道理，要打鬼子大家去！"

"鬼子要煤炭有什么用？我们辰溪县出煤，用船运到辰州府，三毛钱一百斤还卖不掉。烧起来油烟子呛心闷人，怪不好受。煮饭也不香。火苗绿阴阴的，像个鬼火。煤炭有什么用？我不信！"

"他们机器要烧煤才会动！"

一个憨憨的小水手插嘴说："打起仗来，我们都去当兵，哪来多少枪？"

原来那个扁脸水手，漂过洞庭湖，到过武汉，就说："汉阳兵工厂有十多里路宽，有上千个大机器，造枪造炮，还会造机关枪！高射炮！"

另外一个又说："怎么没有枪？辰溪县那个新办兵工厂，就会造机关枪，叭打叭打一发就是两百响子弹。我明天当兵去打仗，一定要抬机关枪。对准鬼子光头，打个落花流水！"

"大家都当兵，当保安队？当了保安队，派谁出饷出伙食？"

"那自然有办法，军需官会想办法！"

"有什么办法？还不是就地……忙坏了商会会长！"

"哪里，中央政府总会有办法的！有学问有良心的官长，就不会苛刻乡下人。官长好，弟兄自然就也好，不敢胡来乱为的。"

"我们驻洪江就好，要什么有什么。下河街花姑娘是扬州来的，脸白白的，喉咙窄窄的，唱起好戏来，把你三魂七魄都唱上天！吹打弹唱，样样在行，另外还会说京话，骂人'炖蛋'，可不敢得罪同志。"

大家说着笑着，都觉得若做了保安队，生活一定比当前好得多。一切天真的愿望，都反映另外一种现实，即一个乡下人对于"保安队"的印象，如何不可解。总似乎又威风，又有点讨人嫌，可是职务若派到自己头上时，也一定可以做许多非法事情，使平常百姓奈何不得，实在不是坏差事！

"我们这里保安队队长——刚骑马走去那一位，前几天还正倚势霸蛮要长顺大爷卖一船橘子，说要带下省城去送礼，什么主席军长都有交情，一人送几挑。不肯卖，就派弟兄下萝卜溪把他家橘子园里的橘子树全给砍了，破坏了吕家坪风水。幸亏会长打圆全解围，说好做歹，要天天家爹爹送十挑橘子了事。你们明天都做了保安队，可是都想倚势压人？云南省出金子，别向人说，要个大金饭碗，装个金蛤蟆，送枫木坳看祠堂的大叔，因为和大叔有交情！纵有只金蛤蟆我也无用处，倒是顺便托人带个乌铜嵌银烟嘴子，一个细篾斗笠，三月间我好戴了斗笠下河边钓杨条鱼，一面吸烟一面看鱼上钩！"

一个水手拍拍胸脯说："好，这算我的事。我当真做了保安队长，一定派个人上云南去办来。"

"可是要记好，不许倚势压人，欺老百姓。要现钱买现货，公平交易，不派官价我才要！"

大家都觉得好笑，一齐笑将起来。至于当地要人强买橘子，滕长顺如何吃闷菜，话说不出，请商会会长说好话，送了十挑橘子方能了事，正和另外一回因逃兵拐枪潜逃，逼地方缴赔枪款，事情相差不多，由本地人说来，实在并不出奇，不过近于俗话说的"一堆田螺中间多加个田螺"罢了，所以大家反而轻轻地就放过去了，就中只三黑子听到这件新闻，因为关乎他的家中的利益和面子，有点气愤不过，想明白经过情形。

三黑子向天天说："天天，这里没有什么事，我们过河回家去吧。等等船来了，我还得赶到镇上去办交代。我船上装的是大吉昌的货物，海带、鱿鱼一大堆，我要去和他们号上管事算账。"

天天说："好，我们就走。满满，我们要回去了。"

老水手为把那装满栗子的细篾背笼，和枫木叶编成的篮子鸟笼，一齐交给了天天。天天接过手来时，笑着说："满满，哎哟，我今天真发了洋财！"三黑子见背笼分量相当重，便伸手拎起来试了一试，"我看看有多重"，把背笼一提，不顾天天，先自走了。天天跟在哥哥身后赶去，一面走一面向三黑子辩理："不成的，不成的，青天白日，清平世界，可不能打抢人的。"话中本意倒是："三哥，三哥，你太累了，不用你拿，我自己背回去好！"可是三黑子已大踏步走下了枫木坳，剩个背影在枫木树后消失了。天天只好拿着那个枫木叶子编成的玩意儿，跟着走去。老水手在后面连声叫唤："天天，天天，过两天带你花子狗来，我们到三里牌河洲上捉鹌鹑去！"

天天停到一个大石头边回答说："好的，好的，满满。过三天我们一定去！今天你过河到我家里吃夜饭去吧。我忘记告你，三黑子今天生日，一定要杀鸡！杀那只七斤半重的肥母鸡。你等等就来！我留鸡肫肝给你下酒！"

　　老水手说："道谢你，天天。我等一会儿还要到镇上去，看三黑子的船，吃他从常德府带来的冰糖红枣！杀了鸡，留个翅膀明天我来吃，吃不了你还是帮我个忙吃掉就是！"

　　天天说："满满，你还是来吃饭好！先到镇上看船，和三黑子一起回来。夜里我撑船送你过河。你千万要来！"

社　戏

　　萝卜溪邀约的浦市戏班子，赶到了吕家坪，是九月二十二。一行十四个人，八个笨大衣箱，坐了只辰溪县装石灰的空船，到地时，便把船靠泊在码头边。唱大花面的掌班，依照老规矩，携带了个八寸大的朱红拜帖，来拜会本村首事滕长顺，接洽一切。商量看是在什么地方搭台，哪一天起始开锣，等待吩咐就好动手。

　　半月来省里向上调兵开拔的事情，已传遍了吕家坪。不过商会会长却拿定了主意，照原来计划装了五船货物向下游放去。长顺因为儿子三黑子的船已到地卸货，听会长亲家出主意，也预备装一船橘子下常德府。且因浦市方面办货的人未到，本地空船多，听说下河橘子起价钱，还打量另雇一只三舱船，同时装橘子下行。为摘橘子下树，几天来真忙得一家人手脚不停。住对河祠堂里的老水手，每天都必过河来帮忙，参加工作，一面说一面笑，增加了每个人不少兴趣。摘下树的橘子，都大堆大堆搁在河坝边，用晒谷簟盖上，等待下船落舱。两只空船停泊在河边，篷已推开，船头搭一个跳板，随时有人把黄澄澄的橘子挑上船，倒进舱里去，戏班子乘坐那只大空船，就停靠在橘子园边不多远。

两个唱丑角的浦市人，扳着船篷和三黑子说笑话，以为古来仙人坐在斗大橘子中下棋，如今仙人坐在碗口大橘子堆上吸烟，世界既变了，什么都得变。可是三黑子却想起保安队队长向家中讹诈事情，因此一面听下去，一面只向那个做丑角的戏子苦笑。

三黑子说："人人都说橘子树是摇钱树，不出本钱，从地上长起来，十冬腊月上树摇，就可摇出钱来。哪知道摇下来的东西，衣兜兜不住，倒入了别人的皮包里去了。人无横财不富，马无夜草不肥，这些人发了横财，有什么用，买三炮台烟吸，好了英美烟公司！"

一个丑角说："哥，你还不知道我们浦市，地方出胖猪肥人，几年来油水都刮光了，刮到什么地方去？天晓得。信口打哇哇，说句话吧，好，光天化日之下，治你个诬告父母官的罪，先把你这刁顽在脚踝骨上打一百个洛阳棒再说。再不然，枪毙你个反动分子！都说天有眼睛，什么眼睛，张三李四脚上长的鸡眼睛！"

"葫芦黄瓜一样长，有什么好说！"

"沙脑壳，沙脑壳，我总有天要用斧头砍一两个！"

另外一个丑角插嘴说："砍你个癞鼋头！"

长顺因演戏事约集本村人在伏波官开会，商量看这戏演不演出。时局既不大好，集众唱戏是不是影响治安？这事既是大家有份，所以要大家商量决定。末了依照多数主张，班子既然接来了，酬神戏还是在伏波官前空坪中举行。凡事依照往年成例，出公份子演戏六天，定二十五开锣。

戏既决定演出，所以那船上八个大衣箱和一些行头家什，当天就由十多个年轻乡下人告奋勇，吆吆喝喝打上了岸，搁到伏波宫去。起衣箱时还照规矩烧了些香纸，放一封五百响小鞭炮。衣箱上岸后，当天即传遍了萝卜溪，知道两三天后就有戏看了。发起演戏的本村首事人，推出了几个负责人来分头办事，或指挥搭台，或采办杂项物事。并由本村出名，具全红帖子请了吕家坪的商会会长，和其他庄口上的有名人物，并保安队队长、排长、师爷、税局主任、督察等等，到时前来看戏。还每天特别备办两桌四盘四碗酒席，款待这些人物。又另外请队长派一班保安士兵，来维持场上秩序，每天折缴二十块茶钱。事实上弟兄们可不在乎这个钱，小地痞在场上摆了十张桌子，按规矩每张桌子缴纳五元，每天有额外收入五十元。赌桌上既抽了税，因此不再有叫朋友和部队中伙夫押白注，在桌边胡闹欺侮乡下人。即发生小小纠纷，也可立刻解决。

到开锣那天，本村子里和附近村子里的人，都换了浆洗过的新衣服，荷包中板带中装满零用钱，赶到萝卜溪伏波宫看大戏，一面看戏一面就掏钱买各种零食吃。因为一有戏，照习惯吕家坪镇上卖大面的，卖豆糕米粉的、油炸饼和其他干湿甜酸熟食冷食的、焖狗肉和牛杂碎的，无不挑了锅罐家私来在庙前庙后搭棚子，竞争招揽买卖。妇女们且多戴上满头新洗过的首饰，或镀金首饰，发蓝点翠首饰，打一条高脚长板凳，成群结伴远远地跑来看戏。必到把入晚最后一幕杂戏看完，把荷包中零用钱花完，方又扛起那条凳子回家。有的来时还带了饭箩和针线，有的又带了香烛纸张顺便敬神还愿。小孩子和老妇人，尤其把这几天当成一个大节日，穿上新衣赶来赴会。平时单纯沉静的萝卜溪，于是忽然显得空前活泼热闹起来。

长顺一家正忙着把橘子下树上船，为的是款待远处来看戏亲友，准备茶饭，因此更见得热闹而忙乱。家中每天必为镇上和其他村子里来的客人，办一顿过午面饭。又另外烧了几缸热茶，供给普通乡下人。唱戏事既是一乡中公众庄严集会，包含了虔诚与快乐，因此长顺自己且换了件大船主穿的大袖短摆蓝宁绸长衫，罩一件玄青羽绫马褂，舞着那个挂有镶银老虎爪的紫竹马鞭长烟杆，到处走动拜客。见远来客人必邀约过家中便饭或喝茶。家中在戏台前选定地方，另外摆上几张高台凳，一家大小每天都轮流去看戏，也和别的人一样，从绣花荷包中掏零用钱买东西吃。

第一天开锣时，由长顺和其他三个上年纪的首事人，在伏波爷爷神像前磕头焚香，杀了一只白羊、一只雄鸡，烧了个申神黄表。把黄表焚化后，由戏子扮的王灵官，把那只活生公鸡头一口咬下，把带血鸡毛粘在台前台后，台上方放炮仗打闹台锣鼓。戏未开场，空坪中即已填满了观众，吕家坪的官商要人，都已就坐，座位前条桌上还放了盖碗茶，和嘉湖细点、黑白瓜子。会长且自己带了整听的炮台烟，当众来把盖子旋开，敬奉同座贵客。开锣后即照例"打加官"，由一个套白面具的判官，舞着个肮脏的红缎披巾，台上打小锣的检场人叫一声："某大老爷禄位高升！"那判官即将披巾展开，露出字面。被尊敬颂祝的，即照例赏个红包封。有的把包封派人送去，有的表示豪爽，便把那个赏金用力直向台上掼去，惹得在场群众喝彩。且随即就由戏班中掌班用红纸写明官衔姓名钱数，贴到戏台边，用意在对于这种当地要人示敬和致谢，一面向班中表示大公无私。当天第一个叫保安队队长。第一出戏象征吉祥性质，对神示敬，对人颂祷。第二出戏与劝忠敬孝有关。到中午休息，匀出时间大吃大喝。休息时间一些戏子头上都罩着发网子，脸上颜料油腻也未去净，争到台边熟食棚子去喝酒，引起观众另外一种兴趣，包围了棚子看热闹。顽皮孩子且乘隙爬上戏台，争夺马鞭子玩，或到台后去看下装的旦角，说两句无伤大雅的笑话。多数观众都在消化食物，或就田坎边排泄已消化过的东西。妇女们把扣双凤桃梅大花鞋的两脚，搁在高台子踏板上，口中嘘嘘地吃辣子羊肉面，或一面剥葵花子，一面谈论做梦绩麻琐碎事情。下午开锣重唱，戏文转趋热闹活泼。

掌班的耳根还留下一片油渍和粉彩，穿着扮天官时的青鹅绒朝靴，换了件不长不短的干净衣服，带了个油腻腻的戏折子，走到坐正席几位要人身边，谦虚而愉快地来请求赏脸，在排定戏目外额外点戏。点戏的花个一百八十，就可出点小风头，引起观众注意。

大家都客气谦让，不肯开口。经过一阵撺掇，队长和税局主任是远客，少不了各点一出，会长也被迫点一出；队长点《武松打虎》，因为武人点英雄，短而热闹，且合身份；会长却点《王大娘补缸》，戏是趣剧，用意在与民同乐。戏文经点定后，照例也在台柱边水牌上写明白，给看戏人知道。开锣后正角上场，又是包封赏号。这个包封，却照例早由萝卜溪办会的预备好，不用贵客另外破钞。客人一面看戏也一面看人，看戏台两旁的眉毛长眼睛光的年轻女人。

最末一出杂戏多是短打，三个穿红裤子的小花脸，在台上不住翻跟斗，说浑话。

收锣时已天近黄昏，天上一片霞，照得人特别好看。自作风流的船家子、保安队兵士，都装作有意无心，各在渡船口岔路边逗留不前，等待看看那些穿花围裙扛板凳回家的年轻妇女。一切人影子都在地平线上被斜阳拉得长长的，脸庞被夕照炙得红红的。到处是笑语嘈杂，为前一时戏文中的打趣处引起调谑和争论。过吕家坪去的渡头，尤其热闹，人多齐集在那里候船过渡，虽临时加了两只船，还不够用。方头平底大渡船，装满了从戏场回家的人，慢慢在平静河水中移动。两岸小山都成一片紫色，天上云影也逐渐在由黄而变红，由红而变紫。太空无云处但见一片深青，秋天来特有的澄清。在淡青色天末，一颗长庚星白金似的放着煜煜光亮，慢慢地向上升起。远山野烧，因逼近薄暮，背景既转成深蓝色，已由一片白烟变成点点红火……一切光景无不神奇而动人。可是，人人都融和在这种光景中，带点快乐和疲倦的心情，等待还家，无一个人能远离这个社会的快乐和疲倦、声音与颜色，来领会赞赏这耳目官觉所感受的新奇。

这一天，夭夭自然也到场参加了这种人神和悦的热闹，戴了全副银首饰，坐在高台凳上，看到许多人，也让许多人看到她。可是上午太沉闷，看不完两本，就走回橘子园工作去了。下午本想代替嫂嫂看厨房，预备待客菜饭，可不成功，依然随同家中人过伏波宫去，去到那个高台凳上坐定。台上演王三姐抛打绣球时，老觉得被官座上那个军官眼光盯着。那军官意思正像是在向她说："自古美人识英雄，你是中华民国王三姐！"感受这种眼光的压

166

迫，觉得心中很不自在。又知道家里三哥在赶装橘子下船，一个人独在河边忙做事，想看看哥哥，因此趁空就回了家。回家后在厨房中张罗了一下，于是就到橘园尽头河坎边去看船，只见三黑子正坐在河边大橘子堆上歇憩，面对河水，像是想什么心事。

"哥哥，哥哥，你怎么不看戏？大家都在看戏，你何必忙？"

"戏有什么可看的？还不是红花脸杀进，黑花脸杀出，横蛮强霸的就占上风！"

三黑子正对汤汤流水，想起家里被那个有势力的人欺压讹诈故事，有点火气上心。天天像是看透了他的心事，因此说："横蛮强霸的占上风，天有眼睛，不会长久的！戏上总是一报还一报，躲闪不得！"

"一报还一报，躲闪不得！戏上这样说，真事情可不是这样。"

三黑子看看天天，不再说话，走到装浦市人戏班子来的那条广舶子边上去。有个小妇人正在船后梢烧夜火煮饭。三黑子像哄天天似的，把不看戏的理由转到工作上来，微笑说："天天，我要赶快把橘子装满舱，好赶下常德府。常德府有的是好戏，不在会馆唱，有戏园子，日夜都开锣，夜间唱到三更天才收场。那地方不关城门，半夜里散了戏，我们打个火把出城上船，兵士见到时问也不问一声！"

天天说："常德府兵士难道不是保安队？"

三黑子说："怎么不是？大地方规矩得多，什么都有个理字，不像到我们乡下来的人，欺善怕恶……什么事都做得出。还总说湘西人全是土匪，欺压我们乡下人。下面兵士同学生一样，斯文老实得多，从不敢欺侮老百姓！……"

天天一瞥看到橘子园树丛边有个人影子晃荡，以为是保安队上的人，因此制止住了哥哥，"你们莫乱说，'新生活'快来了，凡事都会慢慢地变、慢慢地转好的！"三黑子也听到树边响声，却看见是老水手，因此快乐地呼唤起来："满满，是你？我还以为是一个——"

　　老水手正向兄妹处走来，一面走一面笑，"三黑子，你一定以为又是副爷来捉鸡，是不是？"且向天天说："天天，天天，你不去看王三姐抛打绣球招亲，倒来河边守橘子。姑娘家那么小气。咦，金子宝贝，谁要你这橘子！"

　　天天知道老水手说的是笑话，因此也用笑话作答："满满，你怎么也来了？我看你又手坐在台下边那张凳子上，真像个赵玄坛财神样子。今天打加官时他们不叫你，我猜你一定生了气。你不生气我替你生气，难道满满这点面子都没有！"

　　老水手说："生什么气？这也生气，我早成个气包子，两脚一伸回老家了。你问我怎么也来这里，如果我问你，你一定会说：'我来陪你。'好个乖巧三姑娘。说真话我倒想不起你会在这里。我是来陪三哥的，他不久又要下常德府去，板凳还坐不热，就要赶路。三哥呀，三哥，你真是——"说时把大拇指翘起，"萝卜溪这一位。"

　　三黑子受了老水手恭维，觉得有点忸怩，不便说什么，只是干笑。

　　远远地听见伏波宫前锣鼓响声，三黑子说："菩萨保佑今年过一个太平年，不要出事情就好。天天，你看爹爹这场戏，忙得饭也不能吃，不知他许下有什么愿心！"

老水手莞尔而笑，把短旱烟斗剥啄着地面，"你爹当然盼望出门的平安，一路吉星高照。在家的平安，不要眼痛牙痛。上树上山入水入土的平安。鸡呀狗呀牛呀羊呀不发瘟，田里的鱼不干死，园里的橘子树不冻死！"

天天说："我就从不指望这些事情。可是我也许愿看戏。"

三黑子就说："你欢喜看戏。"

天天故意争辩着："我并不想看戏！"

老水手装作默想了一会儿，于是忽然若有所悟似的，"我猜得着，这是什么事。"

天天头偏着问："你试猜猜看，猜着什么事？"

老水手说："我猜你为六喜哥许了愿。他今年暑假不回来了，要发愤勤学，将来做洋博士，补萝卜溪的风水。你许的愿是……"

天天因为老水手说到这件事，照例像装作没有听到，却向河边船上走去。到船边时上了跳板，看见下面溪口还停了几只小船，有的是装橘子准备下行，有的又是三里牌滩头人家为看戏放来的，另外还有本村特意为对河枫木坳附近村子里人预备的一只小渡船，守船的正是上次送天天过河的那个年轻汉子。人住在对河三里牌滩下村子里的，因为路较远，来不及看完杂戏，就已离开了戏场，向溪头走趁船过渡。另外有坐自己船来的，恐怕天气晚不好漂滩，这时节也装满了人，装满了船上人的笑语，把船只缓缓向下游划去。这一切从天天所站立的河坎边看来，与吕家坪渡口所见相比，自然又另外是一番动人景象。

红紫色的远山野烧，被风吹动，燃得越加热烈起来。

老水手跟随天天身后到了河坎边，也上了那只橘子船，"天天，天天，你看山上那个火，烧上十天了，还不止息，好像永远不会熄。"

天天依随老水手烟杆所指望去，笑着说："满满，你的烟管上的小火，不是烧了几十年还不熄吗？日头烧红了那半个天，还不知烧过了千千万万年，好看的都应当长远存在。"

老水手俨然追问似的说："怎么，好看的应当长远存在，这事是归谁派定的？"

天天说："我派定的——只可惜我这一双手，编个小篮子也不及你在行，还是让你来编排吧。天下归你管，一定公平得多！"

老水手有所感触，叹了一口气，"却又来！天天，依我想，好看的总不会长久。好碗容易打破，好花容易冻死——好人不会长寿。好人不长寿，恶汉活千年，天下事难说！哪一天当真由你来做主，那就好了。可是，天天你等着吧，总有一天有些事会要你来做主的。天下事难说的，我年轻时哪料到会守祠堂养老！我只打算在辰沅永靖兵备道绿营里当个管带，扛一杆单响猪槽枪，穿件双盘云大袖号褂，头上包缠一丈二尺青绉绸首巾，腰肩横斜围上一长串铅头子弹，去天津大沽口和直脚干绿眼睛洋人打仗立功名，像唱戏时那黑胡子说的名在青史，流芳百世。可是人有十算天只一算，革命一来，我的愿心全打破了。绿营管带当不成，水师营管带更加无分，只好在麻阳河里划只水上漂。漂来又漂去，船在青浪滩一翻身，三百个桐油篓子在急水里浮沉，这一下，就只好来看祠堂了。明天呢？凡事只有天知道，人不会知道的。你家三哥这时节只想装一船橘子下常德府，说不定将来会做省主席。你看他那个官样子！"老水手指着坐在橘子堆上看水面景致的三黑子说："要是归我做主，我就会派他当主席。"两人为这句话都笑将起来。

三黑子不知船上两人说什么，笑什么，也走到河坎边来，"满满，不要回去，就住到我家里，我带得有金堂叶子烟，又黄又软和，吸来香喷喷的，比大炮台烟还好，你试试看！"

老水手挥舞着那个短烟杆，"天天，你说说看，我还不曾派他当主席，他倒赏给我金堂烟叶来了。好福气！"

三黑子正想起队上小官仗势凌人处，不明白老水手说的是什么意思，也跟着笑，"我当了主席，一定要枪毙好多好多人！做官的不好，也得枪毙。"

天天笑着，"三哥，得了，轮到你做村子里龙船会主席，还要三十年！"

老水手也笑着，眼看河上的水鸭子成排掠水向三里牌洲上飞，于是一面走一面说："回家吃饭去，水鸭子都回窠了。明天不看戏，我们到三里牌洲上捡野鸭蛋去，带上贵州云南省，向那些有钱的人说是仙鹅蛋，吃了补虚生血，长命百岁，他们还信以为真！世界上找了钱不会用钱的人很多，看相算命卖药卖字画，骗个千八百不是罪过，只要脸皮厚就成！"

天天向三黑子说："三哥，你做了主席，可记着，河务局长要派归满满！"

一九四五年七月二十六日重校毕

有关《长河》的三封家书

致张兆和
——给沦陷在北平的妻子

二十九晚十一点

三姊：

已夜十一点，我写了《长河》五个页子，写一个乡村秋天的种种。仿佛有各色的树叶落在桌上纸上，有秋天阳光射在纸上。夜已沉静，然而并不沉静。雨很大，打在瓦上和院中竹子上。电闪极白，接着是一个比一个强的炸雷声，在左边右边，各处响着。房子微微震动着。稍微有点疲倦，有点冷，有点原始的恐怖。我想起数千年前人住在洞穴里，睡在洞中一隅听雷声轰响所引起的情绪。同时也想起现代人在另外一种人为的巨雷响声中所引起的情绪。我觉得很感动。唉，人生。这洪大声音，令人对历史感到悲哀，因为它正在重造历史。

我很想念小虎小龙，更想念起他们的叔叔①，因为叔叔是很爱他们，把他们小相片放在衣袋中的。一年来大家所过的日子，是什么一种情形！我们隔得那么远，然而又好像那么近。这一年来孩子固然会说话了，可是试想想，另外一个地方，有多少同样为父母所疼爱的小孩子，为了某种原因，已不再会说话，有多少孩子，再也无人来注意他！

　　我看了许多书，正好像一切书都不能使一个人在这时节更有用一点，因为所有书差不多都是人在平时写的。我想写雷雨后的《边城》，接着写翠翠如何离开她的家，到——我让她到沅陵还是洪江？桃源还是芷江？等你来决定她的去处吧。

　　近来极力管理自己的结果，每日睡六小时，中时还不必睡，精神极好。吃饭时照书上说的细嚼主义，尤有好处，吃后即做事，亦不觉累。已能固定吃两碗饭。坐在桌边，由早到晚，不打哈欠。

　　孩子应多睡一点，因为正在发育，大人应当少睡，方能做出一点事情！

三十早七点

　　一家人都上西山玩去了，只剩下我一个人坐在桌边。白天天气极好，已可换薄夹衣。但依然还不至于到要吃汽水程度。所以这里汽水从不用冰冰过。看看大家都能安心乐意地玩，发展手足四肢之力，也羡慕，也稀奇。羡慕兴致甚好，稀奇生活毫无建树，哪有心情能玩！据我个人意思，不管又学什么，一天到晚都不会

---

① 指沈从文的弟弟沈荃。

够，永远不离开工作，也不会倦。可是我倒反而成为病态了，正因为大家不觉得必须如此，我就成为反常行为。翟明德视为有神经病，你有时也觉得麻烦，尤其是在做事时不想吃饭，不想洗脸，不想换衣，这一类琐事真够麻烦。你可忘了生命若缺少这点东西，万千一律，有什么趣味可言。世界就是这种"发狂"的人造成的，一切最高的纪录，没有它都不会产生。你觉得这是在"忍受"，我需要的却是"了解"。你近来似乎稍稍了解得多一点了，再多一点就更好了。再多一点，你对于我就不至于觉得凡事要忍受了。

　　近来看一本《变态心理学》，明白凡笔下能在自己以外写出另一人另一社会种种，就必然得把神经系统效率重造重安排，作到适于那个人那个社会的反应——自己呢，完全是"神经病"。是笑话也是真话，有时也应当为这种人为的神经病状态自悼，因为人不能永远写作，总还得有平常人与人往来生活等等，可是我把这一套必需方式也改变了。表面上我还不至于为人称为"怪物"，事实上我却从不能在泛泛往来上得到快乐。也不能在荣誉、衣物，或社会地位上得到快乐。爱情呢，得到一种命运，写信的命运。你倒像是极乐于延长我这种命运。为我吻孩子。

四弟上

致沈云麓

——给云麓大哥

大哥:

　　得八月廿六得余一信,知左叔平曾返湘到过沅陵。我们正想:如得余能和他同来,将来转湘即可将小龙带去。因彼可以上学读书,今冬入高小,只需回家时有人看到温习日课,监督他换衣洗脸,即可单独生活,不至于麻烦你们太多。虎虎小些,正需要起始认字,鼓励他写影本,早晚总得照料,相当费事,所以我们拟放在身边,对他有些好处。唯照情形说来,得余入滇,恐不会成为事实,我们返湘,也只是一种计划而已。若非局势大变,我们上路事是不能成功的。主要是不想与学校离开。照收入说,教书最苦,随便换一职业即可将生活改造。不过从习惯说,教书总还是与理想工作相称,所费时间不多,过日子比较简单,不用无味应酬,大部分时间可用到写作或读书,目下生活即较寒酸,十年八年后论及"成绩"时,总还可希望有几本书拿得出手,比别的事来得实在些。又孩子们在不大变动情形中，升学也比较便利。因此即有机会转变一个职务，也不想做。至于回沅陵，为孩子计自极合理，唯除非万不得已，作难民逃回，在家小小休息。此外如此回来住下，对我们很觉过意不去。因手边毫无储蓄，虽说有房子可住，吃的用的总得从做事上找收入，每月也不是个小数目。若不做事，耗费你们的，实不大合理！所以你托人找的上车介绍信，我就不曾带去找检查所。只想得过且过，如同一般读书人命运。且俟到不得已时，再想办法。意者，天无绝人之路，到真正困难发生时，说不定依然还有办法的。

目下正想抢抢时间，来写两本书。最近印了本《长河》，用战前辰河吕家坪作背景，上卷约十四万字，不久或可出版。桂林明日社出。刚在写的叫《芸庐纪事》，拟写十万字，专写你的笑话，不久即可在桂林印行的一个刊物载出，凤子编的刊物。行将着手的名《呈贡纪事》，写呈贡三年见闻，一定还有意思，也想写十万字。上海开明为我印的集子，已印十个，将纸版带桂林时，恰值金华事变，因之纸版一时无消息，最近才知尚在杭州，并未遗失，大致过一阵带到桂林时，必尚可付印。另外又集了七个，已在桂林付排，多短篇，今年当可印出一部分。若通通印出，选好的应当可编二十六本，只要书店肯为推销，每本卖三千到五千，又可照应得版税支付，照当前定价计，我至少可得五万块钱版税，那就可以在家中坐两年不用做事，再来好好写两三本大书了。这事目前办不到，据我想战后无论如何是件极简单自然的事。因为照人口计，新书只要在推销上稍微得法，一本书至少可得五万本出路，多或能到五十万本，一生写两三本书，就很可以了，何况有二十本以上有销路书。不过若照目下的商业习惯与政治上的统治方式，则我吃他们亏也极自然，因无一个可靠出版者，肯为我书推销到应有销数。政治方面又因极讨厌那些吃官饭的文化人，不愿意与他们同流合污混成一气，所以还不可免要事事受他们压抑，书要受审查删节，书出后说不定尚要受有作用不公正批评。这一切也都无妨于事，只要人存在，据我想来，总有一天要战胜流俗，独自能用作品与广大读者对面的！过去十多年来，在那种不公平情形中，我还支持过去了，像目前情形，即再支持十五年也无所谓。我相信有一天社会会公道一点，对于我的工作成就能得到应得待遇的。并且我能做的事，也必然比目前已有成就远得多的！

这里各事叔平说到的必已很多。物价高到国内第一，只因为游资太多，无可运用，大家唯从现存一点货物着眼，累来积去，因之越长越高，直到超过任何地方记录。一切人仿佛都浮在物价上面，有点水涨船高意思，唯百业中教书阶级，尤其是大学教授，更俨然独沉水底，无从呼吸。不过事来以渐，我们又少应酬，少添制，将两人收入全部放在伙食日用上，也就马马虎虎过得去，在比较上还算是从容自在，不至如其余一些同事狼狈情形。唯物价如再涨，也就束手了。（米卖五百元一石，约八十斤。猪油三十元一斤，白糖三十多一斤，炭一元八一斤，金子六千五一两，鞋好的近千元一双，西装三千到五千一套，房子平均约百元一小间。拉车理发月可收入二三千，银行小职员收入约千四五百，大学校长月入不过一千三，教授月入一千左右，中学教员却又有千二一月的，总之一切都像有点儿不正常。）我想即再糟一点，我也得支持下去，为的是生活方面虽若事事不如人，然而生命总还是自己的，能有计划用到所要做的工作上去。并且大小四个人，几年来住在乡下，日子过得极快乐。虎虎疹子已平平安安过了，我害了一回伤寒，也平平安安度过了，兆和教书很得人信托，孩子们在逐渐长大中脾气性情看来都还可望有点成就。

我工作成绩虽较差，唯性情上也似乎受了些书本以外教育，变得稳重得多，不再驳杂浮躁，很像孔子所说年近不惑，进入一个新的心情背景中，正可准备好好地来从新起始工作十年，证明这一生最重要的年龄尚能有计划地来好好使用它。头发有些白了，体气却健康胜过同年龄其他同事甚多，虽并不比他们胖，工作耐性照例能持久。一家生活方式又极合理，所以我正想好好地来个新的十年工作计划，每年来写一两本好书。我总若预感到我这工作，在另外一时，是不会为历史所忽略遗忘的，我的作品，在百年内会对于中国文学运动有影响的，我的读者，会从我作品中取得一点教育的。至于日子过得寒酸一点，事情小，不用注意！眼看到并世许多人都受不住这个困难试验，改了业，或把一支笔用到为三等政客捧场技术上，谋个一官半职，以为得计，唯有我尚能充满骄傲，心怀宏愿与坚信，来从学习上讨经验，死紧揑住这支笔，且预备用这支笔来与流行风气和历史上陈旧习惯、腐败势力作战，虽对面是全个社会，我在俨然孤立中还能平平静静来从事我的事业。我倒很为我自己这点强韧气概快慰满意！

今天九月八号，明天是我结婚九年日子，孩子们都极高兴。先前一时龙龙还正在低头为大伯写信，虎虎自命为"二少爷"，照往例躺在床上，用"二少爷姿势"躺在那里，要我学沅陵，意思即是从叙述中去到他不曾到的家中，如何用大竹筒挑水，供你浇花。他印象中是知道你蹲在花台边用小挖锄掘土，就草花根株边捉虫刨蚯蚓，穿个短袄子，眼眊眊的，声音嘶嘶的，一看他来就要逗逗他发笑，且到后要上街时，必把捉蚯蚓工作交他做的。又或者一起来，三叔在院中吹哨子集合，要小龙和他排队点名，他却早已起身带"菲格来司"在花坛边藏躲起来的。被三叔发现时，于是喊："老杨，备马！"马共三匹，三叔骑高大的，小龙骑起花的，他骑白的，一齐出东门。回来时就在廊上吃早饭，有白桌布，用刀叉不用筷子，喝点汤时再吃，吃过后再下河钓鱼。这一类故事每天得换个式样，有一部分是他凑成的。总而言之每天非说说不可，因之人虽不回过沅陵，对沅陵事竟像十分熟悉，且极其可能长大后还可从印象中知道大伯脾气的了。这个二少爷说起来，爱时髦处，聪明处，善于联想处，幽默处，都若集家中人之大成。他理想是要做"大音乐家"，因此时时刻刻要哼哼唧唧，唱点什么，唱到得意处必相当兴奋，手舞足蹈。会说许多笑话，且知道贺老广神气。食量相当好，每食后必吃点"饭后点心"。欢喜漂亮。相当稳健，虽只想三叔送把"会响不伤人"手枪，可未必敢放。吃东西相当精细，不落饭到桌上。也有点好奇，听人说什么药好，必尝尝。大少爷却有好些恰恰相反。个子瘦，爱跳高，将来会如他五舅舅高，跑得极快。会顽皮做丑角，二少爷可不干。吃饭不在乎。衣服常滚在泥里。不大会说，倒会写字，爱在书上签个名，砚上雕个字。胆量大。欢喜学校。脾气相当好，不争多吃东西，能服务。爱吃干的、酸的、焦的，也不怕辣的。医师打针不叫喊。这时节两人都睡了。两人都从不夜哭，不遗尿，就是不肯盖被。虎虎胖些，一身永远热烘烘的，盖多了必出汗。

一切静得很，想起过去三十年前，妈教我们弟兄在同样油灯下认字，料不到我们如今又都成为中年人了。可惜做祖母祖父的都来不及看到这两个孩子，即大伯也尚不能同孩子在一起好好过一阵日子！在北平时我们生活虽比当前好，可是不会过日子，所以并不觉得有什么特别值得纪念处。二十六年搬到那王府去住，房子讲究应数所住过房子最有意思的，可是不久又打了仗。九年中倒是最近两年在呈贡住，真是最值得记忆，一切似乎都安排对了，一切都近乎理想，因此一家日子过得非常健康。人家要过节时才把家中收拾收拾，我们倒像每天都在过节似的。孩子们给我们的鼓励，固然极大，最应感谢的，还是兆和，体力方面的健康，与性情方面的善良，以及在困难中永远不丧气，对家中事对职务永远的热诚，都是使一家大小快乐幸福的原因。想起三十年前父亲只想要我作"小叫天"，若这时还活在这个世间，让我们一同回沅陵房子来和他住一阵，听听二少爷唱唱笑笑，应当是多有意思的一件事！

我们是只因为你，也实在乐意回到沅陵来住一阵子的。不过这个事实若非受战事逼近的影响能做成，恐就得我们有点钱足可住一年半载后方能做到了。雨季已将结束，据闻我飞机有从湘桂调过蒙自的消息，或为戒备越南有关。若越南一紧，学校开不成，我想这个年就一定要在沅陵过了。为孩子计，是应当在沅陵好好过个年的。

得余并候

二弟上

九月八日晚

致沈荃

——给三弟

得鱼：

　　寄来两张相片是最近照的。我们生活还勉强过得去。孩子们虽破破烂烂，还活泼健康，只是学校不成学校，未免麻烦！三姐下月即不再做事，因学校要结束，也许要休息半年看。为的是若要做事，必搬进城，城中住处不易得到，一般租房子必三百元一间，三间房子即近一千矣。最难应付的是盗贼，防不胜防，常在警报时将一家所有搂光，那才真无办法！我学校事照常。只是在桂林出版之书，被扣被禁甚多，检查人无知识而又擅作威福，结果即不免如此。《长河》被假借名义扣送重庆，待向重庆交涉时，方知并未送去。重庆审查时去五十字，发到桂林，仍被删去数千字。《芸庐纪事》第三章也被扣，交涉发还，重写一次，一万字改成六千，精神早已失尽了。集子每本都必被扣数篇，致无从出版。小人难养，近之则不逊，远之则怨。二千年前孔子已见及此矣，不意二千年后犹复如此。大多数教书的都有点支持不下去。米每石在千元左右，青菜也得数元一棵，应付吃住，已不容易。至若添补衣鞋，自更困难了。大家都已到了破破烂烂情形下，唯读书空气，倒反而转好起来，正所谓"置之死地而后生"，读书虽不能增加收入，情绪总好多了。寒假大致有一个月可不进城，我正希望在假中把《芸庐纪事》写完①，在这里印，比较方便。昆明最好的应当数太阳，一个冬天都只需穿驼绒袍子，且可从八月穿到明年三四月。这两天算是一年中最冷的日子，依然阳光满室，只要大写字台下烧个小火，就暖烘烘的了。

孙敬侯是什么人，属同辈还是长一辈？他和我通信，我不知如何称呼，望来信告我一声。九②问题极困难，在学校事本极好，有一千多一月，忽然要辞去，相信观音要保佑她，把什么东西都送给别人，一天默默念佛，我已用尽方法无可为力，一定要跟一莫名其妙之女人同去。努力想方设法把她找下乡，以为可休息一二月，当为制份行李，再找事做，谁知昨天一嚷，就又走了。脑子永远似通非通。在佛教会居然有许多妇女跟她学念经，认为她是最重要的一位。其实在此时要她读读经，就读不下去。我已把全副精力用尽，还是说不过来。只好听她去求观音（观音是什么她就不知道），再让许多老太太去求她。

两个月来我似乎身体不大好，小小流了些鼻血。希望过年后转强些。

---

①　作者事后在《芸庐纪事》第三章手稿旁写了如下文字："这是《芸庐纪事》长篇被禁止刊载半章。因禁载，全作随之搁置。从文"。
②　九：指九妹。

你学校事恐不成功。高植不久或要出国，公家送去的。巴金尚在广西。

这里已见到有双身驱逐机在空中飞，唯从未在市区看到空战。乡下机场若修成功，有大规模空运时，恐将免不了有空袭发生，地方去我们住处八里十里，大致不会误投炸弹到十里外来。

大姊有不有信来？彤云不久或可回来。已回到二期，他属第四期。

家中安吉。

二哥

一月十一

《长河》自注

秋（动中有静）

满家人<u>发羊痫疯</u>，田里长了个大萝卜，也大惊小怪，送上衙门去讨好。

意以为非发疯便不会如此。

保长派人<u>打锣到处知会人</u>

此为一切事发生时通知人的方法。

<u>笋壳色肥母鸡</u>

灰中黄如笋箨色。此种鸡特别肥，能生蛋。

那乡下人说："委员是个会法术的人……'你有千里眼吗?''我用险危（显微）镜.'我猜想一定就是电光镜，洋人发明的。"

乡下人似通非通，反从此等问题上取笑城中人。

他是我舅娘的大老表。

意即亲戚的亲戚。有无根传说意。

人都说江口天王菩萨有灵有验

在麻阳县城下游四十里，吕家坪上游百里不到。

六子连，七子针，十三太保，什么都有。

手枪名称。

把村子里母鸡吃个干净后

通常是杀鸡待官长待客人。

"新生活"来了，吕家坪人拔脚走光了，我也不走。三头六臂
能奈我何。

指蓝脸魔王。意以为即或是魔王也不怕！

"你来吧，我偏不走。要我做伕子，挑伙食担子，我老骨头，
做不了。要我引路，我守祠堂香火。"

此自问自答语。

输送队，慰劳队，等等名色

共产党过路时派平民男女做事的名称。

"……大嫂子好本事，压得再重些也经得起。"
双关话。

我说你本事好，经得起压，不怕重，不怕大。
双关话。

我舌子好像差点被一只发了疯的母狗咬掉过……你轻点咬！
咬掉可不是好玩的！
双关话。

十月你不寄钱来，我完不了会，真是逼我上梁山。
借《水浒》语，意非抢人不可。

桃源县的三只角迷了他的心
桃源娼妓。

会写几个字，便自以为是"智多星"
以为是吴用军师。

其实只是装秀才
充斯文也。

满满
小叔叔通称。

二姑娘嫁妆有<u>八铺八盖</u>

八床盖被，八床垫被，为最丰盛的陪嫁物。有的还应送一百双鞋，名"百年偕老"。

天天，你一个夏天绩了多少麻？我看一定有二十四匹细白麻布了。

按规矩新嫁娘表示能勤，多用自绩细麻织布做帐子。

天天长大了，一定是个<u>观音</u>。

美丽通称。

<u>人老成精</u>，我知道的事情多咧。

自嘲意。

大伙儿取乐，<u>你唱歌</u>，可值得？

言你一个人胡说乱扯。

你真是<u>拗手扳罾</u>，我不同你说了。

言故意扭着。

挂一条写有<u>扁阔红黑大字体的长幡信</u>，在秋阳微风中飘荡。

税局多用此种长幡标识。

橘子园主人和一个老水手

吕家坪离辰溪县约一百四十里
事实上只七十里。

有几所庙宇，敬奉的是火神、伏波元帅，以及骑虎的财神、
外帮商人集会的天后宫，象征当地人民的希望和理想。
各地差不多，都是这几种神庙。

依赖飘乡为生的江西、宝庆小商人，且带了冰糖、青盐……
以及其他百凡杂货，就地搭棚子做生意。
卖布的多江西人，卖纸的多宝庆人，卖烟的多福建人。

麻俐
敏捷溜刷意思。

因为橘子庄口整齐
件数大小。

三舱四橹小鳅鱼头船
岳珂《金陀粹编》上即道及此船名。头方而微圆，像鳅鱼头形

状。船身坚实，深舱高桅，在沅水称"大船"。

较大的一个，十七岁时就嫁给了桐木坪贩朱砂的田家做媳妇
去了

桐木坪在黔湘边境，出朱砂，多田、杨二姓。

在一家兄弟姐妹中年龄最小，所以名叫天天。

水擒杨幺，江湖上的小伙计称"老幺"，均最小的称呼。

正常的如粮赋、粮赋附加捐、保安附加捐……

删去甚多。

几只"水上漂"又从不失事

船只通称。

青浪滩

沅水最险滩水。

真正是一点老根子都完了。

老本钱。

烧个包谷棒

玉米。

记起过去一时镇上人和三黑子对水上警察印象的褒贬。因为事情不大近人情，话有点野，说不出口，说来恐犯忌讳，所以只是笑笑。

删去了一大段。

翁子洞
在桃源上游。

这些不要脸家伙到我们**这里洋财**也发够了，
系非分之财形容词。

吊起骡子讲价钱
俗语。意以为到了手，逃不脱也。

该死的，发瘟的
骂为畜生也。

不赶快跑就活捉张三
用戏文上俗语。

大爷，等一会儿吧
哥哥意思。

用鸡脚黄连封住我的口

鸡脚黄连味极苦。

天塌了有高长子顶，地陷了有大胖子填。
言一切大事都有人负责，不必担心。

铜湾溪
快到辰河与沅水会流处一个码头，去吕家坪甚远。

茅包
糊涂也。

齐梁桥洞
能容上万人的洞。

老舵把子
称老掌舵的，系尊敬称呼。

吕家坪的人事

在小码头做大老板太久，因之有一点隐逸味，有点泥土气息。
因为事情不多。

会长把这个收据过目后，轻轻地叹了一口气，"作孽！"便把收据还给了管事。

因为想起保安队的敲诈。

桃花油
三月开榨的油名称。

好在橘子树多，总挤不干。
指官方敲诈借故要钱。

都有背脊骨
有后台意。有人撑腰意。

比那一位皮带带强
指队长。

牙齿不太长
不太贪多意。

半串儿
五千。

丁拐儿
三千。

听他说，桃源转调来的那一位，才真有手段！什么什么费，起码是半串儿，丁拐儿。谁知道他们放了多少枪，打中了猫头鹰、九头鸟？

借名剿匪用子弹费。

"二方"
二万故意说"二方"以见俏皮。

尤家巷
沅陵妓女住处。

老总
指蒋。

手气
指玩牌气运。

当裤子
言输到把裤子当去。

包票
保证胜利的文件。

敲边鼓

从旁说话也。

这畜生一出现，就搅得个庄稼人睡觉不安

本有挖苦意，隐而不显。

税局凡是用船装来运去的，上税时经常都有个一定规则，对于橘柚便全看办事人员兴致，随便估价。

本地多不上税。

特货的售款，临时开借

烟款与其他借故捐款。

周管事，你怎么就回来了？好个神行太保。

借小说上的戴宗称呼。

箱子岩

在沅水中部辰溪县下游。

算盘珠子怎么划的？

意思是怎么打算。

"拉屎抢头一节"

俚语，言一切事都应占先。

差不多去了个"抓老官"数目，才免带过。
五百元。

我们这里那一位，这一年来会不会找上五串了吧。
五千元故用说五串制钱。

会长微笑点点头，"怕不是协叶合苏？"
切口语。

横石滩
在沅陵下数十里大滩。

末了自然还是那个玩意儿一来就了事。
指贿赂。

我们来到你这鬼地方受罪，为什么？不是为……！
这里被删扣甚多。

闷胡子
酒。

双台席面
吃花酒。

家中倒不用管，<u>自有办法</u>。天有眼睛，自然一报还一报。
此言家中女人又让人嫖。

<u>纵上河要办</u>，一定是大城里先办，乡下不用办。
指沅水上游。

以为天天在家里<u>耳朵会红</u>。
俗谓被人说及本人耳热。

"嗨，伢俐，个么朽，放大炮，伤脑筋！"
长沙话。

<u>叫雀儿</u>
意为善叫而无用之鸟。

所以商会会长照例便成了当地"<u>小孟尝</u>"
指好客如孟尝君。

吸鸦片烟在当地已<u>不时髦</u>
因为时髦的烟是三五字香烟、大司令、吉士。

<u>公事上人</u>
出差的军警政。

副爷

对于兵士的通称。

船还在潭湾，<u>三四天后</u>才到得了，大小一共六只。

事实距离只数十里，一天多点可到达。

大乌开

大海参。

买橘子

吃闷盆

上当通称。意谓如吃一盆冲菜，不受用又说不出口。

打圆成

掇串成就其事。

磨牙巴骨

说空话。

真是个<u>在石板上一跌两节</u>的人，

此本指脆而实心的甘蔗，通借喻人不圆通的形容。

你倒拿羊起来了

装模作样。

你难道还到南京大理院去告他?

意即天高皇帝远，你奈何不得他。

三尾子

太监丑角，跟班丑角。

刺莓果

野蔷薇果子，可吃，可泡酒。味极浓香。

中了毒要灌粪清才会吐出来的! 说不得还派人来讨大便讲人情，多费事!

因为俗说中某家蛊毒，得向某家讨粪清汁作解毒剂。

那些野生的东西不要管它，不久就会死的!

双关语。

存心马扁儿

作骗子。

一有事总不免麻烦

到了上游<u>二百五十里</u>的麻阳县城里去
事实上只百三十里左右。

<u>汉庄五舱子鳅鱼头船</u>
汉口号上五舱大船，这些船因载重大，必水发方能下行。

我们水上漂和水中<u>摆尾子</u>一样，有水地方都要去。
鱼俗称。

<u>岩门石羊哨</u>
辰河上游支流二码头，去凤凰只二十里。

那队长正同本部特务长清算一笔<u>古怪账目</u>
指贩烟土蚀本损失。

<u>海菜席</u>
席面主菜用海参，在乡下当为贵重一等席。

<u>划干龙船的</u>

乞丐中一种，负傩父傩母二神到处乞讨，到人家必敲小门唱神曲，有打发方走开。

土老老
乡巴佬也。

就顺猫猫毛理了一理
附和下去，言如理猫毛。

队长是受过高等教育的革命军人（说到这里时两人都笑笑，笑的意思却不大相同）
会长有讽刺意，队长却以为是尊敬。

"大开刀"
橘子中最大一种，乡下通名"开刀"，或指可以切开吃。

抓老官好，不能再多！
纳贿五百元。

枫木坳

田兴恕
同治元年云贵总督。

八面山

在湘川边境，四面壁立，上有平田沃野，有水井，唯缺盐，常为土匪所据。

说的准账

说的话算话意思。

乌趋抹黑

一片黑的形容词。

园当上

园尽头处。

葛粉

用凤尾草根捣碎，沉淀出来，比藕粉粗些，然而浓些。可做粉皮及其他食物。即伯夷叔齐度日子所吃！

绩麻织布

乡村中妇女工作之余，所有绩麻织布成绩，多属私财。未嫁的属于妆奁，已嫁的属于儿女添补。

铜仁船

辰河尽头黔属船。

蒸的不够煮的够

以蒸谐真，故意说笑。

籰

绕棉纱用的八角形竹器。

溶口

行船总水道。

黄布龙东

黄色形容词。意即一片黄。

水杨柳

水杨柳叶黄干赤而细软。

铜湾溪

在辰河近沅水处，去吕家坪真正距离约六十里，一天可达。

成天有上百两只脚的大耗子翻过这个山坳

指过路人。

派人下浦市赶戏班子

因为浦市系沅水一码头，离吕家坪真正距离约百里不及。地方出戏子，炮竹，肥人。

这个神仙<u>大腿骨一定可当打鼓棒了</u>。
言早已死去多日。

有什么大事等我老了来做？怕不是两脚一伸，那个"<u>当大事</u>"吧。
死时门前多写此三字。

老水手常听人说"委员"，委员在他印象中可不大好。就像是个又多事又无知识的城里人，下乡来虽使得一般乡下人有些敬畏，事实上一切所作所为都十分可笑。坐了三丁拐轿子多处乡村里串去，搅得个鸡犬不宁，闹够了，想回省去时，就把人家母鸡腊肉带去做路菜。
事实上各厅委员下乡就只能给人这么一个印象。

省里委员到我们镇上来，只会捉肥母鸡吃，<u>懂得什么天地玄黄、宇宙洪荒？</u>
言《千字文》首二句就不懂！

巧而不巧

你这叶子真好看！卖不卖？这是<u>红叶</u>！

双关意。

意思恰恰像是事不干己，乐得<u>看水鸭子打架</u>。
此语意为不问胜败自己终是个旁观者。

队长误会了两人的笑意，还以为<u>话有了边</u>，冬瓜葫芦一片藤，总牵得上篱笆。
俗语，意即接上了头，不落空，如船泊岸有边也。

除了福音堂洋人看见我乌趋抹黑，<u>待捉我去熬膏药</u>，你说谁？
俗语，黑得可以熬膏药。

中南门尤家巷小婊子，成天在中南门码头边看船，就单单捉拿你这样老实人。我不知道？满满什么事都知道。我还知道她名字叫荷花，今年十九岁，属鼠，五月二十四生日，脸白生生的，细眉细眼，荷包嘴……
老水手故意开玩笑，编成一套故事。似乎既有名有姓，三黑子就抵赖不过。

我是个<u>空老官</u>！
俗语。"老官"二字亦不尽用在形容人，数目如"抓老官"亦可以。

204

<u>闹药</u>
毒药迷药。

有<u>一星一米</u>还是上次买橘子留下的强梁霸道印象所起反感
一点儿。

<u>幸亏会长打圆全解围</u>
成全其事，解除困难。

社　戏

治你个诬告父母官的罪，先把你这刁顽在脚踝骨上打一百个
<u>洛阳棒</u>再说。
在脚踵螺丝骨上敲打，重的约三十下即可将骨髓敲出。

<u>沙脑壳</u>
本地人称长沙人及一般下湖南人。

长顺因演戏事约集本村人在<u>伏波宫</u>开会，商量看这戏演不
演出。
此伏波宫系萝卜溪的，不是吕家坪保安队那个庙。

赌桌上既抽了税，因此不再有叫朋友和部队中伙夫押白注流氓。

大戏
通称木傀儡为"小戏"，人唱的为"大戏"。

口中嘘嘘地吃辣子羊肉面，
因为照例加许多辣子。

点戏的花个一百八十，就可出点小风头，引起观众注意。
这是个虚数，意即花个百十元钱。

广舶子
辰溪人装石灰船通称"广舶子"，深舱大腹。

副爷
兵士通称。

金堂叶子烟
四川草烟叶，极佳。

天天向三黑子说："三哥，你做了主席，可记着，河务局长要派归满满！"
还是说他信口开合以谐"长于开河"。

十二月十五校毕，去《边城》完成刚满十年。时阳光满室。长荣、子和、老三等战死已二年。陈敬摔车死去已一年。得余离开军职已三年，季韬、君健两师部队在湘中被击溃亦已四个月。重读本文序言，"骤然而来的风雨，说不定会把许多人高尚的理想，卷扫摧残，弄得无踪无迹。然而一个人对于人类前途的热忱，和工作的虔敬态度，是应当永远存在，且必然能给后来者以极大鼓励的！"这热忱与虔敬态度，唯一希望除了我用这支笔来写它，谁相信，谁明白？然而我这支笔到当前环境中，能写些什么？纵写出来又有什么意义？逝者如斯，人生可悯。

从文　桃源新村第八栋茅屋中

卅四年①一月四日注

---

① 1945 年。

龙

朱

写在《龙朱》一文之前

　　这一点文章，作在我生日，送与那供给我生命，父亲的妈，与祖父的妈，以及其同族中仅存的人一点薄礼。

　　血管里流着你们民族健康的血液的我，二十七年的生命，有一半为都市生活所吞噬，中着在道德下所变成虚伪庸懦的大毒，所有值得称为高贵的性格，如像那热情、与勇敢、与诚实，早已完全消失殆尽，再也不配说是出自你们一族了。

　　你们给我的诚实、勇敢、热情、血质的遗传，到如今，向前证实的特性机能已荡然无余，生的光荣早随你们已死去了。皮面的生活常使我感到悲恸，内在的生活又使我感到消沉。我不能信仰一切，也缺少自信的勇气。

　　我只有一天忧郁一天下来。忧郁占了我过去生活的全部，未来也仍然如骨附肉。你死去了百年另一时代的白耳族王子，你的

211

光荣时代，你的混合血泪的生涯，所能唤起这被现代社会蹂躏过的男子的心，真是怎样微弱的反应！想起了你们，描写到你们，情感近于被阉割的无用人，所有的仍然还是那忧郁！

第一　说这个人

白耳族苗人中出美男子，仿佛是那地方的父母全曾参预过雕塑阿波罗神的工作，因此把美的模型留给儿子了。族长儿子龙朱年十七岁，为美男子中之美男子。这个人，美丽强壮像狮子，温和谦驯如小羊。是人中模型。是权威。是力。是光。种种比譬全是为了他的美。其他的德行则与美一样，得天比平常人都多。

提到龙朱相貌时，就使人生一种卑视自己的心情。平时在各样事业得失上全引不出妒嫉的神巫，因为有次望到龙朱的鼻子，也立时变成小气，甚至于想用钢刀去刺破龙朱的鼻子。这样与天作难的倔强野心却生之于神巫，到后又却因为这美，仍然把这神巫克服了。

白耳族，以及乌婆、猓猓、花帕、长脚各族，人人都说龙朱相貌长得好看，如日头光明，如花新鲜。正因为说这样话的人太多，无量的阿谀，反而烦恼了龙朱了。好的风仪用处不是得阿谀

（龙朱的地位，已就应当得到各样人的尊敬歆羡了）。既不能在女人中煽动勇敢的悲欢，好的风仪全成为无意思之事。龙朱走到水边去，照过了自己，相信自己的好处，又时时用铜镜观察自己，觉得并不为人过誉。然而结果如何呢？因为龙朱不像是应当在每个女子理想中的丈夫那么平常，因此反而与妇女们离远了。

女人不敢把龙朱当成目标，做那荒唐艳丽的梦，并不是女人的错。在任何民族中，女子们，不能把神做对象，来热烈恋爱，来流泪流血，不是自然的事吗？任何种族的妇人，原永远是一种胆小知分的兽类，要情人，也知道要什么样情人为合乎身份。纵其中并不乏勇敢不知世故的女子，也自然能从她的不合理希望上得到一种好教训。相貌堂堂是女子倾心的原由，但一个过分美观的身材，却只做成了与女子相远的方便。谁不承认狮子是孤独？狮子永远是孤独，就只为了狮子全身的纹彩与众不同。

龙朱因为美，有那与美同来的骄傲不？凡是到过青石冈的苗人，全都能赌咒做证，否认这个事。人人总说总爷的儿子，从不用地位虐待过人畜，也从不闻对长年老辈妇人女子失过敬礼。在称赞龙朱的人口中，总还不忘同时提到龙朱的相貌。全砦中，年轻汉子们，有与老年人争吵事情时，老人词穷，就必定说，我老了，你青年人，干吗不学龙朱谦恭待长辈？这青年汉子，若还有羞耻心存在，必立时遁去，不说话，或立即认错，作揖赔礼。一个妇人与人谈到自己儿子，总常说，儿子若能像龙朱，那就卖自己与江西布客，让儿子得钱花用，也愿意。所有未出嫁的女人，都想自己将来有个丈夫能与龙朱一样。所有同丈夫吵嘴的妇人，说到丈夫时，总说你不是龙朱，真不配管我磨我；你若是龙朱，我做牛做马也甘心情愿。

还有，一个女人同她的情人，在山峒里约会，男子不失约，女人第一句赞美的话总是"你真像龙朱"。其实这女人并不曾同龙朱有过交情，也未尝听到谁个女人同龙朱约会过。

一个长得太标致的人，是这样常常容易为别人把名字放到口上咀嚼！

龙朱在本地方远远近近，得到的尊敬爱重，是如此。然而他是寂寞的。这人是兽中之狮，永远当独行无伴！

在龙朱面前，人人觉得是卑小，把男女之爱全抹杀，因此这族长的儿子，却永无从爱女人了。女人中，属于乌婆族，以出产多情多才貌女子著名地方的女人，也从无一个敢来在龙朱面前，闭上一只眼，荡着她上身，同龙朱挑情。也从无一个女人，敢把她绣成的荷包，掷到龙朱身边来。也从无一个女人敢把自己姓名与龙朱姓名编成一首歌，来到跳年时节唱。然而所有龙朱的亲随，所有龙朱的奴仆，又正因为美，正因为与龙朱接近，如何的在一种沉醉狂欢中享受这些年轻女人小嘴长臂的温柔！

"寂寞的王子，向神请求帮忙吧。"

使龙朱生长得如此壮美，是神的权力，也就是神所能帮助龙朱的唯一事。至于要女人倾心，是人为的事啊！

要自己，或他人，设法使女人来在面前唱歌，狂中裸身于草席上面献上贞洁的身，只要是可能，龙朱不拘牺牲自己所有何物，都愿意。然而不行。任怎样设法，也不行。七梁桥的洞口终于有合拢的一日，有人能说在这高大山洞合拢以前，龙朱能够得到女人的爱，是不可信的事。

不是怕受天责罚，也不是另有所畏，也不是预言者曾有明示，也不是族中法律限止，自自然然，所有女人都将她的爱情，给了一个男子，轮到龙朱却无分了。民族中积习，折磨了天才与英雄，不是在事业上粉骨碎身，便是在爱情中退位落伍，这不是仅仅白耳族王子的寂寞，他一种族中人，总不缺少同样故事！

在寂寞中龙朱用骑马猎狐以及其他消遣把日子混过了。

日子过了四年，他二十一岁。

四年后的龙朱，没有与以前日子龙朱两样处，若说无论如何可以指出一点不同来，那就是说如今的龙朱，更像一个好情人了。年龄在这个神工打就的身体上，加上了些更表示"力"的东西，应长毛的地方生长了茂盛的毛，应长肉的地方增加了结实的肉。一颗心，则同样因为年龄所补充的，是更其能顽固的预备要爱了。

他越觉得寂寞。

虽说七梁洞并未有合拢，二十一岁的人年纪算轻，来日正长，前途大好，然而什么时候是那补偿填还时候呢？有人能做证，说天所给别的男子的，幸福与苦恼，也将同样给龙朱吗？有人敢包，说到另一时，总有女子来爱龙朱吗？

白耳族男女结合，在唱歌。大年时，端午时，八月中秋时，以及跳年刺牛大祭时，男女成群唱，成群舞，女人们，各穿了峒锦衣裙，各戴花擦粉，供男子享受。平常时，在好天气下，或早或晚，在山中深洞，在水滨，唱着歌，把男女吸到一块来，即在太阳下或月亮下，成了熟人，做着只有顶熟的人可做的事。在此习惯下，一个男子不能唱歌他是种羞辱，一个女子不能唱歌她不会得到好的丈夫。抓出自己的心，放在爱人的面前，方法不是钱，不是貌，不是门阀也不是假装的一切，只有真实热情的歌。所唱的，不拘是健壮乐观，是忧郁，是怒，是恼，是眼泪，总之还是歌。一个多情的鸟绝不是哑鸟。一个人在爱情上无力勇敢自白，那在一切事业上也全是无希望可言，这样人绝不是好人！

那么龙朱必定是缺少这一项，所以不行了。

事实又并不如此。龙朱的歌全为人引作模范的歌，用歌发誓的男子妇人，全采用龙朱誓歌那一个韵。一个情人被对方的歌窘倒时，总说及胜利人拜过龙朱做歌师傅的话。凡是龙朱的声音，别人都知道。凡是龙朱唱的歌，无一个女人敢接声。各样的超凡入圣，把龙朱摒除于爱情之外，歌的太完全太好，也仿佛成为一种吃亏理由了。

有人拜龙朱做歌师傅的话，也是当真的。手下的佣人，或其他青年汉子，在求爱时腹中歌词为女人逼尽，或者爱情扼着了他的喉咙，歌不出心中的事时，来请教龙朱，龙朱总不辞。经过龙朱的指点，结果是多数把女子引到家，成了管家妇。或者到山峒中，互相把心愿了销。熟读龙朱的歌的男子，博得美貌善歌的女人倾心，也有过许多人。但是歌师傅永远是歌师傅，直接要龙朱教歌的，总全是男子，并无一个青年女人。

龙朱是狮子，只有说这个人是狮子，可以做我们对于他的寂寞得到一种解释！

年轻女人到什么地方去了呢？懂到唱歌要男人的，都给一些歌战胜，全引诱尽了。凡是女人都明白情欲上的固持是一种痴处，所以女人宁愿意减价卖出，无一个敢屯货在家。如今是只能让日子过去一个办法，因了日子的推迁，希望那新生的犊中也有那不怕狮子的犊在。

　　龙朱是常常这样自慰着度着每个新的日子的。我们也不要把话说尽，在七梁桥洞口合拢以前，也许龙朱仍然可以遇着与这个高贵的人身份相称的一种机运！

第二　说一件事

中秋大节的月下整夜歌舞，已成了过去的事了。大节的来临，反而更寂寞，也成了过去的事了。如今是九月。打完谷子了。打完桐子了。红薯早挖完全下地窖了。冬鸡已上孵，快要生小鸡了。连日晴明出太阳。天气冷暖宜人。年轻妇人全都负了柴耙同笼上坡耙草。各处坡上都有歌声。各处山峒里，都有情人在用干草铺就并撒有野花的临时床上并排坐或并头睡。这九月是比春天还好的九月。

龙朱在这样时候更多无聊。出去玩，打鸠本来非常相宜，然而一出门，就听到各处歌声，到许多地方又免不了要碰到那成双的人，于是大门也不敢出了。

无所事事的龙朱，每天只在家中磨刀。这预备在冬天来剥豹皮的刀，是宝物，是龙朱的朋友。无聊无赖的龙朱，是正用着那"一日数摸挲剧于十五女"的心情来爱这宝刀的。刀用油在一方小石上磨了多日，光亮到暗中照得见人，锋利到把头发放到刀口，吹一口气发就成两截，然而还是每天把这刀来磨的。

某天，一个比平常日子似乎更像是有意帮助青年男女"野餐"的一天，黄黄的日头照满全村，龙朱仍然磨刀。

在这人脸上有种孤高鄙夷的表情，嘴角的笑纹也变成了一条对生存感到烦厌的线。他时时凝神听察堡外远处女人的尖细歌声，又时时望天空。黄的日头照到他一身，使他身上作春天温暖。天是蓝天，在蓝天做底的景致中，常常有雁鹅排成八字或一字写在那虚空。龙朱望到这些也不笑。

什么事把龙朱变成这样阴郁的人呢？白耳族，乌婆族，猓猓，花帕，长脚……每一族的年轻女人都应负责，每一对年轻情人都应致歉。妇女们，在爱情选择中遗弃了这样完全人物，是委娜丝神不许可的一件事，是爱的耻辱，是民族灭亡的先兆。女人们对于恋爱不能发狂，不能超越一切利害去追求，不能选她顶欢喜的一个人，不论是白耳族还是乌婆族，总之这民族无用，近于中国汉人，也很明显了。

龙朱正磨刀，一个矮矮的奴隶走到他身边来，伏在龙朱的脚边，用手攀他主人的脚。

龙朱瞥了一眼，仍然不作声，因为远处又有歌声飞过来了。

奴隶抚着龙朱的脚也不作声。

过了一阵，龙朱发声了，声音像唱歌，在揉和了庄严和爱的调子中挟着一点愤懑，说："矮子你又不听我话，做这个样子！"

"主，我是你的奴仆。"

"难道你不想做朋友吗？"

"我的主，我的神，在你面前我永远卑小。谁人敢在你面前平排？谁人敢说他的尊严在美丽的龙朱面前还有存在必须？谁人不愿意永远为龙朱做奴做婢？谁……"

龙朱用顿足制止了矮奴的奉承，然而矮奴仍然把最后一句"谁个女子敢想爱上龙朱？"恭维得不得体的话说毕，才站起。

矮奴站起了，也仍然如平常人跪下一般高。矮人似乎真适宜于做奴隶的。

龙朱说："什么事使你这样可怜？"

"在主面前看出我的可怜，这一天我真值得生存了。"

"你太聪明了。"

"经过主的称赞，呆子也成了天才。"

"我问你，到底有什么事？"

"是主人的事，因为主在此事上又可见出神的恩惠。"

"你这个只会唱歌不会说话的人，真要我打你了。"

矮奴到这时，才把话说到身上。这个时候他哭着脸，表示自己的苦恼失望，且学着龙朱生气时顿足的样子。这行为，若在别人猜来，也许以为矮子服了毒，或者肚脐被山蜂所螫，所以做这样子，表明自己痛苦，至于龙朱，则早已明白，猜得出这样的矮子，不出赌输钱或失欢女人两事了。

龙朱不作声，高贵地笑，于是矮子说："我的主，我的神，我的事瞒不了你的，在你面前的仆人，是又被一个女子欺侮了。"

"你是一只会唱谄媚曲子的鸟，被欺侮是不会有的事！"

"但是，主，爱情把仆人变蠢了。"

"只有人在爱情中变聪明的事。"

"是的，聪明了，仿佛比其他时节聪明了点，但在一个比自己更聪明的人面前，我看出我自己蠢得像猪。"

"你这土鹦哥平日的本事在什么地方去了？"

"平时哪里有什么本事呢，这只土鹦哥，嘴巴大，身体大，唱的歌全是学来的歌，不中用。"

"把你所学的全唱过，也就很可以打胜仗了。"

"唱过了，还是失败。"

龙朱就皱了一皱眉毛，心想这事怪。

然而一低头，望到矮奴这样矮；便了然于矮奴的失败是在身体，不是在咽喉了，龙朱失笑地说："矮东西，莫非是为你相貌把你事情弄坏了？"

"但是她并不曾看清楚我是谁。若说她知道我是在美丽无比的龙朱王子面前的矮奴，那她定为我引到老虎洞做新娘子了。"

"我不信你。一定是土气太重。"

"主，我赌咒。这个女人不是从声音上量得出我身体长短的人。但她在我歌声上，却把我心的长短量出了。"

龙朱还是摇头，因为自己是即或见到矮人在前，至于度量这矮奴心的长短，还不能够的。

"主，请你信我的话。这是一个美人，许多人唱枯了喉咙，还为她所唱败！"

"既然是好女人，你也就应把喉咙唱枯，为她吐血，才是爱。"

"我喉咙是枯了，才到主面前来求救。"

"不行不行，我刚才还听过你恭维了我一阵，一个真真为爱情绊倒了脚的人，他绝不会又能爬起来说别的话！"

"主啊，"矮奴摇着他的大的头颅，悲声地说道，"一个死人在主面前，也总有话赞扬主的完全的美，何况奴仆呢。奴仆是已为爱情绊倒了脚，但一同主人接近，仿佛又勇气勃勃。主给人的勇气比何首乌补药还强十倍。我仍然要去了。让人家战败了我也不说是主的奴仆，不然别人会笑主用着这样的蠢人，丢了白耳族的光荣！"

矮奴就走了。但最后说的几句话，激起了龙朱的愤怒，把矮子叫着，问，到底女人是怎样的女人。

矮奴把女人的脸，身，以及歌声，形容了一次。矮奴的言语，正如他自己所称，是用一支秃笔与残余颜色，涂在一块破布上的。在女人的歌声上，他就把所有白耳族青石冈地方有名的出产比喻净尽。说到像甜酒，说到像枇杷，说到像三羊溪的鲫鱼，说到像狗肉，仿佛全是可吃的东西。矮奴用口作画的本领并不整脚。

在龙朱眼中，是看得出矮奴饿了，在龙朱心中，则所引起的，似乎也同甜酒狗肉引起的欲望相近。他因了好奇，不相信，就为矮奴设法，说同到矮奴一起去看。

正想设法使龙朱快乐的矮奴，见到主人要出去，当然欢喜极了，就着忙催主人快出砦门到山中去。

不到一会儿这白耳族的王子就到山中了。

藏在一积草后面的龙朱，要矮奴大声唱出去，照他所教的唱。先不闻回声。矮奴又高声唱，在对山，在毛竹林里，却答出歌来了。音调是花帕族中女子的音调。

龙朱把每一个声音都放到心上去，歌只唱三句，就止了。有一句留着待唱歌人解释。龙朱就告给矮奴答复这一句歌。又教矮奴也唱三句出去，等那边解释，歌的意思是：凡是好酒就归那善于唱歌的人喝，凡是好肉也应归善于唱歌的人吃，只是你好的美的女人应当归谁？

女人就答一句，意思是：好的女人只有好男子才配。她且即刻又唱出三句歌来，就说出什么样男子是好男子的称呼。说好男子时，提到龙朱的名，又提到别的个人的名，那另外两个名字却是历史上的美男子名字，只有龙朱是活人，女人的意思是：你不是龙朱，又不是××××，你与我对歌的人究竟算什么人？

"主，她提到你的名！她骂我！我就唱出你是我的主人，说她只配同主人的奴隶相交。"

龙朱说："不行，不要唱了。"

"她胡说，应当要让她知道是只够得上为主人搓脚的女子！"

然而矮奴见到龙朱不作声，也不敢回唱出去了。龙朱的心是深深沉到刚才几句歌中去了，他料不到有女人敢这样大胆。虽然许多女子骂男人时，都总说："你不是龙朱。"这事却又当别论了。因为这时谈到的正是谁才配爱她的问题，女人能提出龙朱名字来，女人骄傲也就可知了。龙朱想既然是这样，就让她先知道矮奴是自己的佣人，再看情形是如何。

于是矮奴照到龙朱所教的，又唱了四句。歌的意思是：吃酒糟的人何必说自己量大，没有根底的人也休想同王子要好，若认为掺了水的酒总比酒糟还行，那与龙朱的佣人恋爱也就可以写意了。

谁知女子答得更妙，她用歌表明她的身份，说，只有乌婆族的女人才同龙朱佣人相好，花帕族女人只有外族的王子可以论交，至于花帕苗中的自己，是预备在白耳族与男子唱歌三年，再来同龙朱对歌的。

矮子说："我的主，她尊视了你，却小看了你的仆人，我要解释我这无用的人并不是你的仆人，免得她耻笑！"

龙朱对矮奴微笑，说："为什么你不说应当说'你对山的女子，胆量大就从今天起来同我龙朱主人对歌'呢？你不是先才说到要她知道我在此，好羞辱她吗？"

矮奴听到龙朱说的话，还不很相信得过，以为这只是主人的笑话。他哪里会想到主人因此就会爱上这个狂妄大胆的女人。他以为女人不知对山有龙朱在，唐突了主人，主人纵不生气，自己也应当生气。告女人龙朱在此，则女人虽觉得羞辱了，可是自己的事情也完了。

龙朱见矮奴迟疑，不敢接声，就打一声吆喝，让对山人明白，表示还有接歌的气概，尽女人起头。龙朱的行为使矮奴发急，矮奴说："主，你在这儿我是没有歌了。"

"你照到意思唱，问她胆子既然这样大，就拢来，看看这个如虹如日的龙朱。"

"我当真要她来？"

"当真！要来我看是什么女人，敢轻视我们白耳族说不配同花帕族女子相好！"

矮奴又望了望龙朱，见主人情形并不是在取笑他的佣人，就全答应下来了。他们于是等待着女子的歌声。稍稍过了些时间，女子果然又唱起来了。歌的意思是：对山的雀你不必叫了，对山的人你也不必唱了，还是想法子到你龙朱王子的奴仆前学三年歌，再来开口。

矮奴说："主，这话怎么回答？她要我跟龙朱的佣人学三年歌，再开口，她还是不相信我是你最亲信的奴仆，还是在骂我白耳族的全体！"

龙朱告矮奴一首非常有力的歌，唱过去，那边好久好久不回。矮奴又提高喉咙唱。回声来了，大骂矮子，说矮奴偷龙朱的歌，不知羞，至于龙朱这个人，却是值得在走过的路上撒花的。矮子烂了脸，不知所答。年轻的龙朱，再也不能忍下去了，小小心心，压着了喉咙，平平地唱了四句。声音的低平仅仅使对山一处可以明白，龙朱是正怕自己的歌使其他男女听到，因此哑喉半天的。龙朱的歌意思就是说：唱歌的高贵女人，你常常提到白耳族一个平凡的名字使我惭愧，因为我在我族中是最无用的人，所以我族中男子在任何地方都有情人，独名字在你口中出入的龙朱却仍然是独身。

不久，那一边像思索了一阵，也幽幽地唱和起来了，歌的是：你自称为白耳族王子的人我知道你不是，因为这王子有银钟的声音，本来拿所有花帕苗年轻的女子供龙朱作垫还不配，但爱情是超过一切的事情，所以你也不要笑我。所歌的意思，极其委婉谦和，音节又极其整齐，是龙朱从不闻过的好歌。因为对山的女人不相信与她对歌的是龙朱，所以龙朱不由得不放声唱了。

这歌是用白耳族顶精粹的言语，自白耳族顶纯洁的一颗心中摇着，从白耳族一个顶甜蜜的口中喊出，成为白耳族顶热情的音调，这样一来所有一切声音仿佛全哑了。一切鸟声与一切远处歌声，全成了这王子歌时和拍的一种碎声，对山的女人，从此沉默了。

龙朱的歌一出口，矮奴就断定了对山再不会有回答。这时等了一阵，还无回声，矮奴说："主，一个在奴仆当来是劲敌的女人，不在王的第二句歌已压倒了。这女人不久还说到大话，要与白耳族王子对歌，她学三十年还不配！"

　　矮奴问龙朱意见，许可不许可，就又用他不高明的中音唱道：

> 你花帕族中说大话的女子，
>
> 大话是以后不用再说了，
>
> 若你欢喜做白耳族王子仆人的新妇，
>
> 他愿意你过来见他的主同你的夫。

　　仍然不闻有回声。矮奴说，这个女人莫非害羞上吊了。矮奴说的只是笑话，然而龙朱却说出过对山看看的话了。龙朱说后就走，向谷里下去。跟到后面追着，两手拿了一大把野黄菊同山红果的，是想做新郎的矮奴。

　　矮奴常说，在龙朱王子面前，跛脚的人也能跃过阔涧。这话是真的。如今的矮奴，若不是跟了主人，这身长不过四尺的人，就绝不会像腾云驾雾一般的飞！

第三 唱歌过后一天

"狮子我说过你，永远是孤独的！"白耳族为一个无名勇士立碑，曾有过这样句子。

龙朱昨天并没有寻到那唱歌人。到女人所在处的毛竹林中时，不见人。人走去不久，只遗了无数野花。跟到各处追。还是不遇。各处找遍了，见到不少好女子，女人见到龙朱来，识与不识都立起来怯怯的如为龙朱的美所征服。见到的女子，问矮奴是不是那一个人，矮奴总摇头。

到后龙朱又重复回到女人唱歌地方。望到这个野花的龙朱，如同嗅到血腥气的小豹，虽按捺到自己咆哮，仍不免要憎恼矮奴走得太慢。其实则走在前面的是龙朱，矮奴则两只脚像贴了神行符，全不自主，只仿佛像飞。不过女人比鸟儿，这称呼得实在太久了，不怕白耳族王子主仆走得怎样飞快，鸟儿毕竟是先已飞到远处去了！

天气渐渐夜下来，各处有鸡叫，各处有炊烟，龙朱废然归家了。那想做新郎的矮奴，跟在主人的后面，把所有的花丢了，两只长手垂到膝下，还只说见到了她非抱她不可，万料不到自己是拿这女人在主人面前开了多少该死的玩笑。天气当时原是夜下来了。矮奴是跟在龙朱王子的后面，望不到主人的颜色。一个聪明的仆人，即或怎样聪明，总也不会闭了眼睛知道主人的心中事！

龙朱过的烦恼日子以昨夜为最坏。半夜睡不着，起来怀了宝刀，披上一件豹皮裿，走到堡墙上去外望。无所闻，无所见，入目的只是远山上的野烧明灭。各处村庄全睡尽了。大地也睡了。寒月凉露，助人悲思，于是白耳族的王子，仰天叹息，悲叹自己。且远处山下，听到有孩子哭，好像半夜醒来吃奶时情形，龙朱更难自遣。

龙朱想，这时节，各地各处，那洁白如羔羊温和如鸽子的女人，岂不是全都正在新棉絮中做那好梦？那白耳族的青年，在日里唱歌疲倦了的心，做工疲倦了的身体，岂不是在这时也全得到休息了么？只是那扰乱了白耳族王子的心的女人，这时究竟在什么地方呢？她不应当如同其他女人，在新棉絮中做梦。她不应当有睡眠。她应当这时来思索她所歆慕的白耳族王子的歌声。她应当野心扩张，希望我凭空而下。她应当为思我而流泪，如悲悼她情人的死去。……但是，这究竟是什么人的女儿？

烦恼中的龙朱，拔出刀来，向天作誓，说："你大神，你老祖宗，神明在左在右：我龙朱不能得到这女人做妻，我永远不与女人同睡，承宗接祖的事我不负责！若是爱要用血来换时，我愿在神面前立约，砍下一只手也不悔！"

立过誓的龙朱，回到自己的屋中，和衣睡了。睡了不久，就梦到女人缓缓唱歌而来，穿白衣白裙，头发披在身后，模样如救苦救难观世音。女人的神奇，使白耳族王子屈膝，倾身膜拜。但是女人却不理，越去越远了。白耳族王子就赶过去，拉着女人的衣裙，女人回过头就笑。女人一笑龙朱就勇敢了，这王子猛如豹子擒羊，把女人连衣抱起飞向一个最近的山洞中去。龙朱做了男子。龙朱把最武勇的力，最纯洁的血，最神圣的爱，全献给这梦中女子了。

白耳族的大神是能护佑于青年情人的，龙朱所要的，业已由神帮助得到了。

今日里的龙朱，已明白昨天一个好梦所交换的是些什么了，精神反而更充足了一点，坐到那大凳上晒太阳，在太阳下深思人世苦乐的分界。

矮奴走进院中来，仍复来到龙朱脚边伏下，龙朱轻轻用脚一踢，矮奴就乘势一个斤斗，翻然立起。

"我的主，我的神，若不是因为你有时高兴，用你尊贵的脚踢我，奴仆的斤斗绝不至于如此纯熟！"

"你该打十个嘴巴。"

"那大约是因为口牙太钝，本来是得在白耳族王子跟前的人，无论如何也应比奴仆聪明十倍！"

"唉，矮陀螺，你是又在做戏了。我告了你不知道有多少回，不许这样，难道全都忘记了么？你大约似乎把我当做情人，来练习一精粹的谄媚技能吧。"

"主，惶恐，奴仆是当真有一种野心，在主面前来练习一种技能，便将来把主的神奇编成历史的。"

"你是近来赌博又输了，总是又缺少钱扳本。一个天才在穷时越显得是天才，所以这时的你到我面前时话就特别多。"

"主啊，是的。是输了。损失不少。但这个不是金钱，是爱情！"

"你肚子这样大，爱情总是不会用尽！"

"用肚子大小比爱情贫富，主的想象是历史上大诗人的想象。不过……"

矮奴从龙朱脸上看出龙朱今天情形不同往日，所以不说了。这据说爱情上赌输了的矮奴，看得出主人有出去的样子，就改口说："主，今天这样好的天气，是日神特意为主出游而预备的天气，不出去像大不对得起神的一番好意！"

龙朱说："日神为我预备的天气我倒好意思接受，你为我预备的恭维我可不要了。"

"本来主并不是人中的皇帝，要倚靠恭维而生存。主是天上的虹，同日头与雨一块儿长在世界上的，赞美形容自然是多余。"

"那你为什么还是这样唠唠叨叨？"

"在美的月光下野兔也会跳舞，在主的光明照耀下我当然比野兔聪明一点儿。"

"够了！随我到昨天唱歌女人那地方去，或者今天可以见到那个人。"

"主啊，我就是来报告这件事。我已经探听明白了。女人是黄牛寨寨主的姑娘。据说这寨主除会酿好酒以外就是会养女儿。据说姑娘有三个，这是第三个，还有大姑娘二姑娘不常出来。不常出来的据说生长得更美。这全是有福气的人享受的！我的主，当我听到女人是这家人的姑娘时，我才知道我是癞蛤蟆。这样人家的姑娘，为白耳族王子擦背擦脚，勉勉强强。主若是要，我们就差人抢来。"

龙朱稍稍生了气，说："滚了吧，白耳族的王子是抢别人家的女儿的么？说这个话不知羞么？"

矮奴当真就把身卷成一个球，滚到院的一角去。是这样，算是知羞了。然而听过矮奴的话以后的龙朱，怎么样呢？三个女人就在离此不到三里路的寨上，自己却一无所知，白耳族的王子真是怎样愚蠢！到第三的小鸟也能到外面来唱歌，那大姐二姐是已成了熟透的桃子多日了。让好的女人守在家中，等候那命运中远方大风吹来的美男子作配，这是神的意思。但是神这意见又是多么自私！白耳族的王子，如今既明白了，也不要风，也不要雨，自己马上就应当走去！

龙朱不再理会矮奴就跑出去了。矮奴这时正在用手代足走路，做戏法娱龙朱，见龙朱一走，知道主人脾气，也忙站起身追出去。

"我的主，慢一点，让奴仆随在一旁！在笼中蓄养的雀儿是始终飞不远的，主你忙有什么用？"

龙朱虽听到后面矮奴的声音，却仍不理会，如飞跑向黄牛寨去。

快要到寨边，白耳族的王子是已全身略觉发热了，这王子，一面想起许多事，还是要矮奴才行，于是就蹲到一株大榆树下的青石墩上歇憩。这个地方再有两箭远近就是那黄牛寨用石砌成的寨门了。树边大路下，是一口大井。溢出井外的水成一小溪活活流着，溪水清明如玻璃。井边有人低头洗菜，龙朱望到这人的背影是一个女子，心就一动。望到一个极美的背影还望到一个大大的髻，髻上簪了一朵小黄花，龙朱就目不转睛地注意这背影转移，以为总可有机会见到她的脸。在那边，大路上，矮奴却像一只海豹匍匐气喘走来了。矮奴不知道路下井边有人，只望到龙朱，深恐怕龙朱冒冒失失走进寨去却一无所得，就大声嚷："我的主，我的神，你不能冒昧进去，里面的狗像豹子！虽说白耳族的王子原是山中的狮子，无怕狗道理，但是为什么让笑话留给这花帕族。"

龙朱也来不及喝止矮奴，矮奴的话却全为洗菜女人听到了。听到这话的女人，就嗤地笑。且知道有人在背后了，才抬起头回转身来，望了望路边人是什么样子。

这一望情形全了然了。不必道名通姓，也不必再看第二眼，女人就知道路上的男子便是白耳族的王子，是昨天唱过了歌今天追跟到此的王子，白耳族王子也同样明白了这洗菜的女人是谁。平时气概轩昂的龙朱看日头不映眼睛，看老虎也不动心，只略把目光与女人清冷的目光相遇，却忽然觉得全身缩小到可笑的情形中了。女人的头发能系大象，女人的声音能制怒狮，白耳族王子屈服到这寨主女儿面前，也是平平常常的一件事啊！

矮奴走到了龙朱身边，见到龙朱失神失志的情形，又望到井边女人的背影，情形明白了五分。他知道这个女人就是那昨天唱歌被主人收服的女人，且知道这时候无论如何女人也明白蹲在路旁石墩上的男子是龙朱，他不知所措对龙朱做呆样子，又用一手掩自己的口，一手指女人。

龙朱轻轻附到他耳边说："聪明的扁嘴公鸭，这时节，是你做戏的时节！"

矮奴于是咳了一声嗽。女人明知道了头却不回。矮奴于是把音调弄得极其柔和，像唱歌一样，说道："白耳族王子的仆人昨天做了错事，今天特意来当到他主人在姑娘面前赔礼。不可恕的过失是永远不可恕，因为我如今把姑娘想对歌的人引导前来了。"

女人头不回却轻轻说道："跟到凤凰飞的乌鸦也比锦鸡还好。"

"这乌鸦若无凤凰在身边，就有人要拔它的毛……"

说出这样话的矮奴，毛虽不被拔，耳朵却被龙朱拉长了。小子知道了自己猪八戒性质未脱，忙赔礼作揖。听到这话的女人，笑着回过头来，见到矮奴情形，更好笑了。

矮奴望到女人回了头，就又说道："我的世界上唯一良善的主人，你做错事了。"

"为什么？"龙朱很奇怪矮奴有这种话，所以问。

"你的富有与慷慨，是各苗族全知道的，所以用不着在一个尊贵的女人面前赏我的金银，那不要紧的。你的良善喧传远近，所以你故意这样教训你的奴仆，别人也相信你不是会发怒的人。但是你为什么不差遣你的奴仆，为那花帕族的尊贵姑娘把菜篮提回，表示你应当同她说说话呢？"

白耳族的王子与黄牛寨主的女儿，听到这话全笑了。

矮奴话还说不完，才责了主人又来自责。他说："不过白耳族王子的仆人，照理他应当不必主人使唤就把事情做好，是这样也才配说是好仆人——"

于是，不听龙朱发言，也不待那女人把菜洗好，走到井边去，把菜篮拿来挂到屈着的肘上，向龙朱映了一下眼睛，却回头走了。

矮奴与菜篮，全像懂得事，避开了，剩下的是白耳族王子同寨主女儿。

龙朱迟了许久才走到井边去。

神巫之爱

第一天的事

　　云石镇寨门外边大路上，有一群花帕青裙的美貌女子，守候一个侍候神的神巫来临。人数约五十。全是极年轻，不到二十三岁以上，各打扮得像一朵鲜花。人人猜拟到神巫必然带来神的恩惠给全村，却带了自己的爱情给女人中某一个。因此凡是寨中年轻貌美的女人，都愿意这幸福能落在她头上。她们等候那神巫来到，希望幸运留在自己身边，失望分给众人，结果就把神巫同神巫的马引到自己的家中；马安顿在马房，用麦秆草喂马，神巫安顿在她自己的房里，房间有新麻布帐子山棉做絮的房里。

　　在云石镇的女人心中，把神巫款待到家，献上自己的身，给这神之子受用，是以为比做土司的夫人还觉得荣幸的。

　　云石镇的住民，属于花帕族。花帕族的女人，正仿佛是为全世界上好男子的倾心而生长得出名美丽，下品的下品至少还有一双大眼睛与长眉毛，使男子一到面前就甘心情愿做奴当差。今天的事，却是许多稍次的女人也不敢出面竞争了。每一个女人，能多将神巫的风仪想想，又来自视，无有不气馁失神，嗒然归去的。

在一切女人心中，这男子应属于天上的人。纵代表了神，往各处降神的福佑，与自己的爱情，却从不闻这男子恋上了谁个女人。各处女人用颜色或歌声尽一切的诱惑，神巫直到如今还是独身。神巫大约在那里有所等候的天知道他等候谁。

神巫是在等待谁？生在人世间的人，不是都得渐渐老去么？美丽年轻不是很短的事么？眼波樱唇，转瞬即已消逝，神巫所挥霍抛弃的女人的热情，实在已太多了。便是今天的事，五十人中倘若有一个为神巫加了青眼，也就有其余四十九人对这青春觉到可恼。美丽的身体若无炽热的爱情来消磨，则这美丽也等于累赘。花帕族及其他各族，女人之所以精致如玉，聪明若冰雪，温柔如棉絮，也就可以说是全为了神的儿子神巫来注意的。

好的女人不必用眼睛看，也可以从其他感觉上认识出来的。神巫原是一个有眼睛的人，就更应当清楚各部落里美中完全的女人是怎样多。为完成自己一种神所派遣到人间来的意义，他一面为各族诚心祈福，一面也应当让自己的身心给一个女人所占有！

是的，这男子明白这个。他对于这事情比平常人看得更分明。他并无奢望，只愿意得到一种公平的待遇。在任何部落中总不缺少那配得他上的女人，眯着眼，抿着口，做成那欢迎他来摆布的样子。他并不忘记这事情！许多女人都能扰乱他的心，许多女人都可以差遣他流血出力。可是因为另外一种理由，终于把他变成骄傲如皇帝了。他因为做了神之子，就仿佛无做人间好女子丈夫的份了。他知道自己的风仪是使所有的女人倾倒，所以本来不必伟大的他，居然伟大下来了。他不理任何一个女人，就是不愿意放下了那其余许多美丽女子去给世上坏男子脏污。他不愿意把自己身心给某一女人，意思就是想使所有世间好女人都有对他长远倾心的机会。他认清楚神巫的职分，应当属于众人，所以他把他自己爱情的门紧闭，独身下来，尽众女人爱他。

每到一处遇到有女人拦路欢迎，这男子便把双眼闭下，拒绝诱惑。女人却多以为因自己貌陋，无从使神巫倾心，引惭退去。落了脚，找到一个宿处后，所有野心极大的女人，便来在窗外吹笛唱歌。本来窗子是开的，神巫也必得即刻关上，仿佛这歌声烦恼了他，不得安静。有时主人自作聪明，见到这种情形，必定还到门外去用恶声把逗留在附近的女人赶走，神巫也只对这头脑单纯的主人微笑，从不说主人已做错了事。

花帕族的女人，在恋爱上的野心等于猓猓族男子打仗的勇敢，所以每次闻神巫来此作傩，总有不少的女人在寨外来迎接这美丽骄傲如狮子的神巫。人人全不相信神巫是不懂爱情的男子，所以上一次即或失败，这次仍然都不缺少把神巫引到家中的心思。女子相貌既极美丽，又非常胆大，明白这地方女人的神巫，骑马前来，在路上就不得不很慢很慢地走了。

时间是烧夜火以前。神巫骑在马上，看看再翻一个山，就可以望到云石镇的寨前大梧桐树了，他勒马不前，细细地听远处唱歌声音。原来那些等候神巫的年轻女人，各人分据在路旁树荫下，盼望得太久，大家无聊唱起歌来了。各人唱着自己的心事，用那像春天的莺的喉咙，唱得所有听到的男子都沉醉到这歌声里。神巫听了又听，不敢走动。他有点害怕，前面的关隘似乎不容易闯过，女子的勇敢热情推这一镇最出名。

追随在他身后的一个仆人，肩上扛的是一切法宝，正感到沉重，压得肩背沉甸甸的，想到进了寨后找到休息的快活，见主人不即行动，明白主人的意思了。仆人说道："我的师傅，请放心，女人不是酒，酒这东西是吃过才能醉人的。"他意思是说女人是想起才醉人，当面倒无妨。原来这仆人是从龙朱的矮奴领过教的，说话的聪明机智处许多人不能及。

可是神巫装作不懂这仆人的聪明言语，很正气地望了仆人一眼。仆人在这机会上就向主人微笑，表示他什么事全清清楚楚，瞒不了他。

神巫到后无话说，近于承认了仆人的意见，打马上前了。

马先是走得很快，然而即刻又慢下来了。仆人追上了神巫，主仆两人说着话，上了一个个小小山坡。

"五羊，"神巫喊着仆人的名字，说，"今年我们那边村里收成真好！"

"做仆人的只盼望师傅有好的收成，别的可不想管它。"

"年成好，还愿时，我们不是可以多得到些钱米吗？"

"师傅，我需要铜钱和白米养家，可是你要这个有什么用？"

"没有钱我们不挨饿吗？"

"一个年轻男人他应当别一种饥饿，不是用钱可以买来的。"

"我看你近来一天脾气坏一天，说的话怪得很，必定是吃过太多的酒把人变糊涂了。"

"我自己哪知道？在师傅面前我不敢撒谎。"

"你应当节制，你的伯父是酒醉死的，那时你我都很小，我是听黄牛寨教师说的。"

"我那个伯父倒不错！酒也能醉死人吗？"他意思是女人也不能把主人醉死，酒算什么东西。

神巫却不在他的话中追究那另外意义，只提酒，他说："你总不应当再这样做。在神跟前做事的人，荒唐不得。"

"那大约只是吃酒，师傅！另外事情——像是天许可的那种事，不去做也有罪。"

"你真在亵渎神了，你这大蒜！"

照例是，主人有点生气时，就会拿佣人比蒜比葱，以示与神无从接近，仆人就不开口了。这时节坡已上了一半，还有一半上完就可以望到云石镇。在那里等候神巫来到的年轻女人，是在那里唱着歌，或吹着芦管消遣这无聊时光的。快要上到山顶，一切也更分明了。这仆人为了救济自己的过失，所以不久又开了口。

"师傅，我觉得这些女人好笑，全是一些蠢到无以复加的东西！"

随又自言自语说道："学竹雀唱歌谁稀罕？"

神巫不答理，骑在马上腰身略弯伸手摘了路旁土坎上一朵野菊花，把这花插在自己的鬓边。神巫的头上原包有一条大红锦绸首巾，配上一朵黄菊，显得更其动人的妩媚。

五羊见到神巫打扮得如此华贵，也随手摘了一朵野花插在包头上。他头上缠裹的是深黄布首巾，花是红色。有了这花仆人更像蒋平了。他在主人面前，总愿意一切与主人对称，以便把自己的丑陋衬托出主人的美好。其实这人也不是在爱情上落选的人物，世界上就正有不少龙朱矮奴所说的"吃掺了水的酒也觉得比酒糟还好的女人"，来与这神巫的仆人啮臂论交！

翻过坡，坡下寨边女人的歌声更分明了。神巫意思在此间等候太阳落坡，天空有星子出现，这些女人多数因回家煮饭去了，他就可以赶到族总家落脚。

他不让他的马下山，跳下马来，把它系在一株冬青树下，命令仆人也把肩上的重负放下休息。仆人可不愿意。

"我的主，一个英雄他应当在日头下出现！"

"五羊，我问你，老虎是不是夜间才出到溪涧中喝水？"

仆人笑，只好把一切法宝放下了。因为平素这仆人是称赞师傅为老虎的，这时不好意思说虎不是英雄。他望到他主人坐到那大青石上沉思，远处是柔和的歌声，以及忧郁的芦笛，就把一个镶银漆朱的葫芦拿给主人，请主人喝酒。

神巫是正在领略另外一种味道的，他摇头，表示不需要酒。

五羊就把葫芦的嘴亲着自己的嘴，仰头咕嘟咕嘟喝了许多酒，用手抹了一抹葫芦的嘴又抹自己的嘴，也坐在那石头上听山下唱歌。

清亮的歌，呜咽的笛，在和暖空气中使人迷醉。

日头正黄黄的晒满山坡，要等候到天黑还有大半天的时光！五羊有种脾气，不走路时就得吃喝，不吃喝时就得打点小牌，不打牌时就得睡！如今天气正温暖宜人，什么事都不宜做，五羊真愿意睡了。五羊又听到远处鸡叫狗叫，更容易引起睡眠的欲望，因此当到他主人面前张着嘴一连打了三个哈欠。

"五羊，你要睡就睡，我们等太阳落坡再动身。"

"师傅，你说的极有道理。可是你的命令我反对一半承认一半。我实在愿意在此睡一点钟或者五点钟，可是我觉得应当把我的懒惰逐去，因为有人在等候你！"

"我怕她们！我不知道这些女人为什么独对我这样多情，我奇怪得很。"

"我也奇怪！我奇怪她们对我就不如对师傅那么多情。如果世界上没有师傅，我五羊或者会幸福一点，许多人也幸福一点。"

"你的话是流入诡辩的，鬼在你身上把你变成更聪明了。"

"师傅，你过奖我了。我若聪明，早应当把一个女人占有了师傅，好让其余女子把希望的火踹熄，各自找寻她的情夫！可是如今却怎么样？因了师傅，一切人的爱情全是悬在空中。一切……"

"五羊，够了。我不是龙朱，你也莫学他的奴仆，我要的佣人只是能够听命令的人。你好好为我睡了吧。"

仆人于是听命不再作声，又喝了一口酒，把酒葫芦搁在一旁，侧身躺在大石上，用肘作枕，准备安睡。但他仍然有话说，他的口除了用酒或别的木楂头塞着时总得讲话的。他含含糊糊地说道："师傅，你是老虎！"

这话是神巫听厌了的，并不理他。

仆人便半像唱歌那样低低哼道：

一个人中的虎，因为怕女人的缠绕，不愿在太阳下见人……

不敢在太阳下见人，要星子嵌在蓝天上时才敢下山……

没有星子，我的老虎，我的主，你怎么样？

神巫知道这仆人有点醉意了，不作理会，还以为天气实在太早，尽这个人哼一阵又睡一阵也无妨于事，所以只坐到原处不动，看马吃路旁草。

仆人一面打哈欠一面又哼道：

> 黄花岗的老虎，人见了怕；猩猩族的老虎，它只怕人。

过了一会儿仆人又哼道：

> 我是个光荣的男子，花帕族小嘴长臂白脸庞女人，你们全来爱我！
> 把你们那张小小的嘴唇，把你们两条长长的手臂，全送给我，我能享受得下！
> 我的光荣随了我主人而来……

他又不唱了。他每天唱了一会儿就歇歇，像神巫在山神前念诵祷词一样。他为了解释他有理由消受女人的一切温柔，旋即把他的资格唱出。他说：

> 我是千羊族长的后裔，黔中神巫的仆人，女人都应归我。
> 我师傅怕花帕族的妇人，却还敢到云石镇上行法事，

我的光荣……

我师傅勇敢的光荣，也就应当归仆人有一份。

这个仆人哼哼唧唧时是闭上眼睛不望神巫颜色的。因了葫芦中一点酒，使他完全忘了形，对主人的无用处开起玩笑来了。

远处花帕族女人唱的歌，顺风来时字句还听得十分清楚，在半醉半睡情形中的仆人耳中，还可以得其仿佛，他于是又唱道：

你有黄莺喉咙的花帕族妇人，为什么这样发痴？

春天如今早过去了，你不必为他歌唱。

我师傅虽是美丽的男子，但并不如你们所想象的勇敢与骄傲；

因为你们的歌同你们那唱歌的嘴唇，他想逃遁，他逃遁了。

一会儿，仆人的鼾声代替了他的歌声，安睡了。这个仆人在蒙胧中唱的歌使神巫生了一点小小的气，为了他在仆人面前的自尊起见，他本想上了马一口气冲下山去。更其使他心中烦恼的，却是那山下的花帕族年轻女人歌声。那样缠绵地把热情织在歌声里，听歌人却守在一个醉酒死睡的仆人面前发痴，这究竟算是谁的过错呢？

这时节，若果神巫有胆量，跳上了马，两脚一夹把马跑下山，马项下铜串铃远远地递了知会与花帕族所有年轻女人，那在大路旁等候那瑰奇秀美的神巫人马来到面前的女人，是各自怎么样心跳血涌！五十颗年轻的、母性的、灼热的心，在腔子里跳着，然而那使这些心跳动的男子，这时节却默然坐在那大路旁，低头默想种种逃遁的方法。人间可笑的事情，真没有比这个更可笑了。

他望到仆人五羊甜睡的脸，自己又深恐有人来不敢睡去。他想起那寨边等候他来的一切女人情形，微凉的新秋的风在脸上刮，柔软的媵人的歌声飘荡到各处，一种暧昧的新生的欲望摇撼到这个人的灵魂，他只有默默地背诵着天王护身经请神保佑。

神保佑了他的仆人，如神巫优待他的仆人一样，所以花帕族女人不应当得到的爱情，仍然没有谁人得到。神巫是在众人回家以后的薄暮，清吉平安来到云石镇的。

到了住身的地方时，东家的院后大刺桐树上，正叫着猫头鹰。五羊放下了肩上的法宝，摇着头说："猫头鹰，猫头鹰，白天你虽然无法睁开眼睛，不敢飞动，你仍然不失其为英雄啊！"

那树上的一匹猫头鹰，像不欢喜这神巫仆人的赞美，扬起翅膀飞去了。神巫望到这个从龙朱矮奴学来乖巧的仆人微笑，坐下去，接受老族总双手递来的一杯蜂蜜茶。

到了夜晚，云石镇的箭坪前便成立了一座极堂皇的道场。

晚上的事

松明，火把，大牛油烛，依秩序一一燃点起来，照得全坪通明如白昼。那个野猪皮鼓，在五羊手中一个皮槌重击下，蓬蓬作响声闻远近时，神巫戎装披挂上了场。

他头缠红巾，双眉向上直竖。脸颊眉心擦了一点鸡血，红缎绣花衣服上加有朱绘龙虎黄纸符箓。手执铜刀和镂银牛角。一上场便在场坪中央有节拍地跳舞着，还用呜咽的调子念着娱神歌曲。

他双脚不鞋不袜，预备回头赤足踹上烧得通红的钢犁。那健全的脚，那结实的腿，那活泼的又显露完美的腰身旋折的姿势，使一切男人羡慕一切女子倾倒。那在鼓声蓬蓬下拍动的铜叉上圈儿的声音，与牛角呜呜喇喇的声音，使人相信神巫的周围与本身，全是精灵所在。

围看跳傩的将近一千人，小孩子占了五分之一，女子们占了五分之二，成年男子占了五分之二，一起在坛边成圈站定。小孩子善于唱歌的，便依腔随韵，为神巫凑歌。女子们则只惊眩于神巫的精灵附身半疯情形，把眼睛睁大，随神巫身体转动。

五羊这时节虽已酒醒了，但他又沉醉到一种事务中，全部精神集中在主人的踊跃行为上，匀匀地击打着身边那一面鼓。他把鼓槌按拍在鼓边上轻轻地敲，又随即用力在鼓心上打。他有时用鼓槌揉着鼓面，发出一种嘣人的声音，有时又沉重一击戛然停止。他脸为身旁的焚柴火堆熏得通红，头像个饭箩摇摆又摇摆。平时一见女人即发笑的脸上，这时却全无笑容，严重得像武庙那尊泥塑的关夫子了。

神巫把身一踊，把把一脚，再把牛角向空中画一大圈，五羊把鼓声压低下去，另外那个打锣的人也打锣稍停，忽然像从一只大冰柜中倾出一堆玻璃，神巫用他那银钟的喉咙唱出歌来了。

神巫的歌说：

> 你大仙，你大神，睁眼看看我们这里人！
> 他们既诚实，又年轻，又身无疾病，
> 他们大人能喝酒，能做事，能睡觉，
> 他们孩子能长大，能耐饥，能耐冷，
> 他们牯牛肯耕田，山羊肯生仔，鸡鸭肯孵卵，
> 他们女人会养儿子，会唱歌，会找她心中欢喜的
> 情人！
> …………
> 你大神，你大仙，排驾前来站两边！
> 关夫子身跨赤兔马，

尉迟恭手拿大铁鞭！

…………

你大仙，你大神，云端下降慢慢行！
张果老驴上得坐稳，
铁拐李脚下要小心！

…………

福禄绵绵是神恩，
和风和雨神好心，
美酒白饭当前陈，
肥猪肥羊火上烹！

…………

洪秀全，李鸿章，
你们在生是霸王，
杀人放火尽节全忠各有道，
今来坐席又何妨！

…………

慢慢吃，慢慢喝，
月白风清好过河！
醉时携手同归去，
我当为你再唱歌！

…………

神巫歌完锣鼓声音又起，人人拍手迎神，人人还呐喊表示欢迎那个唱歌的神的仆人。神巫如何使神驾云乘雾前来降福，是人不能明白知道的事，但神巫的歌声，与他那种优美迷人的舞蹈，却已先在云石镇上人人心中得到幸福与欢喜了。

神巫迎神歌唱完，帮手的宰好的猪羊心献上，神巫在神面前作揖，磕头，风车般翻了三十六个筋斗，鼓声转沉，神巫把猪羊心丢到铁锅里去，用手咬诀，喷一口唾沫，第一堂法事就完结了。

神巫退下坛来时，坐到一张板凳上休息，把头上的红巾除去，首事人献上蜜茶，神巫一手接茶一手抹除额上的汗渍。这时节，一些顽皮小孩子，已把五羊包围着了，争着抢五羊手上的鼓槌，想打鼓玩。五羊站到一张凳上不敢下来，大声咤叱那顶顽皮的正在扯他裤头的孩子。神巫这一面，则有族总，地保，甲长，与几个上年纪的地方老人陪着。

场坪上，各处全是火炬，树上也悬挂的有红灯，所以凡是在场的人皆能互相望到。神巫所在处，靠近神像边，有大如人臂的天烛，有火燎，有七星灯，所以更见得光明如昼。在火光下的神巫，虽做着神的仆人的事业，但在一切女人心中，神不可知的则数目也不可知，有凭有据的神却只应有一个，就是这神巫。他才是神。因为他有完美的身体与高尚的灵魂。神巫为众人祈福，人人皆应感谢神巫，不过神巫歌中所说的一切神，从玉皇大帝到李鸿章，若果真有灵，能给云石镇以幸福，就应把神巫分给花帕族所有的好女子，至少是这时节应当让他来在花帕族女人面前，听那些女人用敷有蜜的情歌摇动他的心，不合为一些年老男子包围保护！

这样的良夜，风又不冷，满天是星，正适宜于年轻人在洞中幽期蜜约，正适宜于在情妇身边放肆做一切顽皮的行为，正适宜于倦极做梦，把来到云石镇唱歌娱神的神巫，解下了法衣，放下了法宝，科头赤足来陪一个年轻花帕族女人往无人处去，并排坐到一个大稻草积上看天上的流星，指点那流星落去的方向，或者用药面喂着那爱吠的黄狗，悄悄从竹园爬过一重篱到一个女人窗下去轻轻拍窗边的门，女人把窗推开援引了这人进屋，神见到这天气，见到这情形，神也不至于生气！

为了神巫外貌的尊严，以及老年人保护的周密，一切女人真是徒然有了这美貌，徒然糟蹋了这一年无多几日的天气。各人的野心虽大，却无一个女人能勇敢地将神巫从火光下抢走。虽说"爱情如死之坚强"，然而任何女人，对这神巫建设的堡垒，也无从下手攻打。

休息了一会儿，第二次神巫上场，换长袍为短背心，鼓声蓬蓬打了一阵，继着是大铜锣当当地响起来，神巫吹角，角声上达天庭，一切情形复转热闹，正做着无涯好梦的人全惊醒了。

第一次法事为献牲，第二次法事为祈福。

祈福这一堂法事，情形与前一次完全两样了，照规矩，神巫得把所有在场的人叫到身边来，瞪着眼，装着神的气派，询问这人想神给他什么东西。这人实实在在说过愿心后，神巫即向鬼王瞪目，再向天神磕头，用铜剑在这人头上一画完事。在场的人若太多时，则照例只推举十来个人出场，受神巫的处置，其余也同样得到好处了。因为在大傩中的人，请求神的帮助，不出几件事：要发财，要添丁，要家中人口清吉，要牛羊孳乳，要情人不忘恩负义。纵有些人也有希望凭了神的保佑将仇人消灭的，这类不合理要求，当然无从代表。然而互相向神纳贿，则互相了销，神的威灵仿佛独于这一件事无应验，所以受神巫处置的纵多，也不能出二十个人以上。

锣鼓惊天动地地打，神巫跷起一足旋风般在场中转，只要再过一阵，把表一上，就应推举代表向前请愿了。这时在场年轻女人，都有一种野心，想在对神巫诉愿时，说着请求神把神巫给她的话。在神巫面前请求神许可她爱神巫，也得神巫爱她，是这样，神就算尽了保佑弱小的职分了。在场一百左右年轻女人，心愿莫不是要神帮忙，使神巫的身心归自己一件事，所以到了应当举出年轻女人向神请愿时，因为一种隐衷，人人皆说事是私事，只有各自向神巫陈说最好。

众女人为这事争持着，尽长辈排解也无法解决，显然明白今夜的事情糟。男子流血女人流泪全是今夜的事。他只默然不语，站在场坪中火堆前，火光照曜到这英雄如一个天神。他四顾一切争着要祈福的女人，全有着年轻美健的身体与洁白如玉的脸额，全都明明白白地把野心放在衣外，企图与这年轻神之子接近。各人的竞争，即表明各人的爱心的坚固，得失之间各人皆具有牺牲的决心。

族中当事人，也有女侄在内，情形也是大体明白了，劝阻无效，只有将权利付之神巫自己。

那族中最年高的一个，见到自己两个孙女也包了花格子布巾在场，照例族中的尊严，是长辈也无从干预年轻人恋爱，他见到这事情争持下去也不会有结果，于是站到凳上去，宣告自己的意见。

他先拍掌把一切的纷扰镇平，演说道："花帕族的姊妹们，请安静，听一个痴长九十一岁的人说几句话。

"对于祈福你们不愿意将代表举出，这是很为难的。你们的意见，是你们至上的权利，花帕族女人纯洁的心愿，我不能用高年来加以干预。我并不是不明白你们的意思。只是很为难，今天这大傩是为全镇全族做的，并不是我个人私有，也不是几个姊妹们私有。这是全镇全族的利益。这傩事，应当属于在场的公众，所以凡近于足以妨碍傩事的个人利益要求，我们是有商量考虑的必要。

"如今的夜晚天气并不很长，这还是新秋，这事也请诸位注意。若果照诸位希望，每一个人（有女人就说，并不是每一人，是我们女子！），是的，单是女子。让我来数数吧，一五，一十，十五，二十……这里像你们这样年轻的姑娘，共七十五个。或者还不止。试问七十五个女人，来到神巫身前，把心愿诉尽，又得我们这可敬爱的神巫一一了愿，是做得到的事么？你们这样办，你们的心愿神巫是知道了（他觉得说错了话又改口说），你们的心愿神已知道了，只是你们不觉得使神巫过于疲倦是不合理的事吗？这样一来到天亮还不能做第三堂法事，你们不觉得这是妨碍了其他人的利益与事务吗？

"我花帕族的女人，是知道'自由'这两个字的意义的。她知道自己的权利也知道别人的权利，你们可以拿你们自己所要求的去想想。"

有女人就说："我们想过了，这事情我们愿意决定于神巫，他必能给我们公平的办法。"

演说的老人就说道："这是顶好的，既然这样，我们就把这事情请我们所敬爱的神巫解决。来，第二的龙朱，告我们事情应当怎么办。（他向神巫）你来说一句话，事情由你做主。（女人听到这个话后全体拍手喊好。）

"不过，姊妹们，不要因为太欢喜忘了我们族中女子美德！诸位应记着花帕族女人的美德是热情的节制，男子汉才需要大胆无畏的勇敢！我请你们注意，就因为不要为我们尊敬的神巫见笑。

"诸位，安静一点，听我们的师傅吩咐吧。"

女人中，虽有天真如春风的，听族长谈到花帕族女人的美德，也安静下来了。全场除了火燎爆裂声外，就只有谈话过多的老年族总喉中发喘的声音。

神巫还是身向火燎低头无语，用手扣着那把降魔短剑。

打鼓的仆人五羊，低声说道："我的主，你不要迟疑了，我们的神对于年轻女人请求从不曾拒绝，你是神之子，应照神意见行事。"

"神的意见是常常能使他的仆人受窘的！"

"就是这样也并无恶意！应当记着龙朱的言语，年轻的人对别人的爱情不要太疏忽，对自己的爱情不要太悭吝。"

神巫想了一会儿，就抬起头来，朗朗说道："诸位伯叔兄弟，诸位姑嫂姊妹，要我说话我的话是很简单的。神是公正的，凡是分内的请求他无拒绝的道理。神的仆人自然应为姊妹们服务，只请求姊妹们把希望容纳在最简单的言语里，使时间不至于耽搁过多。"

说到此，众人复拍手，五羊把鼓打着，神巫舞着剑，第一个女子上场到神巫身边跪下了。

神巫照规矩瞪眼厉声问女人，仿佛口属于神，眼睛也应属于神，自己全不能审察女人口鼻眼的美恶。女人轻轻地战栗地把她的愿心说出，她说："师傅我并无别的野心，我只请求神让我做你的妻，就是一夜也好。"

神巫听到这吓人的愿心，把剑一扬，喝一声"走"，女人就退了。

第二个来时，说的话却是愿神许他做她的夫，也只要一天就死而无怨。

第三个意思也不外乎此，不过把话说得更委婉一点。

第四第五……照秩序下去全是一个样子，全给神巫瞪目一喝就走了。人人先仿佛觉到自己无希望，说给这人听过后，心却释然。以为别的女子也许野心太大，请神帮忙的是想占有神巫全身，所以神或者不能效劳，至于自己则所望不奢，神若果是慈悲的，就无有不将怜悯扔给自己的道理。人人仿佛向神预约了一种幸福，所有的可以作为凭据的券就是临与神巫离开时那一瞪。事情的举行出人意料的快，不到一会儿在场想与神巫接近一致心事的年轻女人就全受福了。女人事情一毕，神巫稍稍停顿了跳跃，等候那另外一种人的祈福。在这时，忽然跑过了一个不到十六岁的小女孩，赤了双脚，披了长长的头发，像才从床上爬起，穿一身白到神巫面前跪下，仰面望着神巫。

神巫也瞪目望女人，望到女人一对眼，黑睛白仁像用宝石镶成，才从水中取出安置到眶中。那眼眶，又是《庄子》一书上的巧匠手工做成的。她就只把那双眼睛瞅定神巫，她的请求简单到一个字也不必说，而又像是已经说得太多了。

他在这光景下有点炫目，眼睛虽睁大，不是属于神，应属于自己了。他望到这女人眼睛不旁瞬，女人也不作声，眼中却像是那么说着："跟了我去吧，你神的仆，我就是神！"

这神的仆人，可仍然把心镇住了，循例地大声地喝道："什么事，说！"

女人不答应，还是望到这神巫，美目流盼，要说的依然像是先前那种意思。

这神巫有点迷乱、有点摇动了，但他不忘却还有一百左右的花帕族美貌年轻女子在周围，故旋即又吼问了一声是为什么事。

女人不作答，从那秀媚通灵的眼角边浸出两滴泪来了。仆人五羊的鼓声催得急促，天空西南角上正坠下一大流星，光芒如月。神巫望到这眼边的泪，忘了自己是神的仆人了，他把声音变成夏夜一样温柔，轻轻地问道："洞府中的仙姊妹，你有什么事你尽管说。"

女人不答理，他又更柔和地说道："你仆人是世间一个蠢人，有命令，吩咐出来我照办。"

女人到此把宽大的衣袖，擦干眼泪，把手轻轻抚摩神巫的脚背，不待神巫扬起铜剑先自退下了。

神巫正想去追赶她，却为一半疯老妇人拦着请愿，说是要神帮她把战死的儿子找回，神巫只好仍然做着未完的道场，跳跳舞舞把其余一切的请愿人打发完事。

第二堂休息时，神巫蹙着双眉坐在仆人五羊身边。五羊看师傅神色不大对劲，蹲到主人脚边低声问主人为什么这样忧郁。这仆人说："我的主，我的神，什么事使你烦恼到这样子呢？"

神巫说："五羊，我这时比往日颜色更坏吗？"

"在一般女人看来，你比往日更显得骄傲。"

"我的骄傲若使这些女人误认而难堪，那我仍得骄傲下去。"

"但是，难堪的或者是另外一个人！一个人能勇敢爱人，在爱情上勇敢即失败也不会难堪的。难堪只是那些无用的人所有的埋怨。不过，师傅，我说你有的却只是骄傲。"

"我不想这样骄傲了，无味的贪婪，我看出我的错来了。我愿意做人的仆，不愿意再做神的仆了。"

五羊见到主人的情形，心中明白必定是刚才请愿祈福一堂道场中，主人听出许多不应当听的话了，这乖巧仆人望望主人的脸，又望望主人插到米斗里那把降魔剑，心想剑原来虽然挥来挥去，效力还是等于面杖一般。大致一切女人的祈福，归总只是一句话，就是请神给这个美丽如鹿骄傲如鹤的神前仆人，即刻为女人烦恼而已。神显然是答应了所有女人的请愿，所以这时神巫当真烦恼了。

祈了福，时已夜半，在场的人，明天有工做的男子，都回家了，玩倦了的小孩子，也回家了，应当照料小孩饮食的有年纪女人，也回家了。场中人少了一半，只剩下了不少青年女人，预备在第四堂法事末尾天将明亮满天是流星时与神巫合唱送神歌，就便希望放在心上向神预约下来的幸福，询问神巫是不是可以实现，应当如何努力方能实现。

看出神巫的骄傲，是一般女子必然的事，但神巫相信那最后一个女人，却只会看出他的忧郁。在平时，把自己属于一人或属于世界，良心的天秤轻重分明，择重弃轻，他就尽装骄傲活下来。如今则天秤已不同了。一百个或一千个好女人，虚无的倾心，精灵的恋爱，似乎敌不过一个女子实际的物质的爱较受用了。他再也不能把世界上有无数青年女子对他倾心的事引为快乐，却甘心情愿自己对一个女人倾心来接受烦恼了。

他把第三堂的法事草草完场，于是到了第四堂。在第四堂末了唱送神歌时，大家应围成一圈，把神巫围在中间，把稻草扎成的蓝脸大鬼抛掷到火中烧去，于是打鼓打锣齐声合唱。神巫在此情形中，去注意到那穿白绒布衣的女人，却终无所见。他不能向谁个女子探听那小女孩属姓，又不能把这个意思向族总说明，只在人中去找寻。他在许多眼睛中去发现那熟悉的眼睛，在一些鼻子中发现鼻子，在一些小口中发现那小口，结果全归失败。

把神送还天上，天已微明了。道场散了，所有花帕族的青年女人除了少数性质坚毅野心特大的还不愿离开神巫，其余女人均负气回家睡觉去了。

随后神巫便随了族总家扛法宝桌椅用具的工人返族总家，神巫后面跟的是一小群年轻女人。天气微寒，各人皆披了毯子，这毯子本来是供在野外情人做坐卧用的东西，如今却当衣服了。女人在神巫身后，低低地唱着每一个字全像有蜜做馅的情歌，直把神巫送到族总的门外。神巫却颓唐丧气，进门时头也不曾掉回。

第二天的事

神巫思量在云石镇逗留三天，这意见直到晚上做过第二堂道场才决定。这神的仆人，当真愿意弃了他的事业，来做人的仆人了。

他耳朵中听过上一千年轻女人的歌声，还能矜持到貌若无动于心。他眼见过一千年轻女人向他眉目传语，他只闭目若不理会。就是昨晚上，在第二堂道场中，将近一百个女人，来跪到这骄傲人面前诉说心中的愿望，他为了他的自尊与自私，也俨然目无所睹耳无所闻，只大声咤叱行使他神仆的职务。但是一个不用言语诉说的心愿，待在他面前不到两分钟，却为他猜中非寻找这女人不可了。

见到主人心不自在的仆人五羊，问他主人说："师傅，你试差遣你蠢仆去做你要做的那件事吧，天上人参果，地下八宝精，你要我便找得着！"

"事情是神所许可的事，却不是我应当做的事！"

"既然神也许可，人还能违逆神吗？逆违神的意见，地狱是在眼前的。"

"你是做不到这事的，因为我又不愿意她以外另一人知道我的心事。"

"我准可以做到，只要师傅把那人的相貌说出来，我一定要她来同师傅相会。"

"你这个人只是舌头勇敢，别无能耐！"

"师傅！你说！你说！金子是在火里炼得出来的，我的能力要做去才知道。"

"你这人，我对你的酒量并不怀疑，只是吃酒以外的事简直无从信托你。"

"试试这一次吧，师傅你若相信各样的强盗也可以进爱情的天堂，那么，一个欢喜喝一杯两杯酒的人为什么不能当一点较困难的差事呢？"

神巫不是龙朱，五羊却已把矮奴的聪明得到，所以神巫不能不首肯了。

神巫就告给他仆人，说是那白衣的女人他一见就如何钟情。因为女人是最后一个来到场中受福，五羊也早将这女人记在心上了。五羊说这多容易。请师傅放心，在此等候好消息，神巫只好点首应允，五羊笑了笑就去了。

去了半天还不回来，神巫心上有点着急。天气实在太好了，在这样日光下杀人也像不是罪过。神巫想自己出门走走，又恐怕没有那个体己仆人在身边，外面碰到花帕族女人包围时无法脱身。

他悔不该把五羊打发出门，因为他知道这地方的烧酒十分出名，五羊还不知到什么时候始能醉醺醺地回家。

族总知道神巫极怕女人麻烦，所以特把他安置到一个单独院落里。

神巫因为寂寞，又不能睡觉，就从旁门走过族总住的正院去找人谈话，到了那边，人全出门了，只见一个小孩坐在堂屋青石板地下不起，用手蒙脸哭唤。这英雄把孩子举起逗孩子发笑。孩子见了生人抱他，便不哭了，只睁了眼看望神巫。神巫忽然觉得这眼睛是极熟悉的谁一个人的眼睛了。他想了一会儿，记起了昨夜间那个人。他又望望孩子身上所穿的衣服，也就正是昨夜那女人所穿一个样子白色。他正在对小孩子发痴，以为这凑巧很可注意，那一边门旁一个人赫然出现，他手忙脚乱不知所措，把小孩放下怔怔望着那人无言无语。原来这就正是昨夜那个请愿求神的少年女子。在日光下所见到的女人颜色，如玉如雪，更其分明。女人精神则如日如霞。这晤面显然也出于她的意外，微惊中带着惶恐，用手扶定门框，对神巫出神。

"我的主人，昨夜里在星光下你美丽如仙，今天在日光下你却美丽如神！"

女人好像腼腆害羞，不作回答，还是站立在那里不动。

神巫于是又说道："神啊！你美丽庄严的口辅，应当为命令愚人而开的，我在此等候你的使唤。我如今已从你眼中望见了天堂，就即刻入地狱也死而无怨。"

小孩子，这时见到了女人，踊跃着要女人抱他。女人低头无声走到孩子身边来，把孩子抱起，放在怀中，用口吮着小孩的小小手掌，温柔如观音菩萨。

神巫又说道："我生命中的主宰，一个误登天堂用口渎了神圣的尊严的愚人，行为如果引起了你神圣的憎怒，你就使他到地狱去吧。"

女人用温柔的眼睛，望了望这个人中模型善于辞令的美男子，却反身走了。

神巫是连用手去触这女人衣裙的气概也消失了的，见到女人走时也不敢走上去把女人拦住，也不能再说一句话。女人将身消失到芦帘背后以后，这神的仆人，惶遽情形比失去了所有法宝还可笑，一无可作，只站到堂屋正中搓手。

他不明白这是神的意思，还是因为与神意思相反，所以仍然当面错过了这个机会。

照花帕族的格言所说："凡是幸运它同时必是孪生。"神巫想起这个格言，预料到这事只是起始，不是结局，所以并不十分气馁，回到自己住屋了。

但他的心是不安定的，他应当即刻就知道一切详细。他不能忍耐等到仆人五羊回来，报告消息，却决定要走出去找五羊向他方面打听去了。

正准备起身出门时节，五羊却忙匆匆地跑回来了，额上全是大汗，一面喘气一面用手抹额上的汗，脸上笑容荡漾像迎喜时节的春官。

"舌头勇敢的人，你得了些什么好消息了呢？"

"主的福分，我把师傅要知道的全得到了。我在三里外一个地方见到那人中的神了，我此后将一世唱赞美我自己眼睛有福气的歌。"

"我只怕你见到的是你自己眼中的酒神？还是喝一辈子的酒吧。"

"我可以赌咒，请天为我做证人。我向师傅撒谎没有利益可言。我这时的眼睛有光辉照耀，可以证明我所见不虚。"

"在你眼中放光的，我疑心那只是一匹萤火虫，你的聪明是只能证实你的眼浅的。"

"冤枉！谁说天上日头不是人人明白的东西？世上瞎眼人也知道日头光明，你当差的就蠢到这样吗？"这时他想起另外证据来了，"我还有另外证据在这里，请师傅过目。这一朵花它是有来由的。"

仆人把花呈上，一朵小小的蓝野菊，与通常遍地皆生的东西一个样子，看不出它有什么特异处。

"饶舌的东西，我不明白这花有什么用处。"

"你当然不明白它的用处。让我来替这菊花向师傅诉说吧。我命运是应当在龙朱脚下揉碎的，谁知给一个姑娘带走了，我坐到姑娘发上有半天，到后跌到了一个……哈哈，这样的因缘我把这花带回来了。我只请我主，信任这不体面的仆人，天堂的路去此正自不远，流星虽美却不知道那一条路径。"

"我恐怕去天堂只有一条路径。"神巫意思是他自己已先到过天堂了。

"就是这不体面仆人所知道的一条！"

"有小孩子没有？"

"师傅，罪过！让我这样说一句撒野的话吧，那'圣地'是还无人走过的路！那宝田还不曾被谁下种！"

神巫听到此时不由得不哈哈大笑，微带嗔怒地大声说道："不要在此胡言谵语了，你自己到厨房找酒喝去吧。你知道酒味比知道女人多一点，你这家伙的鼻子是除了辨别烧酒以外没有其他用处的。你去了吧！你只到厨房去，在喝酒以前，为我探听族总家有几个姑娘年在二十岁以内，还有一个孩子是这个人的儿子。听清我的话没有？"

仆人五羊把眼睛睁得多大，不明白主人的用意。他还想分辩他所见到的就是主人所要的一个女人。他还想在知识上找出一点证据。可是神巫把这个人轻轻一推，他已踉踉跄跄跌到门限外了。他喊道："师傅，听我的话！"神巫却訇地把门关上了。这仆人站到门外多久，想起必是主人还无决心，又想起那厨房中大缸的烧酒，自己的决心倒拿定了，就嗾嘴蹩脚向大厨房走去。

五羊去了以后，神巫把那一朵小小蓝菊花拿在手上，这菊花若能说话就好了！他望到这花觉到无涯的幸福。这幸福倒是自己所发现，并不必靠自谦为不体面的仆人所禀白的。他不相信他刚才所见到的是另外一个女人，他不相信仆人的话有一句可靠。一个太会说话了的人，所说的话常常不是事实，他不敢信任五羊仆人也就是这种理由。

不过，平时诚实的五羊，今日又不是大醉，所见到的人当然也必美得很。这女人可是谁家的女人？若这花真从那女人头上掉下，则先一刻在前面院子所见到的又是谁？如果"幸福真是孪生"，女人是孪生姊妹，神巫在选择上将为难不知应如何办了。在两者中选取一个，将用什么为这倾心的标准？人世间不缺少孪生姊妹，可不闻有孪生的爱情。

他胡思乱想了大半天。

他又觉得这绝不会错误，眼睛见到的当然比耳朵听来的更可靠，人就是昨夜那个人！但是这儿子属于谁的种根？这女子的丈夫是谁？……这朵花的主人又究竟是谁？……他应当信任自己，信任以后又有何方法处置自己？

这时节，有人在外面拍掌，神巫说："进来！"门开了，进来一个人。这人从族总那边来，传达族总的言语，请师傅过前面谈话。神巫点点头，那人就走了。神巫一会儿就到了族总正屋，与族总相晤于院中太阳下。

"年轻的人呀，如日如虹的丰神，无怪乎世上的女人都为你而倾心，我九十岁的老人了一见你也想作揖！"

神巫含笑说："年深月久的树尚为人所尊敬，何况高年长德的人？江河的谦虚因而成其伟大，长者对一个神前的仆人优遇，他不知应如何感谢这人中的大江！"

"我看你心中的有不安样子，是不是夜间的道场疲倦了你？"

"不，年长的祖父。为地方父老做的事，是不应当知道疲乏的。"

"是饮食太坏吗？"

"不，这里厨子不下皇家的厨子，每一种菜单单看看也可以使我不厌！"

"你洗不洗过澡了？"

"洗过了。"

"你想到你远方的家吗？"

"不，这里住下同自己家中一样。"

"你神气实在不妥，莫非有病。告给我什么地方不舒畅？"

"并无不舒畅地方，谢谢祖父的惦念。"

"那或者是病快发了，一个年轻人照例免不了常被一些离奇的病缠倒的。我猜必定是昨晚上那一群无知识的女人扰乱了你。这些年轻女孩子，是常常因为人太热情的缘故，忘了言语与行动的节制的。告给我，她们中谁个在你面前说过狂话的没有？"

神巫仍含笑不语。

族总又说："可怜的孩子们！她们是太热情了，也太不自谅了。她们都以为精致的身体应当尽神巫处置成为妇人，都以为把爱情扔给人间美男子为最合理的事。她们不想想自己野心的不当，也不想想这爱情的无望。她们直到如今还只想如何可以麻烦神巫就如何做。我这无用的老人，若应当说话，除了说妒忌你这年轻好风仪以外，不知道尚可以说什么话了。"

"祖父，若知道晚辈的心如何难过，祖父当同情我到万分。"

"我为什么不知道你难过处？众女子千中选一，并无一个够得上配你，这是我知道的。花帕族女子虽出名的美丽，然而这仅是特为一般年轻诚实男子预备的。神为了显他的手段，仿照了梁山伯身材造就了你，却忘了造那个祝英台了！"

"祖父，我倒并不这样想！为了不辜负神使我生长得中看的好意，我是应当给一个女子做丈夫的。只是这女子……"

"爱情不是为怜悯而生，所以我并不希望你委屈于一个平常女子脚下。"

"天堂的门我已无意中见到了，只是不知道应当如何进去。"

"那就非常好！体面的年轻人，我愿意你的聪明用在爱情上比用在别的事还多，凡是用得到我这老人时，老人无有不尽力帮忙。"

"……"神巫欲说不说，蹙了双眉。

"不要愁！爱情是顶顽皮的，应当好好去驯服。也不要把心煎熬到过分。你烦闷，何不出去走走呢？若想打猎，拿我的枪，骑我的马，同你仆人到山上去吧。这几日那里可以打到很肥的山鸡，怕人注意你顶好戴一个面具去。不过我想来这也无多大用处，一个瞎子在你身边也会觉得你是体面的。就是这样子去吧。乘此可以告给一切女人，说心已属了谁，那以后或者也不至于出门受麻烦了。天气实在太好了，不应当辜负这好天气。"

…………

神巫骑马出门了，马是自己那一匹，从族总借来的长枪则由五羊扛上。扛着长枪跟在马后的五羊，肚中已灌满麦酒与包谷酒了，出得门来听到各处山上的歌声，这汉子也不知不觉轻轻地唱起来。

他停顿了一脚，望望在前面马上的主人，却唱道：

> 你用口成天唱歌的花帕族女人，
> 你们的爱情全是失败了。
> 那骑白马来到镇上的年轻人，
> 已为一个穿白衣的女人用眼睛抓住了。
> …………
> 你花帕族的男人，

> 要情人到别处赶快找去！
>
> 从今天起始族中的女人，
>
> 把爱情将完全变成妒嫉！

神巫回过头来说："好好为我把口合拢，不然我要用路上的泥土塞满你的嘴巴了！"

五羊因为有点醉了，慢一步，停留下来，稍与神巫距离远一点，仍然唱道：

> 我能在山中随意步行，
>
> 全得我体面师傅的恩惠，
>
> 我师傅已不怕花帕族女人，
>
> 我绝不见女人就退。
>
> …………
>
> 你唱歌想爱神巫的乖巧女人，
>
> 此后的歌应当改腔改调！
>
> 那神巫如今已为一个女子的情人，
>
> 你的歌当问他仆人："要爱情不要？"

神巫在马上仍然听到这歌了，又回过头来，望着这醉人情形，带嗔地说道："五羊，你当真想吃马屎是不是？"

五羊忙解释，说只是因为牙齿发酸，非哼哼不行，所以一哼就成歌了。

"既然这样，我明天当为你把牙齿拔去，看还痛不痛。"

"师傅，那么我以后因为拔牙时疼痛的缘故，可以成年哼了。"

神巫见这仆人醉时话比醒时多一倍，不可理喻，就只有尽他装牙痛唱歌，自己打马上前走了。马一向前跑，谁知这仆人因为追马，倒仿佛牙齿即刻就不发酸歌也唱不出了。一跑跑到了个溪边，一只水鸭见有人来振翅呼呼飞去，五羊忙收拾枪交把主人，等到主人举枪瞄准时，那水鸭已早落到远处芦丛中不见了。

"完了。龙朱仆人说：凡是笼中畜养的鸟一定飞不远。这只水鸭子可不是家养的！我们慢慢地沿这小溪向前走吧，师傅。"

神巫等候了一阵，不见这水鸭子出现，只好照五羊意见走去。这时五羊在前，因为溪边路窄，他牵马。走了一会儿，五羊好像牙齿又发生了毛病，哼起来了。

笼中畜养的鸟它飞不远，

家中生长的人却不容易寻见。

我若是有爱情交把女子的人，

纵半夜三更也得敲她的门。

神巫在五羊说出"门"字以前就勒着了马。他不走了，昂首望天上白云，若有所计划。

"主人，古怪，你把马一勒，我这牙齿倒好了，要唱歌也唱不来了。"

"你少作怪一点！你既然说那个人的家，离这里不远，我们就到她家中去看看吧。"

"要去也得一点礼物，我们应向山神讨一双小白兔才像样子！"

"好，照你主意吧，你安置一下。"

五羊这时可高兴了。照习惯打水边的鸟时可以随便，至于猎取山上的小兽与野鸡，便应当同山神通知一声。通知山神办法也很简便，只是用石头在土坑边或大树下砌一堆，堆下压一绺头发与青铜钱三枚，设此的人略一致术语，就成了。有了通知便容易得到所想得的东西。故此时五羊即来办理这件事。他把石头找得，扯下自己头发一小绺，摸出三个小钱，蹲下身去，如法炮制。骑在马上的神巫，等候着，望着遥天的云彩，一声不响。

不知是山神事忙，还是所有兔类早得了山神警戒不许出穴，主仆两人在各处找寻半天的结果，连一匹兔的影子也不曾见到。时间居然不为世界上情人着想，夜下来了。黄昏薄暮中的神巫，人与马停顿在一个小土阜上面，望云石镇周围各处人家升起的炊烟，化成银色薄雾，流动如水如云，人微疲倦，轻轻打着嗯哨回了家。

第二天晚上的事

　　回家的神巫，同他的仆人把饭吃过后，坐在院中望天空。蓝天里全是星子。天比平时仿佛更高了。月还不上来，在星光下各地各处叫着纺车娘，声音繁密如落雨。在纺车娘吵嚷声中时常有妇女们清唎宛转的歌声，歌声的方向却无从得知。神巫想起日间的事，说："五羊，我们还是到你说的那个地方去看看吧。"

　　"主人，你真勇敢！一出门，不怕为那些花帕族女人围困吗？"

　　"我们悄悄从后面竹园里出去！"

　　"为什么不说堂堂正正从前门出去？"

　　"就从前门出去也不要紧！"

　　"好极了，我先去开路。"

　　五羊就先出去了。到了山外边，耳听岗边有女人的嬉笑，听到芦笛低低的呜咽，微风中有栀子花香同桂花香。举目眺望远处，一堆堆白衣裙隐显于大道旁，不下数十，全是想等候神巫出门的痴心女人。这些女人不知疲倦地唱歌，只想神帮助她们，凭了好喉咙把神巫的心揪住，得神巫见爱。她们将等候半夜或一整夜，到后方各自回家。大气温暖宜人，正是使人爱悦享乐的天气。在这样天气下，神巫的骄傲，绝不是神许可的一件事，因此每个女人的自信也更多了。

神巫的仆人五羊，见到这个情形，打算打算，心想还是不必要师傅勇敢较好，就走转身向神巫住处去报告外面一切光景。

"看到了些什么了呢？"

"……"五羊只摇头。

"听到了些什么了呢？"

"……"五羊仍然摇头。

神巫就说："我们出去吧，若等待绊脚石自己挪移，恐怕等到天亮也无希望出去了。"

五羊微带忧愁答道："倘若有办法不让绊脚石挡路，师傅，我劝你还是采用那办法吧。"

"你不还讥笑我说那是与勇敢相反的一种行为么？"

"勇敢的人他不躲避牺牲，可是他应当躲避麻烦。"

"在你的聪明舌头上永远见出师傅的过错，却正如在龙朱仆人的舌头上永远见出龙朱是神。"

"就是一个神也有为人麻烦到头昏情形的时候，这应当是花帕族女人的罪过，她们不应当生长得这样美丽又这样多情！"

"骗子，少说闲话吧。一切我依你了。我们走。"

"是吧，就走。让花帕族所有年轻女人因想望神巫而烦恼，不要让那被爱的花帕族一个女人因等候而心焦。"

他们于是当真悄悄地出门了，从竹园翻篱笆过田坎，他们走的是一条幽僻的小路。忠实的五羊在前，勇壮的神巫在后，各人用牛皮面具遮掩了自己的脸庞，匆匆地走过了女人所守候的寨门，走过了女人所守候的路亭。到了无人的路上时，五羊回头望了一望，把面具从脸上取下，向主人憨笑着。

神巫也想把面具卸除，五羊却摇手。

"这时若把它取下，是不会有人来称赞我主的勇敢的！"

神巫就听五羊的话，暂时不脱面具。他们又走了一程。经过一家门前，一个稻草堆上有女人声音问道："走路的是不是那使花帕族女人倾倒的神巫？"

五羊代答道："大姊，不是，那骄傲的人这时应当已经睡觉了。"

那女人听说不是，以为问错了，就唱歌自嘲自解，歌中意思说：

> 一个心地洁白的花帕族女人，
> 因为爱情她不知道什么叫作羞耻。
> 她的心只有天上的星能为证明，
> 她爱那人中之神将到死为止。

神巫不由得不稍稍停顿了一步。五羊见到这情形，恐怕误事，就回头向神巫唱道：

> 年轻人不是你的事你莫管，
> 你的路在前途离此还远。

他又向那草堆上女人点头唱道：

好姑娘你心中凄凉还是唱一首歌，
许多人想爱人因为哑可怜更多！

到后就不顾女人如何，同神巫匆匆地走去了。神巫心中觉得
有点难过，然而不久又经过了一家门外，听到竹园边窗口里有女
人唱歌：

你半夜过路的人，是不是神巫的同乡？
你若是神巫的同乡，足音也不要去得太忙；
我愿意用头发把你脚上的泥擦揩，
因为它是从那神巫的家乡里带来。

五羊听完伸伸舌头，深怕那女人走出来见到主人，或者就实
行用头发擦脚的话，拖了神巫就走，担心走慢了点就不能脱身。
神巫无法，只好又离开了第二个女人。

第三个女人唱的是希望神巫为天风吹来的歌。第四个女人唱
的是愿变神巫的仆人五羊。第五个女人唱的是只要在神巫跟前做
一次呆事就到地狱去尽鬼推磨也无悔无忌。一共经过了七个女人，
到第八个就是神巫所要到的家了。远远地望到那从小方窗里出来
的一缕灯光，神巫心跳着不敢走了。

他说："五羊，不要走向前了吧，让我看一会儿天上的星子，

把神略定再过去。"

主仆两人就在那人家三十步以外的田坎上站定了。神巫把面具取下，昂头望天上的星辰镇定自己的心。天上的星静止不动，神巫的心也渐渐平定了。他嗅到花香，原来那人家门外各处围绕的是夜来香同山茉莉，花在夜风中开放，神巫在一种陶醉中更像温柔熨帖的情人了。

过一会儿，他们就到了这人家的前面了，神巫以为或者女人是正在等候他，如同其余女子一样的。他以为这里的女人也应当是在轻轻地唱歌，念着所爱慕的人名字。他以为女人必不能睡觉。为了使女人知道有人过路，神巫主仆二人故意把脚步放缓放沉走过那个屋前。走过了不闻一丝声息，主仆二人于是又回头走，想引起这家女人注意。

来回三次全无影响，一片灯光又证明这一家男子全睡了觉，妇女却还在灯光下做工。事情近于不可理解。

五羊出主意，先越过山茉莉做成的低篱，到了女人有灯光的窗下，听了听里面，就回头劝神巫也到窗下来。神巫过来时，五羊就伏在地上，请主人用他的身体作为垫脚东西，攀到窗边去探望探望这家中情形。神巫不应允，五羊却不起来，所以到后就只得照办了。因为这仆人垫脚，神巫的头刚及窗口，他就用手攀了窗边慢慢地小心地把头在窗口露出。那个窗子原是敞开的，一举头房中情形即一目了然。神巫行为的谨慎，以至于全无声息，窗中人正背窗而坐，低头做鞋，竟毫无知觉。

神巫一看女人正是日间所见的女人，虽然是背影，也无从再有犹豫。心乱了。只要他有勇敢，他就可以从这里跳进去，做一个不速之客。他这样行事任何人都不会说他行为的荒唐。他这种行为或给了女人一惊，但却是所有花帕族年轻女人都愿意在自己家中得到机会的一惊。

他望着，只发痴入迷，他忘了脚下是五羊的肩背。

女人正在用稻草芯编制小篮，如金如银颜色的草芯，在女人手上复柔软如丝绦。神巫凝神静气看到一把草成一只小篮，把五羊忘却，把自己也忘却了。在脚下的五羊，见神巫忍气屏息的情形，又不敢说话，又不敢动，头上流满了汗。这忠实仆人，料不到神巫把应做的事全然忘去，却用看戏心情对付眼前的。

到后五羊实在不能忍耐了，就用手扳主人的脚，无主意的神巫记起了垫脚的五羊，以为五羊要他下来了，就跳到地上。

五羊低声说："怎么样，我的主？"

"在里边！"

"是不是？"

"我眼睛若已瞎了，嗅她的气味也知道这个人是谁。"

"那就大大方方跳进去！"

神巫迟疑了。他想起大白天族总家所见到的女子了。那女子才真是夜间最后祈福的女子。那女子分明在族总家中，且有了孩子，这女人却未必就是那一个。是姊妹，或者那样吧，但谁一个应当得到神巫的爱情？天既生下了这姊妹两个，同样的韶年秀美，谁应当归神巫所有？如果对神巫用眼睛表示了献身诚心的是另一人，则这一个女人是不是有权利侵犯？

五羊见主人又近于徘徊了，就激动神巫说道："勇敢的师傅，我不希望见到你他一时杀虎擒豹，只愿意你此刻在这里唱一首歌。"

"你如果以为一个勇敢的人也有躲避麻烦的理由，我们还是另想他法或回去了吧。"

"打猎的人难道看过老虎一眼就应当回家吗？"

"我不能太相信我自己，因为也许另一个近处那只虎才是我们要打的虎！"

"虎若是孪生，打孪生的虎要问尊卑吗？"

"但是我只要我所想要的一个，如果是有两个可倾心的人，那我不如仍然做往日的神巫，尽世人永远倾心好了。"

五羊想了想，又说道："主人决定虎有两只么？"

"我决定这一只不是那一只。"

"不会错吗？"

"我的眼睛对日头不晕眩，证明我不会把人看错。"

…………

五羊要神巫大胆进到女人房里去，神巫恐怕发生错误，将爱情误给了另一个人可不甘心。五羊要神巫在窗上唱一首歌，逗女人开口，神巫又怕把柄落在不是昨夜那年轻女人手中，将来成一种笑话，故仍不唱歌。

这时既是夜间，这一家男子白天上山做工疲倦，已全睡了。惊吵男当家人既像极不方便，主仆二人就只有站在窗下等待天赐的机会，以为女人或者会到窗边来。其实到窗边来又有什么用处？女人不止过一会儿后即如所希望到窗边来，还倚伏在窗前眺望天边的大星！藏在山茉莉花树下的主仆二人，望到女人仿佛在头上，唯恐惊了女人，不敢作声。女人数了又数天上的星，神巫却度量女人的眼眉距离。因为天无月光不能看清楚女人样子，仍然还无结论。

女人看了一会儿星，把窗关上。关了窗后不久，就只见一个影子像是脱衣情形在窗上晃，五羊正待要请主人再上他的肩背探望时，灯光熄了。

五羊心中发痒，忍不住了，想替主人唱一首歌，刚一发声口就被神巫用手蒙着了。

"你想做什么蠢事？"

"我将为主人唱一曲歌给这女子听！"

"你不记到着龙朱主仆说的许多聪明话吗？为什么就忘掉'畜养在笼中的鸟飞不远'那句话呢？"

"主人，口本来不是为唱歌而生的，不过你也忘了'多情的鸟绝不是哑鸟'的话了！"

"大蒜！"

在平时，被骂为大蒜的五羊，是照例不再开口，要说话也得另找一个方向才行的。可是如今的五羊却撒野了。他回答他的主人，话说得妙，他说："若尽是这样站下来等着，就让我这'大蒜'生根抽苗也还是无办法的。"

神巫生了气，说："那我们回去。"

"回去也行！他日有人说到某年某月某人的事，我将掺一句话，说我的主张只有这一次违逆了主人的命令，我以为纵回去也得唱一首歌，使花帕族女人知道今天晚上的情形，到后是主人不允许，我只得……"

五羊一面后退一面说，一直退到窗下，离神巫有六步后，却重重地咳了一声嗽，又像有意又像无心，头触了墙。激于义愤的五羊，见到主人今夜的妇人气概，想起来真有点不平！

神巫见五羊已到了窗下，恐怕他还要放肆，就赶过去。五羊见神巫走近时，又赶快伏身贴地，要主人做先前的事情。神巫用脚轻轻踢了一下这个热心的仆人，仆人却低声唱道：

花帕族的女人，你们来看我勇敢的主人！
小心到怕使女人在梦中吃惊，
男子中谁见到过如此勇敢多情？

神巫急了，就用脚踹五羊的头，五羊还是昂头望主人笑。

在这时，忽然窗中灯光又明了。神巫为之一诧，抓了五羊的肩，提起如捉鸡，一跃就跳过那山茉莉的围篱，到了大路上。

窗中灯光明亮后，且见到窗上人影子。神巫心跳着，如先前初到此地时情形相同。五羊目睹此时情形哑口无声，且只想蹲下去，希望女人把窗推开时可以不为女人见到。女人似乎已知道屋外有人的事情了。

过了一会儿，女人当真又到了窗边把窗推开了，立在窗前望天空吁气，却不曾对大路上注意。神巫为一种虚怯心情所指挥，依旧把身体低藏到路旁树下去。他只要女人口上说出自己的名字一次，就预备即刻跃出到窗下去与女人会面，使女人见到神巫时，为自天而下的神巫一惊。

女人的行为，又像是全不知道路上有望她的人，看了一会儿星，又把窗关上，灯光稍后又熄了。

神巫放了一口气，身心全像掉落在大海里。他仍然不能向前，即或一切看得分明也不行。

五羊忧郁地向神巫请求道："主人，让那其余时节口的用处是另一事，这时却来唱一句歌吧。"

神巫又想了半天，只为了不愿意太对不起今夜，点了头。他把声音压低，仰面向星光唱道：

>
> 歌人的星我与你并不相识，
>
> 我只记得一个女人的眼睛；
>
> 这眼睛曾为泪水所湿，
>
> 那光明将永远闪耀我心。

过了一会儿，他又唱道：

>
> 天堂门在一个蠢人面前开时，
>
> 徘徊在门外那蠢人心实不甘：
>
> 若歌声是启辟这爱情的钥匙，
>
> 他愿意立定在星光下唱歌一年。

这种歌反复唱了二十次，三十次，窗中却无灯光重现，也再不见那女人推窗外望。意外的失败，使神巫仆主全愕然了。显然是神巫的歌声虽如一把精致钥匙，但所欲启辟的却另是一把锁，纵即或如歌中所说，唱一年也不能得到如何结果了。

神巫在爱情上的失败这还是第一次，他懊恼他自己的失策。又不愿意生五羊的气，打五羊一顿，回到家中就倒到床上睡了。

第三天的事

　　五羊在族总家的厨房中，与一个肥人喝酒。时间是大清早上。吃早饭以后，那胖厨子已经把早上应做事做完。他们就在那灶边大凳上，各用小葫芦量酒，满葫芦酒咽嘟嘟嘟向肚中灌，各人都有了三分酒意。这个人，全无酒意时是另外一种人，除了神巫同谁也难多说话的。到酒在肚中涌时，五羊不是通常五羊了。不吃酒的五羊，话只说一成，聪明的人可以听出两成；五羊有了酒，他把话说一成，若不能听五成就不行了。

　　肥人既然是厨子，原应属于半东家之列的，也有了一点酒意，就同五羊说："五羊大爷，我问你，你那不懂风趣的师傅，到底有不有一个女子影子在他心上？"

　　五羊说："哥你真问得怪，我那师傅岂止——"

　　"有三个——五个——十五个——一百个？"肥人把数目加上去，仿佛很容易。

五羊喝了一口酒，不答。

"有几个？哥你说，不说我是不相信的。"

五羊又喝了一口酒，装模作样把手一摊说："哥，你相信吧，我那师傅是把所有花帕族女子连你我情人全算在内，都搁在心头上的。他爱她们，所以不将身体交把哪一个女子。一个太懂爱情的人都愿意如此做男子，做得到做不到那就看人来了。可是我那师傅——"

"为什么他不把这些女人引到山上每夜去睡一个？"

"是吧，为什么我们不这样办？"

肥人对五羊的话奇怪了，含含糊糊地说："哈，你说我们，是吧，我们就可以这样办。天知道，我是怎么处置了爱我的女人！不瞒大哥，不多不少一共十一个。你别瞧我只会做菜。哥，为什么你不学你的师傅！"

"他学我就好了。"

"倘若是学到了你的相貌，那可就真正糟糕。"

"丑人多福相，受麻烦的人却是相貌很好的人。"

"那我倒很愿意受一点麻烦，把相貌变标致一点。"

"为什么你疑心你自己不标致呢？许多比你更坏的人他都不疑心自己的。一个麻子的脸上感觉是自己的，并不是别人，不然为什么不当麻子的面时我们全不觉到麻子可笑呢？"

"哥，你说得对，请喝！"

"哥你喝！"

两人一举手，葫芦又逗在嘴上了。仿佛与女人亲嘴那么热情，两人的葫芦都一时不能离开自己的口。与酒结缘是厨子比五羊还来得有交情的，五羊到后像一堆泥，倒到烧火凳旁冷灰中了，厨子还是一口一口地喝。

厨子望到五羊弃在一旁的葫芦已空，又为量上一葫芦，让五羊抱在胸前。五羊抱了这葫芦却还知道与葫芦口亲嘴，厨子望到这情形，只把巴掌拍着个大肚皮痴笑。

厨子结结巴巴地说："哥，听说人矮了可以成精，这精怪你师傅能赶走不能？"

睡在灰中的五羊，只含糊地答道："是吧，用木棒打他，就走了。"

"不能打！我说用的是道法！"

"念经吧。"

"不能念经。"

"为什么不能？唱歌可以抓得住精怪，念经为什么不能把精怪吓跑？近来一切都作兴用口喊的。"

"你这真是放狗屁。"

"就是这样也好。你说得对。这比那些流别人血做官的方法总好一点吧。这是我五羊说的，绝不翻悔……哥，你为什么不去做官？你用刀也杀了一些了，杀鸡杀猪和杀人有什么不同。"

"你说无用处的话。"

"什么是有用？我请教。凡是用话来说的不全是无用吗？无用等于有用，论人才就是这种说法；有用等于无用，所以能干的就应当被割。"

"你这是念咒语不是？"

"跟神巫的仆人若会念咒语，那么……"

"你说怎么？"

"我说跟到神巫的仆人是不会咒语的，不然那跟到族总的厨子也应有品级了。"

厨子到这时费思索了，把葫芦摇着，听里面还有多少酒。他倚立在灶边，望到五羊蜷成一个球倒在那灰堆上，鼾呼已起了。他知道五羊一定正梦到在酒池里泅水，这时他也想跳下这酒池，就又是一葫芦酒咽嘟嘟喝下。这人不久自然也就醉倒到灶边了。这个地方的灶王脾气照例非常和气，所以眼见到这两个醉鬼如此烂醉，也从不使他们肚痛，若果在别一处，恐怕那可不行，至少也非罚款不能了事的。

五羊这时当真梦到什么了呢？他梦到仍然和主人在一处，同站在昨晚上那女人家门外窗前星光下轻轻地唱歌。天上星子如月明，星光照身上使身上也仿佛放光。主人威仪如神，温和如鹿，而超拔如鹤。身旁仍然是香花。花的香气却近于春兰，又近于玫瑰。主人唱歌厌倦了，要他代替，他不推辞，就开口唱道：

> 要爱的人，你就爱，你就行，你莫停。
> 一个人，应当有一个本分，你本分？
> 你的本分是不让我主人将爱分给他人，
> 勇敢点，跳下楼，把他抱定，放松可不行。

五羊唱完这体面的歌后，就仿佛听到女人在楼上答道：

> 跟到凤凰飞的鸦，你上来，你上来，

我将告给你这件事情的黑白。

　　别人的事你放在心上，不能忘，不能忘，

　　你自己的女人如今究竟在什么地方？

五羊又俨然答道：

　　我是神巫的仆人，追随十年，地保做证，

　　我师傅有了太太，他也将不让我独困。

　　倘若师傅高兴，送丫头把我，只要一个，

　　愚蠢的五羊，天气冷也会为老婆捏脚。

　　女主人于是就把一个丫头掷下来了。丫头白脸长身，而两乳高肿。五羊用手接定，觉得很轻，还不如一箩谷子。五羊把女人所给的丫头，放到草地上，像陈列宝贝。他望到这个女人欢喜极了。他围绕这仿佛是熟睡的女子尽只打转，跳跃欢乐如过年。他想把这人身体各部分望清楚一点，却总是望不清楚。本来望到那高肿的两乳，久望一点却又变成两个馒头了。他另外又望到一个冬瓜，又望到一个小杯子，又望到一碗白炖萝卜，又望到……

　　奇奇怪怪的，是这行将为他妻女的一身。本来是应当说"用"的，久而久之都变成可吃的东西了。他得在每一件东西上尝尝，或吮一次，或用舌头舔舔，一切东西的味道都如平常一切果子，新鲜养人，使人贪馋忘饱。

　　他在略微知道餍足时候才偷眼望神巫。神巫可完全两样，只一个人孤子地站在那山茉莉旁边，用手遮了眼睛，不看一切。走过去时神巫也不知。他大声喊也不应。五羊算定是女人不理主人了，就放大喉咙唱道：

若说英雄应当永远孤独，那狮子何处得来小狮子？
若师傅被女人弃而不理，我五羊必阉割终生！

不知如何，他又觉得真是应当在神巫面前阉割的时候了，他有点怕痛，又有点悔，就借故说须到前面看看。到了前面他见到厨子，腆着个大肚子，像庙中弥勒佛，心想这人平时吃肉太多了，肚子里至少有了三只猪，就随意在那胖子肚上踢了一脚，看看是不是有小猪跑出。胖子捧了大肚皮在草地上滚，草也滚平了。五羊望到这情形，就只笑，全忘了还应履行自己那件重要责任了。

过不久，梦境又不同了。他似乎同他的师傅向一个洞中走去，师傅伤心伤心地哭着，大约为失了女人。大路上则有无数年轻女人用唱歌嘲笑这主仆二人，嘲笑到两人的脸嘴，说是太不高明。五羊就望望神巫同自己，真似乎全都苍老了，胡子硬鬣鬣全很不客气地从嘴边茁出芽来了。他一面偷偷地拔嘴上的胡子，一面低头走路。他经过的地方全是坟堆，且可以看到坟中平卧的人，还有烂了脸装着一副不高兴神气的。他临时记起了避魔咒的全文，这咒语，在平时可是还不能念完一半的。这时念咒语走路，然而仍闻得到山茉莉花香气，只不明白这香气应从何处吹来。

…………

在酗醉中，这仆人肆无忌惮地做过了许多怪梦。若非给神巫用一瓢冷水浇到头上，还不知道他尚有几个钟头才能酒醒的。当他能够睁眼望他的主人时，时间已是下午了。面对神巫他想起梦中事情，霍然一惊，余醉全散尽了，站起身来才明白已在柴灰中打了几个滚，全身是灰。他用手摸他的颈和脸，莫名其妙脸上颈上全为水淋湿，还以为落雨，因为睡到当天廊下，所以雨把脸湿了。他望到神巫，却向神巫痴笑，不知为什么事而笑，又总觉得好笑不过，所以接着就大笑起来。

神巫说："荒唐东西，你还不清醒吗？"

"师傅，我清醒了，不落雨恐怕还不能就醒！"

"什么雨落到你头上？你一到这里来就像用糟当饭，他日得醉死。"

"醉得人死的酒，为什么不值得喝！"

"来！跟我到后屋来。"

"嗯。"

神巫就先走了。五羊站起了又复坐下，头还是昏昏沉沉，腿脚也很软，走路不大方便。坐下之后，慢慢地把梦中的事归入梦里，把实际归入实际，记起了这时应为主人探听那件事了，就在地下各处寻找那厨子，那一堆肥肉体终于为他发现在碓边了，起来取瓢舀水，也如神巫一样，把水泼到厨子脸上去。厨子先还不醒，到后又给五羊加上一瓢水，水入了鼻孔，打了十来个大嚏。口中含含糊糊说了两句"出行大吉""对我生财"，用肥手抹了一下脸嘴，慢慢地又转身把脸侧向碓下睡着了。

五羊见到这情形，知道无办法使厨子清醒，纵此时马房失火大约他也不会醒了，就拍了拍自己身上灰土，赶到主人住处后屋去。

到了神巫身边，五羊恭敬垂手站立一旁，脚腿发软只想蹲。

"我不知告你多少次了，脾气总不能改。"

"是的，师傅。一个小人的恶德，并不与君子的美德两样；全是自己的事，天生的。"

"我要你做的事怎样了呢？"

"我并不是因为她是'笼中的鸟原飞不远'疏忽了职务，实在是为了……"

"除了为喝酒我看不出你有理由说谎。"

"一个完人总得说一点谎，我并不是完人，绝不至于再来说谎！"

神巫烦恼了，不再看这个仆人。因为神巫发气，一面脚久站了当不来，一面想取媚神巫，请主人宽心，这仆人就乘势蹲到地上了。蹲到地上无话可说，他就用指头在地面上作图画，画一个人两手张开，向天求助情形，又画一个日头，日头作人形，圆圆的脸盘，对世界发笑。

"五羊，你知道我心中极其懊恼的，想法子过一个地方为我探听详细那一件事吧。"

"我刚才还梦到——"

"不要说梦了，我不问你做梦的事。你试往别处去，问清楚我所想知道那一件事。"

"我即刻就去。"他站起来，"不过古怪得很，我梦到——"

"我无工夫听你说梦话，要说，留给你那同志酒鬼说吧。"

"我不说我的梦了，然而假使这件事，研究起来，我相信有人感到趣味。我梦到我——"

神巫不让五羊说完，喝住了他。五羊并不消沉，见主人实在不能忍耐，就笑着立正，点头，走出去了。

五羊今天已经把酒喝够了，他走到云石镇上卖糍粑处去，喝老妇人为尊贵体面神巫的仆人特备的蜜茶，吸四川金堂旱烟叶的旧烟斗，快乐如候补的仙人。他坐到一个蒲团上问那老妇人为什么这地方女人如此对神巫倾心，他想把理由得到。卖糍粑的老妇人就说出那道理，平常之至，因为"神巫有可以给世人倾心处"。

"伯娘，我有不有？"他意思是问有不有使女子倾心的理由。

"为什么不有？能接近神巫的除你以外还无别一个。"

"那我真想哭了。若是一个女人，也只像我那样与我师傅接近，我看不出她会以为幸福的。"

"这时节花帕族年轻女人，哪怕神巫给她们苦吃也愿意！只是无一个女人能使神巫心中的火把点燃，也无一个女人得到神巫的爱。"

"伯娘，恐怕还有吧，我猜想总有那么一个女人，心与我师傅的心接近，胜过我与我师傅的关系。"

"这不会有的事！女人成群在神巫面前唱歌，神巫全不理会，这骄傲男子，心中的人在天上，哪里能对花帕族女人倾心？"

"伯娘，我试那么问一句：这地方，都不会有女人用她的歌声，或眼睛，揪着了我师傅的心么？"

"没有这种好女子，我是分明的。花帕族女子配做皇后的，也许还有人，至于做神巫的妻是床头人，无一个的。"

"我猜想，族总对我师傅的优渥，或者家中有女儿要收神巫做子婿。"

"你想的事并不是别人所敢想的事。"

"伯娘，有了恋爱的人胆子都非常大。"

"就大胆，族总家除两个女小孩以外也只一个哑子寡媳妇。哑子胆大包天，也总不能在神巫面前如一般人说愿意要神巫收了她。"

五羊听到这个话诧异了，哑子媳妇是不是——？他问老妇人，说："他家有一个哑媳妇么？相貌是……"

"一个人哑了，相貌说不到。"

"我问的是瞎了不瞎？"

"这人有一对大眼睛。"

"有一对眼睛，那就是可以说话的东西了！"

"虽地方上全是那么说，说她的舌头是生在眼睛上，我这蠢人可看不出来。"

"我的天——"

"怎么咧？'天'不是你这人的，应当属于那美壮的神巫。"

"是，应当属于这个人！神的仆人是神巫，神应归他侍奉，我告他去。"

五羊说完就走了，老妇人全不知道这是什么用意。

不过走出了老妇人门的五羊，望到这家门前的胭脂花，又想起一件事来了，他回头又进了门。妇人见到这样子，还以为爱情的火是在这神巫仆人心上熊熊地燃了，就说："年轻人，什么事使你如水车匆忙打转？"

"伯娘，因为水的事倳儿才像水车……不过我想知道另外在两里路外有碉楼附近住的人家还有些什么人，请你随便指示我一下。"

"那里是族总的亲戚，还有一个哑子，是这一个哑子的妹妹，听说前夜还到道场上请福许愿，你或者见到了。"

"……"五羊点头。

那老妇人就大笑，拍手摇头，她说："年轻人，在一百匹马中独被你看出了两只有疾病的马，你这相马的伯乐将成为花帕族永远的笑话了。"

"伯娘，若果这真是笑话，那让这笑话留给后人听吧。"

五羊回到神巫身边，不作声。他想这事怎么说才好，还想不出方法。

神巫说："你倒是到外面打听酒价去了。"

五羊不分辩，他依照主人意思说："师傅，的确是探听明白的事正如酒价一样，与主人恋爱无关。"

"你不妨说说我听。"

"主人要听，我不敢隐瞒一个字。只请主人小心，不要生气，不要失望，不要怪仆人无用……！"

"说！"

"幸福是孪生的，仆人探听那女人结果也是如此。"

神巫从椅上跳起来了。五羊望到神巫这样子，更把脸烂得如一个面饼。

"师傅，你慢一点欢喜吧。据人说这两个女人的舌头全在眼睛上，事情不是假的！"

"那应当是真事！我见到她时她真只用眼睛说话的。一个人用眼睛示意，用口接吻，是顶相宜的事了，要言语做什么？"

"……"五羊待要分明说这是哑子，见到神巫高兴情形，可不敢说了。他就只告给神巫，说是到神坛中许愿的一个是远处的一个，在近处的是族总的寡媳，那人的亲姊妹。

　　因为花帕族的谚语是："猎虎的人应当猎那不曾受伤的虎，才是年轻人的本分。"这主仆二人于是决定了今夜的行动。

第三天晚上的事

到晚来，忽然刮风了，落雨了，像天出了主意，不许年轻人荒唐。天虽有意也不能阻拦了这神巫主仆二人。正因为天变了卦，凡是逗留在大路上，以及族总门前、镇旁寨门边的女人，知道天落了雨，神巫不至于出门，等候也是枉然，因此无一个人拦路了。既然这类近于绊脚石的女人不挡路，他们反而因为天雨方便许多了。

吃过了晚饭，老族总走过神巫住处来谈天，因为天气忽变，愿意神巫留在云石镇多住几天。神巫还不答应，五羊便说："一个对酒有嗜好的人，实在应当在总爷厨中留一年；一个对女人有嗜好的人，至少也应当留半……！"

五羊的话被主人喝住不说了，老族总明白神巫极不欢喜女人，见到神巫神情不好，就说："在这里委屈了年轻的师傅了，真对不起。花帕族人用不中听的歌声麻烦了神巫，天也厌烦了，所以今天落了雨。"

神巫说："祖父说哪里话，一个平凡男子，到这里得到全镇父老姊妹的欢迎，他心里真过意不去！天落雨这罪过是仍然应归在神的仆人头上的，因为他不能牺牲他自己，为人过于自私。不过神可以为我证明，我并不希望今夜落雨啊！"

"自私也是好的，一个人不能爱自己他也就无从爱旁人了。花帕族女人在爱情上若不自私，灭亡的时期就快到了。"

神巫不敢答话，就在房中打圈走路，用一个勇士的步法，轻捷若猴，沉重若狮子，使老族总见了心中喝彩。

老族总见五羊站在一旁，想起这人的酒量来了，就问道："有光荣的朋友，你到底能有多大酒量？"

五羊说："我是吃糟也能沉醉的人，不过有时也可以连喝十大碗。"

"我听说你跟到过龙朱矮仆人学唱歌的，成绩总不很坏吧？"

"可惜人过于蠢笨，凡是那矮人为龙朱尽过力的事我全不曾为主人做到。"

"你自己在吃酒以外，还有什么好故事没有？"

"故事真多啦。大概一个体面人才有体面的事，所以轮到五羊的故事，也都是笑话了。我梦到女主人赏我一个妇人哩，是白天的梦。我如今只好极力把女主人找到，再来请赏。"

老族总听到这话好笑，觉得天真烂漫的五羊，嗜酒也无害其心上天真，就戏说："你为你主人做的事也有一点儿'眉目'没有？"

"有'目'不有'眉'……哈哈，是这样吧，这话应当这样说吧……天不同意我的心，下了雨！"

"不下雨，你大约可以打火把满村子里去找人，是不是？"老族总说完打哈哈笑了。

"不必这样费神——"五羊极认真地这样说，下面还有话，神巫恐怕这人口上不检，误了事，就喊他拿廊下的马鞍进来，恐怕雨大漂湿了鞍鞯。五羊走出去了，老族总向神巫说："你这个佣人真真不坏。许多人因为爱情把心浸柔软了，他的心却是泡在酒里变天真的。"

神巫不作答，用微笑表示老人话有道理。他仍然在房中来回走着，一面听到外面风雨撼树的声音，想起另一个地方的山茉莉与胭脂花或者已为风雨毁完了，又想起那把窗推开向天吁气女人的情形，又想起在神坛前流泪女人的情形，忽然心躁起来了，眉毛聚在一处，忘了族总在身边，顿足喊五羊。五羊本是候在门外廊下，听喊声就进来了，问要什么。神巫又无可说了，就顺口问雨有多大，一时会不会止。

五羊看了看老族总，聪明地回答神巫道："还是尽这雨落吧，河中水消了，绊脚石就会出现！"

神巫不理会，仍然走动。老族总就说："天落雨，是为我留客，明天可不必走了，等候天气晴朗时再说。"

"……"神巫想说一句什么话，老族总已注意到，神巫到后又不说了。

老族总又坐了一会儿，告辞了。老族总去后不久，神巫便问五羊蓑衣预备好了没有。五羊说天气太早，还不到二更，不合宜。于是主仆二人等候时间，在雨声中消磨了大半天。

出得门时已半夜了。风时来时去。雨还是在头上落。道路已成了小溪，各处岔道全是活活流水。在这样天气下头，善于唱歌夜莺一样的花帕族女人，全敛声息气在家中睡觉了。用蓑衣掩了身体的主仆二人，出了云石镇大寨门，经过无数人家，经过无数田坝，到了他们所要到的地方。

立在雨中望面前房子，神巫望到那灯光，仍然在昨晚上那一处。他知道这一家男子睡了觉，仍然是女子未曾上床。他心子跳动着越过那山茉莉的低篱，走到窗下去。五羊仍然蹲在地下，要主人踹踏他的肩，神巫轻轻地就上了五羊的肩头。

今夜窗已关上了，但这窗是薄绵纸所糊，神巫仿照剑客行为，把窗纸用唾液湿透，通了一个小窟窿，就把眼睛向窟窿里张望。

房中无一人，只一盏灯摇摇欲熄。再向床前看去，床边一张大木椅上是一堆白色衣裙，床上蚊帐已放下，人睡了。神巫想轻轻地喊一声，又恐怕惊动了这一家其余的人。他攀了窗边等候了许久，还无变动。女人是已经熟睡，或者已做梦梦到在神巫身边了。神巫眼看到灯已快熄，再过一阵若仍无办法就更不方便了。他缩身下地，把情形告给五羊。五羊以为就是这样翻了窗进去，其余无更好办法。他说请聪明的龙朱来做此事也只有如此，若这一点勇气也缺少，那将永远为花帕族女人笑话了。

神巫应允了，就又踹到五羊的肩爬到了窗边。然而望到那帐子，又不敢用手开窗了。他不久又跳下了地。

上去下来，下来上去……一连七八次，还无结果。到后一次下了决心，他仍然上到五羊的肩头。他将手从那窗格中伸了进去，摸到了窗上的铁扣，把它轻轻移去，窗开了。窗开后，五羊先是蹲着，这时慢慢地用力站起，于是这忠实的仆人把他的主人送进窗里去了。五羊做毕这事以后，肩头上的泥水也忘记拍去，站在这窗下淋雨。他望到那窗里的灯光，目不转睛。他耳朵仿佛已扯长到了窗上。他不能想象这时的师傅是什么情形，忽然灯熄了，这仆人几乎喊出声来，忙咬着蓑衣的边沿，走远一点。

为了忘记把窗关上，一阵风来，无油的灯便吹熄了。灯熄了时神巫刚好身到床边，正想用手揎那细白麻布帐子。灯一熄，一切黑暗，神巫茫然了。过了一阵他记起身边有取灯了。他从身上摸出来刮燃，又把灯点上。五羊在外面见了灯光，又几乎喊出声来。灯燃了时他又去揎那帐子，这年轻无经验的人在虎身边时还不如此害怕，如今可是全身发抖在那行为上。

还有更使他吃惊的事，在把帐门打开以后，原来这里的姊妹两个，并在一头，神巫疑心今夜的事完全是梦。

⋯⋯⋯⋯⋯

图书在版编目（CIP）数据

长河 / 沈从文著 . —北京：作家出版社，2024.11
（作家精品集）
ISBN 978-7-5212-2558-7

Ⅰ. ①长⋯　Ⅱ. ①沈⋯　Ⅲ. ①长篇小说—中国—现代
Ⅳ. ① I246.5

中国国家版本馆 CIP 数据核字（2023）第 199660 号

长河

丛书策划：路英勇　王　松
出版统筹：省登宇
作　者：沈从文
责任编辑：省登宇　周李立
特约策划：毛怀娟
装帧设计：TT Studio
出版发行：作家出版社有限公司
社　址：北京农展馆南里 10 号　　邮　编：100125
电话传真：86-10-65067186（发行中心）
　　　　　86-10-65004079（总编室）
E-mail:zuojia @ zuojia.net.cn
http://www.zuojiachubanshe.com
印　刷：北京盛通印刷股份有限公司
成品尺寸：142×210
字　数：240 千
印　张：9.5
版　次：2024 年 11 月第 1 版
印　次：2024 年 11 月第 1 次印刷
ISBN 978-7-5212-2558-7
定　价：35.00 元